우리들의
아름다운
나라

우리들의 아름다운 나라

★ 김진경 소설

문학동네

| 차 례 |

1

나는 아침마다 벌레가 된다

신지는 어두컴컴한 마루에 서서 괘종시계를 뚫어져라 보고 있다. 괘종시계는 막 아홉 시를 가리키려 한다. 아홉 시면 늦어도 한참 늦었다. 뚝-딱 뚝-딱 뚝-딱 시계추가 왔다갔다하는 소리가 점점 크게 들린다.

'빨리 가야 해!'

신지는 마음속으로 외쳤다. 하지만 도무지 몸이 움직여지질 않는다. 쿵- 쿵- 쿵- 심장의 고동소리가 점점 커진다.

뚝-딱 뚝-딱 뚝-딱 시계추 소리가 꼼짝 않는 신지를 절벽 끝을 향해 민다. 뚝-딱 뚝-딱 뚝-딱 톱니바퀴가 하나하나 맞물려 돌아가는 기계적 힘에 신지의 몸이 조금씩 밀린다. 절벽의 끝이 발바닥에 닿는 느낌이다. 안간힘을 쓰며 버틴다.

뎅- 뎅- 뎅- 뎅- 뎅- 시간을 알리는 괘종시계 소리에 신지의 몸이 울린다. 뎅- 뎅- 뎅- 뎅- 점점 커져 가는 괘종시계 소리에 신지의 몸은 금이 가다가 마침내 부서져 내린다. 시계를 거부하는 뭔가가 신지의 몸을 벗고 밖으로 나가 버린다. 신지는 자신의 팔과 다리를 본다. 사마귀의 다리같이 흉측한 곤충의 다리가 보인다. 가슴부터 배까지 무수한 다리가 달려 있다. 가슴과 배가 검붉은 빛이다. 맨질맨질하다. 벌레다!

아아악 소리를 지르며 신지는 벌떡 일어나 앉았다.

"왜 그래? 또 나쁜 꿈 꾼 거야?"

신지 엄마가 걱정스러운 얼굴로 들여다보았다.

'꿈이었구나!'

신지는 안도의 한숨을 쉬었다. 식은땀을 흘렸는지 등이 축축했다. 잊을 만하면 매번 똑같은 악몽을 꾸는 일이 벌써 1년도 더 넘었다.

"지금 몇 시야?"

"아침 일곱 시 반. 해는 벌써 졌어. 서둘러, 늦겠어."

신지는 커튼을 젖히고 창밖을 보았다. 가로등들이 벌써 훤하게 불을 밝히고 있다.

"젠장, 해가 지고 어두워지는 데 아침이라니? 말이나 되는 얘기야?"

신지는 투덜거렸다.

"아직도 적응이 안 되니? 언제까지 그러려고 그래?"

신지 엄마가 짜증 반 걱정 반 뒤섞인 표정을 지으며 신지를 돌아보았다.

"그럼 아예 낮과 밤이 바뀌었는데 엄마는 그게 적응이 돼?"

신지가 발칵 화를 냈다. 신지가 사는 나라의 표준시가 지구 반대쪽 표준시에 맞추어 변경된 건 2년 전이었다. 지구 반대쪽 표준시를 그대로 가져다 쓰게 되니까 신지가 사는 나라는 낮과 밤이 바뀌어 버렸다. 아이들은 해가 질 때 잠자리에서 일어나 학교에 갈 준비를 하고, 해가 떠오를 때쯤 학교 보충수업을 마치고 학원에 갔다. 잠자리에 드는 건 해가 하늘 가운데쯤 왔을 때였다.

"너만 힘드니? 다들 힘들어. 그래도 참고 그럭저럭 해 나가잖아. 왜 너만 유독 그래?"

신지 엄마도 화를 냈다.

"어이구 그렇게 잘들 참고 사셔. 그렇게 참기만 하니까 만만해 보이는 거지. 만만해 보이니까 낮과 밤도 하루아침에 바뀌 버리는 거 아니야?"

신지는 소리를 빽 지르고 화장실로 갔다. 찬물을 틀어 세수를 했다. 엄마에게 화를 낼 일은 아니었다. 세상이 온통 거꾸로 돌아가는데 엄만들 어떻게 할 수 있으랴.

신지는 아침밥을 먹는 둥 마는 둥 하고 집을 나섰다. 벌써 어둠이 짙어져 가로등이 환하게 느껴졌다. 버스를 타려고 서 있는데 어른들이 힐끔힐끔 신지를 쳐다보았다. 벌레를 쳐다보는 것 같은 꺼림칙한 눈길이었다. 이제 그런 눈길에 익숙해질 만도 한데 좀처럼 익숙해지질 않았다. 사람들이 신지를 그렇게 쳐다보는 건 투구처럼 생긴 모자를 안 썼기 때문이었다. 다른 아이들은 모두 그 모자를 쓰고 있었다. 등교시간에 아이들이 교문으로 우르르 몰려갈 때면 꼭 원형 경기장으로 떼 지어 들어가는 로마의 검투사들 같았다. 꼭대기에 마름모꼴의 작은 시계가 붙어 있어서 사람들은 흔히 그 모자를 시계모자라고 불렀다.

등교시간이라 버스는 학생들로 붐볐다. 아이들은 최근에 출시된 시계모자 '스터디 3000'에 대한 얘기로 떠들썩했다. 이제까지 나온 모델들과는 차원이 다른 고가품인 모양이었다. 가격이 5천만 원이 넘을 거라는 둥 1억 원이 넘을 거라는 둥 아이들이 내기를 하고 있었다. 그러다가 신지를 힐끗힐끗 곁눈질하기도 했다. 버스 안에서 시계모자를 쓰지 않은 학생은 신지 혼자였다. 그렇게 힐끗거리는 눈길들 속에서 유독 계속해서 쳐다보는 시선이 느껴졌다. 진이였다. 신지와 눈길이 마주치자 진이는 살짝 웃어 보이고는 얼른 고개를 돌렸다.

진이는 초등학교 4학년 때 신지와 친하게 지냈다. 공부도 잘하고 밝은 아이였는데, 시계모자가 등장하고부터는 풀이 죽어 지냈다. 시계모자는 신지같이 특별히 거부하는 아이가 아닌 이상 모두 쓰도록 되어 있었다. 형편이 어려운 아이들에겐 학교에서 시계모자를 무상으로 주었다. 물론 학교에서 주는 시계모자는 디자인이나 색상도 형편없고 기능도 떨어졌다. 진이가 웃어 보인 게 바로 기능이 떨어진다는 증거라고 신지는 생각했다. 기능이 우수한 시계모자를 쓴 아이들은 절대 신지 같은 아이들을 보고 웃어 보이는 법이 없었다. 바퀴벌레라도 보듯 힐끗 경멸의 시선을 보낼 뿐이었다.

"……해가 진 후에 조명이 너무 밝기 때문에 나무들이 쉬지를 못하는 겁니다. 그래서 말라 죽는 거죠. 사람도 오래 잠을 못 자면 병이 들지 않습니까? 나무도 마찬가지예요……."

라디오에서는 말라 죽어가는 나무들에 대해 토론을 벌이고 있었다. 표준시가 변경되어 낮과 밤이 바뀐 뒤로 해가 진 후 거리의 조명은 전보다 열 배 정도는 밝아졌다. 그래서 가로수들이 열매도 맺지 못하고 시들시들 말라 가고 있었다. 환경단체에서 나온 사람은 나무를 살리기 위해 거리의 조명도를 낮춰야 한다고 주장했다. 청소년 보호 단체에서 나온 사람은 학생들의 안전이 우선이라며 조명도를 그대로 유지해야 한다고 맞서고 있었다.

'멍청이들, 낮과 밤을 원래대로 되돌리면 될 거 아냐? 제 자식들 말라 죽는 건 모르고서 무슨 나무 타령이야?'

신지는 속으로 욕을 해 대며 투덜거렸다.

"귀족적 품격의 삶을 원하는 학부모의 차별화 전략 '스터디 3000'! 당신 자녀가 몇 퍼센트 인생을 살기 바라십니까? 상위 1퍼센트의 인생이기를 바라신다고요? 그렇다면 서두르십시오! 명품은 기회가 많지 않습니다. 이것은 모자가 아닙니다. 당신 자녀의 인생입니다. 귀족적 품격의 삶을 원하는 학부모의 차별화 전략 '스터디 3000'!"

토론 중간에 '스터디 3000' 광고가 끼어들었다. 버스 안이 물을 끼얹은 듯 조용해졌다. 아이들은 모두 눈을 반짝이며 광고를 듣느라 학교 앞 정류장에 버스가 멈춘 줄도 모르고 있었다.

"자, 학교 앞입니다. 어서어서 내려요."

운전기사 아저씨가 재촉을 하며 라디오를 껐다. 그제야 아이들은 꿈에서 깨어난 듯 버스에서 내리기 시작했다.

신지는 교문에 들어섰다. 본관 옥상 중앙에 마름모꼴로 삐쭉 솟은 시계탑이 보였다. 그 밑에 '하나의 시간, 하나의 공간, 하나의 세계를 숨 쉬는 일류시민 육성'이란 글귀가 크게 씌어 있었다. 시계모자가 보편화된 이후로 어느 학교에나 걸려 있는 표어였다.

"신지야, 잠깐 나 좀 봐."

운동장을 가로질러 가는 신지의 등 뒤로 누군가 다가와 빠르게 속삭이더니, 신지를 앞서 어둑한 건물 뒤편으로 걸어갔다. 진이였다. 뜻밖의 상황에 신지는 한동안 멀어져 가는 진이의 등만 쳐

12

다보다가, 천천히 따라갔다.

"무슨 일이야? 네 시계모자 진짜 기능이 많이 떨어지는 모양이다? 이렇게 나에게 말까지 거는 걸 보면."

신지는 약간 비아냥거리는 투로 말했다.

"나 사실은 시계모자 학교에 올 때만 써. 시계모자가 아무래도 내게 귀중한 무언가를 지워 버리는 것 같아서. 시험 성적은 올려 줄지 모르지만……."

진이가 말하며 시계모자를 벗었다. 진이의 눈동자가 불안하게 왔다갔다하고 있었다. 신지는 기우의 얼굴을 떠올렸다. 기우도 눈동자가 저렇게 움직이다가 얼마 후 강화학교로 보내졌다. 이유가 뭘까?

"진이 너 괜찮니?"

신지는 걱정스러운 표정으로 진이를 바라보았다.

"괜찮아."

진이가 눈길을 피하며 힘없이 웃었다.

"그런데 저기, 기우 말야. 무슨 소식 없니?"

기우 이야기를 꺼내면서 진이의 눈동자는 고정되었다. 신지를 바라보는 진이의 눈동자가 반짝 빛났다. 진이의 눈빛이 신지의 가슴으로 강한 전류처럼 찌르르 흘렀다.

'지금 진이에게 힘이 되는 건 기우 생각뿐이구나. 그렇게까지 기우를 좋아하는 거였구나.'

신지의 가슴으로 흐르던 전류 같은 게 어느새 아린 통증으로 변해 있었다.

"우리도 소식을 몰라. 메일도 전화도 전혀 없어서 어찌된 일인지 궁금하긴 해."

신지와 진이, 기우는 초등학교 6학년 때 같은 반이었다. 기우는 신지와 진이를 쌍둥이 자매 같다고 했다. 신지와 진이는 생긴 게 비슷했다. 둘 다 키도 조금 작은 편이고, 얼굴도 똑같이 계란형에서 약간 동그란 편이고, 이목구비가 또렷해서 똑똑할 것 같은 인상을 주었다. 하지만 성격은 좀 달랐다. 신지는 자신감이 넘치고 적극적이며 야물딱진 반면, 진이는 수줍음을 많이 타고 소극적이었다. 그런 차이는 어쩌면 가정환경에서 온 건지도 몰랐다. 진이는 아버지가 없어 집이 어려웠다. 기우와 늘 어울려 다닌 친구는 성격이 활달한 신지였다. 하지만 막상 이성으로서 기우의 관심을 끄는 건 진이였다. 신지는 그 때문에 속상할 때도 있었다.

"저기 말이야. 너 혹시 '지하도시 통신' 받아 본 적 있니?"

진이가 목소리를 낮추었다.

"아니, 그게 뭔데?"

"강화학교에서 탈출하는 아이들이 꽤 있는데, 그 애들이 지하도시에 가서 인터넷을 통해 정기적으로 소식을 전하고 있대. 걔네들 말에 따르면, 강화학교는 집중력 강화 프로그램을 운영하는 곳이 아니라 정신병원 비슷한 데라는 거야. 혹시 기우도 강화학교를 탈출해서 지하도시에 가 있는 건 아닐까?"

지하도시는 폐선이 되어 사용하지 않는 지하철 구간을 가리켰다. 만 명이 넘는 노숙자들이 그곳에 모여 한 도시를 이루다시피 하면서 붙여진 이름이었다. 신지는 깜짝 놀라서 잠시 할 말을 잃었다.

"……무슨 소리야, 정신병원이라니? 그리고 그런 통신 같은 게 있으면 우리 '시계모자를 거부하는 아이들의 모임' 카페에 제일 먼저 왔을 텐데?"

"3구역 아이들은 간혹 받아 보는 것 같던데……. 주로 메일을 통해 퍼지는 모양이야. 너희 카페는 감시가 심하니까 일부러 피하는 것 같은데?"

신지는 자존심이 상했다. 기우나 강화학교에 대한 소식이 있다면 당연히 '시계모자를 거부하는 아이들의 모임' 2대 카페지기를 맡은 자기가 제일 먼저 알아야 한다고 생각했다. 그런데 자기가 모르는 뭔가를 진이가 알고 있는 것 같았다.

2
환각

여기는 어딘가?

어둠 속에서 누군가 포석이 깔려 있는 길을 달려간다. 다다다닥 쫓기는 듯 급하게 울리는 발소리. 다다다닥 뒤에서 쫓아가는 또 다른 사람의 발소리. 지금 쫓기고 있는 건 누구인가? 나인가?

기우는 움찔한다.

기우는 포석이 깔린 길을 달리고 있는 자신을 발견한다. 도대체 어떻게 된 걸까? 조금 전까지만 해도 구경꾼 같았는데, 어쩌다 쫓기는 사람이 되었을까? 쫓아오는 사람은 도대체 누구일까? 왜 날 쫓아오는 걸까?

기우는 숨을 헉헉거리며 달린다. 희끄무레하게 길이 보이기 시작한다. 날이 점점 밝아 오는 모양이다. 큰 빌딩의 모퉁이를 돌아서자 갑자기 풍경이 완전히 달라진다. 빌딩들이 들어찬 도시의 풍경은 감쪽같이 사라지고 어느새 한적한 시골 읍내 길거리에 와 있다. 쫓아오는 소리도 더 이상 들리지 않는다.

기우는 가쁜 숨을 고르며 천천히 탱자나무 울타리를 따라 걷는다. 탱자나무 가시에 따뜻한 봄볕이 걸려 있다. 기우는 트럭이 드나들 수 있도록 낸 큰 문을 지난다. 널찍한 공터 한편에 정미소 건물이 서 있고, 그 옆으로 좀 떨어진 곳에 연못이 있다. 연못엔 오리와 거위 들이 헤엄치고 있다. 공터 가운데 커다란 느티나무가 있는데, 그 그늘 아래 노란 원피스를 입은 어린 여자애가 비둘기들에게 모이를 주고 있다. 기우는 그 소녀를 보자 괜히 가슴이 뭉클해진다. 얼마 전에도 이곳에 왔었다는 느낌이 든다. 어쩌면, 아주 오래 전에 여기서 서커스 천막을 보았던 것 같기도 하다.

기우는 소녀를 향해 다가간다. 소녀가 웃으며 비둘기 모이 한 주먹을 건네준다. 너무도 익숙한 얼굴이다. 누굴까? 기우는 비둘기들에게 모이를 내밀며 기억을 떠올려 보려 애쓴다. 외발 비둘기 한 마리가 다가와 손바닥의 모이를 쫀다. 낯익은 비둘기 같다. 이 비둘기의 발에 헝겊조각을 묶었던 것도 어렴풋이 기억난다. 그런데 저 여자애는 누굴까?

맞아, 엄마다! 아이이긴 하지만 분명히 엄마다! 기우가 다시 소녀의 얼굴을 돌아보려는데, 요란하게 꽥꽥 짖는 소리가 들린다. 커다란 거위 한 마리가 달려든다. 기우는 깜짝 놀라 펄쩍 뛰어 뒤로 물러난다.

어느새 시골 정미소의 풍경은 사라졌다. 기우는 다시 컴컴한 도시의 도로를 달리고 있다. 뒤에선 여전히 누군가 쫓아오고 있다. 나는 왜 쫓기고 있지? 도대체 누가 쫓아오는 거지? 문득 궁금해진다. 기우는 제자리에 우뚝 멈추어 선다. 뒤의 발소리도 한두 걸음 더 이어지다 멈춘다. 기우는 망설인다. 뒤에서 누가 잡아당기는 것만 같은 강한 호기심과, 그자로부터 도망쳐야만 할 것 같은 공포감이 뒤섞인다. 막 뒤를 돌아보려는데, 앞쪽에서 무거운 쇠를 끄는 소리가 난다. 길 가운데의 맨홀 뚜껑이 열리고 누군가 빨리 들어오라고 손짓을 한다. 다시 뒤에서 다가오는 발소리가 들리고 뒷덜미에 희미하게 싸늘한 입김이 스친다. 그자가 내뿜는 냉기의 끝자락일 게다. 기우는 자기도 모르게 몸을 부르르 떤다. 뛰어서 맨홀로 들어간다.

쇠사다리를 따라 끝없이 내려간다. 머리 위에서 무겁게 끌리는 쇳소리. 맨홀 뚜껑이 닫힌다.

캄캄하다.

여기는 어디일까?

나는 누구일까?

어디선가 전자기타의 굉음과 함께 노랫소리가 들린다.

누군가는 말하지 두려워하라고

아, 너의 미래를 두려워하라고

너의 미래가 혹시 진흙탕에 땀범벅으로 처박힐지

너의 미래가 혹시 길바닥에 누워 잠을 잘지

너의 미래가 혹시 캄캄한 지하에 처박힐지

먹잇감을 놀려는 독수리도 말하지 두려워하라고

먹잇감에게 너의 미래를 두려워하라고

너무 멀리 도망치려간 발톱에 찍힐지도 모르니 두려워하라고

그러나 두려움이야말로 가장 무서운 발톱

마음에 들어와 박힌 발톱

그 발톱에 짓눌려 나는 늘 제자리를 맴돌고

나의 미래는 사라져 버리네

없어 없어 없어 없어

두려움이 가져오는 미래는 없어

바꿔 바꿔 네 마음을 바꿔

네 마음에 박힌 발톱을 털어 버려!

네 마음의 두려움을 털어 버려!

누군가는 말하지 너의 미래를 두려워하라고

거리를 배회하는 두려움은 너의 심장을 열려고

네 심장에 박힌 두려움은 너의 미래를 빙하 속에 처박고

너의 삶을 얼음에 파묻혀

아, 세상은 거대한 얼음의 성

네 마음에 박힌 발톱을 털어 버려!

네 마음의 두려움을 털어 버려!

저 거대한 얼음의 성을 부숴 버려ㅡ!!

무척 낯익은 곡인데 어디에서 들었던 건지 기억나지 않는다.
어쩌면 저 노래가 이끄는 대로 여기까지 온 건지도 모른다.

3
비둘기 편지

"톡톡."

어디선가 창문을 두드리는 소리가 들렸다. 지만은 안경을 밀어 올리며 창문 쪽으로 눈길을 주었다. 교실 뒤쪽의 지저분하게 얼룩진 창문가에 비둘기가 얼핏 보였다.

"이상하네? 아무리 조명이 밝아졌다 해도, 비둘기는 해가 지면 돌아다니지 않는 건데?"

지만은 중얼거리며 창문가로 갔다.

"톡톡."

부리로 창문을 쪼아 대는 비둘기는 한쪽 발을 절고 있었다. 어디서 잘려 나간 건지, 한쪽 다리의 발목 아래가 없다. 오른쪽 다리마저 다친 듯 헝겊조각이 감겨 있었다.

"너도 참, 어쩌다 양쪽 다리를 전부 다쳤는지……"

지만은 중얼거리다 자기도 모르게 한숨을 쉬고는 새삼 교실 안을 둘러보았다. 반듯하게 줄지어 책걸상이 놓인 다른 교실들과 달리, 쓰다 남은 낡아빠진 책걸상들이 대충 놓여 있다. 이곳은 특수반 교실이었다. 특수반이라고 문제아나 장애인 학생들이 있는 건 아니었고, 시계모자를 거부하는 아이들을 격리해 둔 곳일 뿐이었다. 특수반 아이들은 날이 갈수록 처치곤란, 구제불능 취급을 당하고 있었다.

낡은 미닫이문이 삐걱대며 열리더니 신지가 들어왔다.

"거기서 뭐 해?"

"응, 저 비둘기 말야. 좀 이상하지 않아?"

지만이 창문 난간의 비둘기를 가리켰다.

"뭐가?"

"비둘기는 원래 해가 지면 돌아다니질 않거든."

"비둘기도 조명이 너무 밝아지니까 헷갈리는 모양이지 뭐."

신지가 힐끗 비둘기를 보며 시큰둥하게 대답했다.

"아냐. 비둘기가 해 진 뒤에 돌아다니지 않는 건 유전자에 새겨진 성질이야. 환경이 바뀌었다고 금방 달라지지 않아."

지만은 종종 자폐아 비슷한 느낌을 주었다. 뭔가에 몰입할 때나, 지금처럼 꼼꼼하게 논리를 세워 따지고 들 때면 더욱 그랬다.

그럴 때 지만은 이상하게 상대방의 눈길을 피하는 버릇이 있었다.

"그럼 저 비둘기가 무슨 초능력 비둘기라도 된다는 거야?"

신지가 지만을 돌아보며 픽 웃었다. 지만의 꿈은 과학자가 되는 거였다. 어릴 때부터 초현실 현상에 관심이 많았던 지만은, 자신이 그 모든 일들을 과학적으로 밝혀낼 거라고 말하곤 했다.

"그런 게 아니라, 저 비둘기가 아무래도 우리에게 뭔가 신호를 보내는 것 같아. 아까부터 계속 유리창을 쪼고 있어."

마침 비둘기가 증명이라도 하려는 듯 또다시 유리창을 톡톡 쪼았다. 신지는 퍼뜩 놀라며 유심히 비둘기를 살펴보았다. 한쪽 다리가 발목 부근에서 잘려 나간 절름발이였다. 흰 비둘긴데 꽁지에 잿빛 깃털이 섞여 있고, 부리 근처에는 콩알만한 검은 반점이 있었다.

"앗, 저 비둘기 기우가 키우던 비둘기야! 가만, 발목에 헝겊조각 같은 게 묶여 있네?"

신지는 가슴이 뛰었다. 기우가 강화학교를 탈출해서 지하도시에 있을지도 모른다던 진이의 말이 얼핏 머리를 스쳐 지나갔다.

"기우의 비둘기라니, 무슨 말이야?"

지만은 어딘지 석연치 않은 목소리였다.

"그래, 한쪽 발이 잘려 학교 화단에 쓰러져 있던 걸 기우가 돌봐 주었잖아. 그 비둘기가 틀림없어. 기우가 우리에게 보낸 거 아닐까? 무슨 심각한 일이 벌어진 걸 전하려고 말야. 저 헝겊은 기우의 편지일지도 몰라."

신지가 지만을 돌아보았다. 지만은 약간 표정이 굳어지더니, 곧바로 심드렁하게 대꾸했다.

"설마? 비둘기로 편지를 주고받는 건 까마득한 옛날에나 있었던 일이야. 인터넷으로 지구 끝에서 끝까지 순식간에 왔다갔다 하는 시대에 무슨 비둘기 편지야?"

"지금 그게 중요한 건 아니잖아. 일단 붙잡아서 보면 되겠지. 잔소리 말고 과자 부스러기라도 줘 봐."

지만은 뭐라고 투덜거리면서도, 인수의 책상 서랍을 뒤져 비스킷 한 조각을 꺼내 왔다.

"창문을 천천히 열어. 비둘기 놀라지 않게."

신지가 말하며 비스킷을 잘게 부수었다. 지만이 천천히 창문을 열자 신지는 난간에 비스킷 조각을 올려놓았다. 비둘기가 꾸루룩 거리며 비스킷 조각을 쪼아 먹었다. 신지는 두 손으로 조심스럽게 비둘기를 잡았다. 팔딱팔딱 뛰는 비둘기의 심장 고동이 손바닥에 느껴졌다. 비둘기는 좀 긴장하는 것 같았지만, 저항하지는 않았다.

"얼른 헝겊조각 풀어 봐."

지만이 비둘기의 발에 묶여 있는 헝겊조각을 풀었다.

"뭔가 씌어 있어?"

신지는 비둘기를 창문 난간에 놓아주고 헝겊조각을 들여다보왔다.

엄마 기억이 나지 않아! 도와줘!

신지는 움찔했다.

"이거 기우가 보낸 게 틀림없어! 뭔진 모르지만 기우가 지금 아주 위험한 상황에 있나 봐."

신지가 지만을 보며 울상을 지었다.

"글쎄. 꼭 그렇게 생각할 순 없어. 우선 이게 기우 글씬지도 확실치 않아. 그리고 기우 글씨라고 해도, 강화학교 가기 전에 쓴 것일 수도 있지."

신지는 지만이 꼬치꼬치 따져 이야기하는 게 싫었다.

"아니야, 기우의 지원 요청이 확실해."

신지가 약간 화가 난 목소리로 말했다.

"너는 그렇게 무조건 밀어붙이는 게 문제야. 논리적으로 생각해 봐. 본인이 원하는 길을 간 애가 뭐 하러 지금 와서 우리한테 구조 요청을 보내겠냐?"

지만이 코끝으로 내려온 안경을 밀어 올리며 신지를 건너다보았다.

"너 꼭 그렇게 냉정하게 이야기해야겠니? 기우도 어쩔 수 없었잖아!"

"논리가 그렇다는 거지. 누가 뭐래?"

지만도 조금 화가 난 모양이었다.

"아침부터 또 뭘 가지고 싸워? 안 그래도 이 교실에 들어오면 숨이 막히는데."

어느새 들어온 세나가 자기 책상에 가방을 올려놓으며 말했다.

"이거 기우가 쓴 것 같아?"

지만이 세나에게 다짜고짜 헝겊조각을 내밀었다.

"기우가 키우던 비둘기 다리에 묶여 있던 거야."

신지가 얼른 토를 달았다.

"……기우가?"

세나는 의심스런 표정으로 천천히 다가오더니 헝겊조각을 들여다보려 했다. 그때 교실 앞쪽의 미닫이문이 확 열리며 머리를 짧게 깎은 특수반 담임이 들어왔다. 담임은 그렇게 들어와서 뒷발질로 문을 닫는 습관이 있었다. 그때 마침 인수가 문으로 들어오다 멈추어 섰다. 담임의 발이 인수의 종아리에 걸렸다.

"웬일로 조회시간에 얼굴을 다 비추시나? 오늘은 해가 동쪽으로 지겠네."

담임이 퉁명스레 면박을 주었다. 인수는 어설픈 웃음으로 넘기고 자리에 가 앉았다.

담임이 출석부에 뭔가를 적더니, 매일 되풀이하는 질문을 던졌다.

"자, 시계모자 신청할 사람?"

아무도 손을 들지 않았다. 담임은 인상을 팍 쓰며 아이들을 노려보았다.

"이래서야 원, 선생 노릇 해 먹을 수 있겠나? 도대체 왜 시계모자를 거부하는 거냐? 너희도 알다시피 이 세상에 흐르는 시간은 하나고 이 세상이라는 공간도 하나다. 그런데 사람의 두뇌구조가 불완전해서 자꾸 착각을 일으키지. 똑같은 시간과 공간을 사람마다 다르게 느끼기도 하고, 어떤 사람은 지나간 시간에 그대로 머물러 있는 것처럼 착각하기도 하고 말이야. 그 착각 때문에 사람들에겐 잡념이란 게 생기고 사회엔 혼란이란 게 생기지. 시계모자는 우리의 불완전한 두뇌가 일으키는 착각을 막음으로써 잡념을 없애 준다. 그래서 공부에 집중하게 만드는 탁월한 효과가 있다는 건 너희들도 잘 알 거야. 그런데 왜 거부하는 거냐? 우리나라는 자원은 없고 인구는 많다. 잡념과 혼란에 빠져 있을 여유가 없어요. 그간에도 어려운 여건에서 잘해 오긴 했지만, 더 잘해 보려고 표준시까지 바꾸지 않았냐. 정보 통신의 발달로 지구가 한 동네처럼 되고 세계 경제가 전 지구 차원에서 일사불란하게 움직이기 때문에 표준시까지 세계 경제 중심지에 맞출 수밖에 없었던 거잖아. 이런 판국에 계속 시계모자를 거부하는 게 말이 되냐? 어디 거부하는 이유나 한번 들어 보자."

담임이 아이들을 휘 둘러보았다.

"선생님 말씀대로라면 미술은 두뇌가 일으키는 착각을 그리는 것 같은데요? 저는 미술가가 되려고 그래요. 그러니까 두뇌가 착각을 일으키도록 계속 놔둬야죠."

인수의 당돌한 말에, 기가 죽어 있던 아이들은 슬며시 미소를 띠었다.

"인수 말이 맞아요. 시계모자를 쓰면 시험 점수야 오르겠지만 재미가 없을 거 같아요. 저는 그냥 이대로 착각하고 살래요."

세나가 맞장구를 쳤다. 담임은 세나를 사납게 노려보더니 소리쳤다.

"이 새끼들 정신 못 차리고 있네, 너희들 그러다간 지하도시에서 살게 된다."

아이들의 표정이 조금 굳어졌다. 담임은 비장의 무기를 꺼내 든 사람처럼 기세등등하게 아이들을 둘러보았다.

지하철이 민영화된 이후, 만성 적자에 시달리던 구간의 상당 부분은 운영이 중단되고 폐쇄되었다. 이 구간에 만 명이 넘는 노숙자들이 모여 지하도시를 이루었다. 표준시가 변경된 후로 정부는 지하도시 사람들이 해가 진 낮 동안에는 밖으로 나오지 못하도록 통제해 왔다. 지하도시 사람들은 편의시설이나 공공기관을 이용하기 어려워졌고, 푼돈을 구걸하여 먹고살던 사람들도 이를 거의 포기해야 했다. 구걸은 고사하고 몇 주 내내 '일반인'들의 얼굴 한 번 못 보는 경우도 있었다. 해가 진 후 지상에 있었다는 이유만으로 경찰에게 구타를 당하는 등 부당한 일이 이어지자 지하도시 사람들은 집단 저항을 시도하기도 했다. 그러나 개개인으로 지내는 데 익숙했던지라 경찰의 강고한 조직에 매번 진압당하곤 했다. 물론 이러한 일들은 일반인들의 눈에 띄지 않게 벌어졌고, 눈치를 챈 사람들도 모른 척하는 게 보통이었다. 어차피 지하도시 사람들은 사회의 가장 밑바닥 인생들이라고 여겼기 때문이었다. 그 바로 위의 부류는 외국인 노동자들이었다. 해가 하늘 가운데 왔을 때부터 해가 질 때까지 돌아다니며 궂은 일을 하는 사람은 전부 외국인 노동자 아니면 비정규직들이었다. 지하도시 사람들이 해 뜬 시간에 밖으로 나왔을 때 만날 수 있는 유일한 사람들이었다.

사람들이 부류별로 나누어지기 시작한 건 어제 오늘의 일이 아니었지만, 표준시가 변경된 2년 전부터 그 속도는 급격하게 빨라졌다. 이제 사람들은 획일적인 시간과 공간에 의해 나뉘져 버렸다. 3구역에는 아세안이나 비정규직 등 하층민들이 살았다. 아세안은 결혼이민 온 동남아시아 여성들과 이 나라 남성들 사이에서 태어난 2세를 일컫는 말이었다. 2구역에는 정규직 샐러리맨과 중하위 전문직 등 중류층이, 1구역에는 재산가와 고위 전문직으로 구성된 상류층이 살았다. 이 구역간을 이동하는 건 이제는 거의 불가능에 가까웠다. 집값만 봐도 2구역이 3구역의 열 배, 1구역이 2구역의 열 배였다. 신지네 학교에는 2구역 아이들이 대부분이었고, 1구역과 3구역 아이들이 소수 있었다. 신지와 가까운 아이들 중에는 진이가 3구역에 살았고, 이민 간 유리네 집은 1구역에 있었다.

대부분의 아이들에게 지하도시는 유령들의 도시 비슷한 공포의 대상이었다. 특수반 아이들은 그런 편견에서 자유로운 편이었지만, 그래도 조건반사적인 두려움 같은 게 여전히 남아 있었다. 담임은 아이들의 굳어진 얼굴을 보곤 득의의 미소를 지었다. 담임의 목소리에 한결 여유가 묻어 나왔다.

"말이라도 못하면 덜 밉지. 그러다가 나중에 후회한다. 뭐 지하도시까지는 아니라고 해도, 해가 한참 떠오른 한밤중에 일하는 청소부나 공장 직공이나 농부 봐라. 네놈들처럼 비딱하면 그렇게 고생하게 돼. 지만이 너는 이유가 뭐야?"

만만해 보였는지 담임이 지만에게 화살을 돌렸다. 그러나 그건 담임이 완전 잘못 짚은 거였다. 지만은 본래 잘 움츠러드는 편이었으나, 자기가 아는 과학 지식과 연관된 얘깃거리가 있다 싶으면 완전히 달라졌다.

"선생님이 착각이라고 하는 건 현생인류, 즉 크로마뇽인 두뇌 구조의 특징입니다. 정보를 담아 놓는 방과 방을 연결하는 뉴런이 발달한 건 구인류인 네안데르탈인에겐 없고 현생인류인 크로마뇽인에게만 있는 두뇌 구조의 특징인데, 이 때문에 선생님이 착각이라고 말하는 현상이 일어납니다. 뉴런이 자유자재로 이 방저 방의 정보를 결합시키기 때문에 크로마뇽인의 두뇌에서는 시간이 시계처럼 한 방향으로만 흐르지 않습니다. 과거를 향해 거꾸로 흐르기도 하고, 과거에서 미래로 비약하기도 하고 멋대로죠. 아마도 네안데르탈인의 두뇌 속에서는 시간이 한 방향으로만 흐를 거예요. 저는 네안데르탈인으로 퇴화하고 싶지 않습니다. 그냥 크로마뇽인으로 살고 싶어요."

지만의 말에 담임은 대꾸하기가 어려운 듯 험상궂은 얼굴로 입맛을 쩝쩝 다셨다.

"어이구 내가 말을 말아야지. 이러니까 선생님들이 수업에 너희들 들여보내지 말라고 그러지. 너희들이 엉뚱한 질문을 해 대서 다른 아이들에게 방해가 된다고 불평들이 대단하다. 그래서 오늘부터 선생님들이 이 반으로 직접 와서 30분씩 수업을 하는 걸로 결정이 되었다. 선생님들이 수업 시간이 늘어나는 걸 감수하고 너희들을 배려하는 거니까, 열심히 공부하도록."

담임은 쏟아 놓듯이 말하고는 인사도 없이 교실을 나가 버렸다.

"와, 크로마뇽인 만세!"

담임이 나가자 인수가 벌떡 일어나 만세를 불렀다. 그간 특수반 아이들은 필요한 과목 수업을 각자 정해진 반에 가서 듣도록 되어 있었다. 하지만 시계모자를 쓴 아이들과 함께 수업을 듣기만 고역스러운 일이었다. 수업시간은 쥐 죽은 듯 조용했다. 모두

수업 내용을 그대로 외워 버리려는 듯, 질문 한마디 없이 최면이라도 걸린 것처럼 수업에 집중했다. 특수반 아이들은 그 침묵이 숨 막혀 종종 선생님에게 질문을 했다. 그럴 때마다 비난하는 눈초리들이 쏠려 왔다. 그뿐만 아니었다.

"그래, 너희들은 시계모자 안 써도 자신 있다 이 말이지?"

"자—알 났어!"

아이들은 쉬는 시간마다 으레 차가운 시선을 보내며 야유를 해 댔다. 심한 아이들은 종종 일부러 어깨를 부딪치거나 발을 걸기도 했다.

4
의혹

"인수야, 그만 좋아하고 이거 한번 봐."

신지가 비둘기 다리에 묶여 있던 헝겊조각을 내밀었다.

"이게 뭔데?"

인수는 헝겊조각을 들여다보더니, 표정이 확 변했다.

"……뭐야, 누가 이런 장난을 쳐? 왜 우릴 버린 자식 글씨를 흉내 내?"

그럼 기우가 맞구나! 신지는 저도 모르게 웃음을 지었다. 그걸 본 인수의 표정은 더욱 싸늘해졌다.

"신지 네가 그랬어? 무슨 짓이야? 아니면, 설마 정말로 그 자식한테 연락이라도 한 거야?"

"잠깐만, 그렇다면 기우 글씨가 맞다는 거야?"

지만이 다짐을 주듯 물었다.

"물론이지. 그 자식 글씨 특징은 'ㄱ'자에 잘 나타나. 대부분의 사람들은 'ㄱ'자를 글자 속에서 쓸 때 내각이 45도에 가깝게 꺾어 쓰잖아? 그런데 그 자식은 꼭 내각이 거의 90도 가까이 되도록 세워서 써. 그리고 문장이 끝나는 글자의 마지막 획 끝을 꾹 눌러 써. 여기 봐."

인수가 헝겊조각 위의 글자를 손가락으로 가리켰다.

"와, 인수 너 아무래도 국립과학수사연구원으로 보내야겠다."

아이들이 모두 감탄을 했다. 인수는 도형, 글자, 문양 등에 뛰어난 감각을 가지고 있었다.

"이제 어떻게 된 일인지 말 좀 해 봐. 이 헝겊조각 어디서 난 거야?"

인수가 신지를 노려보았다. 신지가 비둘기 편지를 발견한 상황을 이야기해 주는 동안, 인수는 아무 말없이 툭툭 책상 다리만 걸어차고 있었다.

"인수 네가 기우에게 많이 실망했다는 건 알아. 넌 기우랑 젤 가까운 사이였으니까. 하지만 이 쪽지 보낸 사람이 기우가 맞다면, 뭔가 문제가 생긴 게 분명해. 그러니 우리가 도와줘야 해."

신지가 간곡하게 말했다. 인수는 여전히 묵묵히 앉아 있었지만, 얼굴에 분노는 가시고 어느새 걱정스러운 표정이 번져 가고

있었다. 그런 자신을 부정하려는 듯, 갑자기 인수가 고개를 휙 내

젓더니 말했다.

"에이 몰라, 난 그런 녀석 아무래도 상관없어. 돕든 말든 너네

하고 싶은 대로 해."

"기우의 편지가 맞다는 건 확인되었어. 그럼, 어디서 언제 어

떻게 편지를 보낸 거지?"

신지가 말을 이었다.

"어디서와 언제는 '어떻게'에 의해 결정돼."

지만이었다.

"그게 무슨 말이니?"

세나가 지만을 바라보았다.

"생각해 봐. 비둘기 편지는 비둘기가 자기 집을 찾아가는 본능

을 활용해 보내는 거야. 그러니까 기우가 강화학교에 갈 때 이 학

교에 사는 비둘기를 가져가지 않은 이상 거기서 편지를 보낼 순

없어. 그런데 강화학교에 비둘기를 가지고 갈 수 있을 것 같아?"

"기우가 강화학교에 비둘기를 가지고 갈 수는 없었을 거다. 그

러니까 이 비둘기 편지는 기우가 강화학교 가기 전에 비둘기 다

리에 묶어 놓은 거다. 이 말이지?"

신지의 물음에 지만이 고개를 끄덕였다.

"기우가 강화학교 가기 전에 보낸 편지라고 쳐. 그런데 왜 이제

야 우리에게 전달된 거지? 기우가 강화학교 간 게 벌써 세 달 전인데……."

"비둘기는 원래 해 진 뒤에는 돌아다니지 않아. 그 비둘기는 아마 매일 우리 교실 창문턱에 왔을 거야. 해 떠 있는 동안엔 우리가 교실에 없으니까 알아차리지 못했던 것뿐이야."

지만이 설명을 덧붙였다. 모두들 무언가 생각을 하는지 잠시 침묵이 이어졌다.

"그런데 말이야, 다르게 생각해 볼 수도 있지 않을까?"

골똘히 생각에 잠겨 있던 신지가 말을 꺼냈다.

"어떻게?"

세나가 신지를 돌아보았다.

"기우가 강화학교를 탈출했다고 생각할 수도 있잖아?"

신지가 떠보기라도 하듯 말하고는 아이들의 얼굴을 하나하나 살폈다.

"뭐? 어째서 기우가 탈출을 해?"

인수가 흥분한 나머지 큰 소리로 외쳤다.

"쉿! 누가 듣겠다. '탈출했다.'가 아니라 '탈출했을 수도 있다.'는 거야."

신지가 창문 밖을 살짝 내다보며 인수를 나무랐다.

"그런데 나도 이해가 잘 안 되는걸. 강화학교는 시계모자의 효과를 높이는 집중력 강화 교육 프로그램을 운영하는 곳 아니야?

기우가 탈출할 이유가 없잖아? ……다시 시계모자를 거부하기로 마음먹었다면 몰라도."

지만이 의미심장한 표정으로 신지를 쳐다보았다.

"강화학교가 사실은 정신병원 같은 데라는 얘기를 들었어. 그래서 전부터 강화학교를 탈출하는 애들이 있었대. 그 애들이 지하도시에 머물면서 '지하도시 통신'이라는 인터넷 방송을 통해 실상을 고발하고 있다는데?"

"지하도시 통신? 그런 거 우리 카페엔 올라온 적 없잖아."

세나가 고개를 갸웃거렸다.

"우리 카페는 감시가 심하니까 일부러 피한 걸 수도 있지. 3구역에 받아 보는 아이들이 꽤 있대."

"그 말이 정말이라 치고, 그러면 어째서 강화학교를 정신병원처럼 만든 거지?"

지만이 손가락으로 책상을 톡톡 두드리며 중얼거렸다. 뭔가에 생각을 집중하려고 할 때 나오는 버릇이었다.

"정신병자 같은 애들을 받아야 하니까 그랬겠지, 뭐."

인수가 무심코 한마디 했다.

"야, 말 다 했어? 그럼 기우가 정신병자란 말야?"

신지가 인수의 어깨를 탁 치며 따지듯이 말했다.

"앗, 실수. 미안."

인수가 뒷머리를 긁적였다.

"하여튼 누가 덤벙이 아니랄까 봐⋯⋯."

신지가 투덜거렸다.

"그 비둘기 편지 좀 줘 봐."

지만이 신지에게 손을 내밀었다.

"비둘기 편지는 왜?"

신지가 문득이 바라보며 헝겊조각을 건넸다.

"지만이 너 또 신 내리냐?"

인수가 싱거운 소리를 하며 지만을 보았다. 미스테리한 일에 대한 지만의 추리력은 놀라워서, 족집게 점쟁이처럼 다른 사람들이 생각하지 못한 부분을 짚어 내곤 했다.

"기우 정신이 정말 이상해진 걸 수도 있겠다."

지만이 헝겊조각을 들여다보다 중얼거렸다.

"무슨 소리야? 몇 글자 되지도 않는 거 보고 어떻게 알아?"

인수가 시비조로 말했다. 세나가 지만에게 헝겊조각을 받아 들여다보더니 차분하게 말했다.

"지만이 말이 맞는지도 모르겠어. 엄마 기억이 안 난다는 게 사실이라면 정말 문제가 있는 거야. 기우 엄마는 기우 때문에 죽었다고 할 수도 있잖아. 그러니까 죄의식도 있고 엄마에 대한 그리움도 클 거 아냐. 그런데 엄마 기억이 안 난다니? 이건 정상이 아냐. 그리고 '엄마 기억이 나지 않아. 도와줘.' 우리가 뭘 어떻게 도울 수 있다는 건지, 두 문장에 딱히 인과 관계가 없잖아."

"지만이하고 세나 말도 일리가 있어. 강화학교가 정말 정신병원 같은 데일지도 몰라. 그래서 기우도 정신이 흐려진 게 아닐까?"

신지가 심각한 표정을 지었다.

"그 편지, 강화학교 가기 전에 보낸 것일 수도 있다니깐."

지만이 여전히 손가락으로 톡톡 책상을 두드리며 덧붙였다.

"그렇다면, 기우가 강화학교 가기 전부터 정신이 흐려진 게 되겠네?"

말을 끊고 생각하던 세나가 뭔가 알았다는 표정을 지었다.

"이런 가정은 어때? 시계모자를 내가 써 보진 않아서 모르지만, 전파로 뇌신경을 자극하는 물건을 계속 쓰고 다니면 스트레스를 받을 거야. 사람에 따라선 정신에 문제가 생길 수도 있지 않을까? 그래서 부작용이 심각하게 나타나는 아이들이 나오니까, 그 애들을 정신병원 같은 강화학교에 모아 놓은 거야."

신지는 퍼뜩 떠오른 게 있어 무릎을 쳤다.

"그러고 보니 아까 진이를 만났는데, 그 애 눈이 뭔가 이상하게 움직였어. 강화학교 가기 직전에 기우 눈이 딱 그랬는데……"

"그렇다면 정말 심각한 사건이게? 이제까지 교육시계부가 사기 친 게 되잖아. 집중력을 높여 공부 잘하게 해 준다고만 얘기했지, 부작용에 대해선 한마디도 없었잖아."

인수가 황당하다는 표정을 지었다.

신지가 우선 '지하도시 통신'부터 구해 보자고 말을 하려는데,

갑자기 교실 앞문이 드르륵 열렸다. 세 명의 어른이 점령군처럼 우르르 교실로 들어왔다.

"자, 소지품 전부 책상 위에 꺼내 놓는다. 다 꺼내 놓은 사람은 머리에 손 올리고 교실 뒤로 간다."

한 사람은 담임이고 다른 한 명도 학교 선생님이었지만, 마지막 사람은 한 번도 본 적 없는 얼굴이었다. 세나는 심상찮다는 생각이 들어 얼른 쓰레기통 곁에 가 섰다. 둥글게 말아 쥐고 있던 헝겊조각을 슬쩍 쓰레기통에 떨어뜨렸다. 그리고 눈에 띄지 않게 옆걸음질을 해서 쓰레기통으로부터 거리를 두었다.

꼼꼼하게 뒤지는 걸로 봐서 평소처럼 담배나 라이터, 칼 따위를 찾는 것 같진 않았다. 선생님들은 가방과 책상을 다 뒤진 후 주머니도 뒤지고 손도 펴 보게 했다.

"이거 인권침해 아니에요?"

인수가 툴툴거렸다.

"인권 좋아하시네."

담임이 인수에게 꿀밤을 한 대 먹였다. 아무것도 찾아내지 못하자 선생님들은 석연치 않은 표정을 지으며 교단 쪽으로 갔다. 아이들도 자리에 가 앉았다.

"여기 계신 선생님은 교육시계부에서 나오신 분이다. 지금부터 하시는 말씀 잘 새겨듣도록."

담임이 낯선 사람을 소개했다.

"에- 여러분도 주지하다시피 시계모자는 나라의 명운을 걸고 시행하는 사업입니다. 우리나라는 국토는 좁고 자원은 없고 인구는 많기 때문에 믿을 건 오로지 교육뿐입니다. 그러므로 교육의 성패를 가름할 시계모자 사업은 우리나라의 성쇠를 좌우한다 해도 과언이 아닙니다. 하지만 모든 일에는 좀 뒤처지는 사람이 있기 마련입니다. 이 시계모자 사업도 마찬가지입니다. 적응이 늦은 소수의 학생들이 강화학교에 보내진다는 건 여러분도 잘 알 겁니다. 강화학교의 집중력 강화 교육 프로그램은 시계모자를 쓴 이상 한 명도 낙오하는 학생이 있어선 안 된다는 뜻에서 교육시계부가 특별히 마련한 것입니다.

그런데 불행히도, 아주 극소수지만 강화학교의 교육 프로그램에도 적응이 늦는 학생들이 있습니다. 최근 이 학생들이 강화학교에서 달아나 시계모자와 강화학교를 비방하는 유언비어를 퍼뜨리고 있습니다. 이건 노파심에서 드리는 말씀입니다만, 혹시 강화학교에 간 여러분의 친구로부터 연락이 오거나 하면 반드시 선생님들에게 알려 주시기 바랍니다. 여러분을 위해 드리는 말씀입니다. 앞으로 온라인 오프라인 불문하고 시계모자와 강화학교에 대한 악성 유언비어를 유포하는 사람은 국가의 안위를 위태롭게 하는 중대 사범으로 처벌할 것입니다. 강화학교에서 도망친 친구를 옛날의 그 친구라고 생각해선 안 됩니다. 국가의 안위를 위태롭게 하는 범법자인 만큼 절대 개별적으로 연락하거나 만나서는 안 됩니다. 나라의 명운이 걸린 일이니만큼 적극적으로 도와주리라 믿습니다."

무관심한 표정으로 앉아 있던 아이들은, 강화학교 이야기가 나오자 얼굴에 생기를 띠며 의미심장한 눈빛을 주고받았다.

'정말이었어! 기우가 강화학교를 탈출했어!'

오가는 눈빛들은 그렇게 외쳐 대고 있었다.

"에- 또, 혹시나 해서 묻는 겁니다만 여러분 중에 '지하도시 통신'이란 메일을 받아 본 사람? 손들어 보세요."

교육시계부 사람이 아이들을 둘러보았다. 아무도 손을 들지 않았다.

"메일을 일방적으로 받아 우연히 열어 본 경우는 처벌 대상이 안 됩니다. 하지만 받아 보고도 숨기는 경우는 문제가 됩니다. 자, 다시 한 번 묻겠습니다. 여러분 중에 '지하도시 통신' 메일을 받아 본 사람?"

인수가 손을 번쩍 들었다. 아이들은 깜짝 놀라 모두들 인수를 바라보았다.

"한 사람. 또 없습니까?"

"선생님, 그게 아닌데요. 제가 메일을 받아 보았다는 게 아니라……."

인수가 순진한 표정을 지으며 말을 꺼냈다.

"그럼 뭐지?"

교육시계부 사람이 인상을 쓰고 인수를 내려다보았다.

"'지하도시 통신'이 뭔지 몰라서 질문하려고 손든 건데요."

아이들이 킥킥거리자 교육시계부 사람 뒤에 있던 담임이 도끼눈을 뜨며 몽둥이를 쳐들어 보였다.

"받아 본 적이 없다고? 그럼 다행이고, 그게 뭔지는 모르는 게 좋아요."

교육시계부 사람이 말을 마치고 교실을 나섰다. 담임도 눈에 잔뜩 힘을 주어 인수를 째려보고는 뒤따라 나갔다. 신지는 얼른 쓰레기통으로 가서 세나가 떨어뜨린 헝겊조각을 챙겨 두었다.

5
지하도시

기우는 어둠 속에서 눈을 떴다. 머리가 훨씬 맑아져 있었다.

여기가 어디일까?

문득 위쪽에서 쇠 끌리는 소리가 들렸다. 맨홀 뚜껑이 열리는 소리일 거라고 생각했다. 빛이 새어 들다가 쇠 끄는 소리와 함께 사라졌다. 누군가 쇠사다리를 내려오는 소리가 들렸다.

또 환각이 시작되려는 건가, 아니면 현실인가?

누구지?

계속 쫓아오던 그자인가?

기우는 긴장하여 머리를 만져 보았다. 강화학교의 시계모자는 잠금 장치가 달려 있어 마음대로 벗을 수가 없었다. 다행히 기우가 입고 있는 낡은 파카의 후드 덕택에 시계모자가 밖으로 드러나지는 않았다.

그런데 내가 언제 이런 파카를 입은 거지?

기우는 벽 쪽으로 돌아누워 몸을 웅크렸다.

"여기서 같이 좀 지내도 되겠소?"

사다리를 타고 내려온 자가 어둠에 대고 말했다. 목소리가 웅웅 울렸다. 젊은 남자 같았다.

"안 될 거 뭐 있겠소. 따로 주인이 있는 것도 아닌데."

어둠이 웅웅 대답했다. 나이가 지긋한 아저씨 목소리였다.

"잠깐 불 좀 켜도 되겠소?"

"좋으실 대로."

젊은 남자가 손전등을 켜 지하실의 여기저기를 비춰 보았다.

"신참이 무례하군. 여기도 위아래가 있고 예의범절이란 게 있소. 남의 얼굴에 불을 비추는 건 실례야."

나이 지긋한 목소리가 꾸짖듯이 말했다. 그 말에 기우 쪽으로 다가오던 불빛이 멈췄다.

"미안합니다. 지하도시로 가는 통로가 없나 해서요. 여기는 통로가 없나 보죠?"

"여기도 예전엔 지하철역 입구이긴 했던 것 같은데, 공원으로 만들면서 더 아래로 내려가는 부분은 시멘트로 발라 버린 모양이오. 그런 통로는 없어."

"그럼 아저씨는 떠돌이유?"

젊은 남자의 목소리가 좀 업신여기는 투로 바뀌었다. '떠돌이'는 지하도시에 소속되지 않고 홀로 돌아다니며 사는 노숙자들을 일컫는 말이었다.

"그런 셈이지. 여기 오는 사람들은 다 떠돌이들이야."

"그렇다면 다른 곳으로 가 봐야겠군. 지하도시로 가려고요."

"그러시든지."

젊은 남자가 사다리를 올라가는 소리가 들리고, 맨홀 뚜껑이 열렸다 닫혔다.

이건 환각 같진 않군.

말하는 내용을 봐서는 노숙자들 같은데?

기우의 그런 생각을 비웃기라도 하듯, 문득 뒷목덜미에 드라이아이스처럼 싸늘한 숨결이 느껴졌다. 공포로 순식간에 몸속의 피가 얼어붙는 것만 같았다. 그러면서도 누가 잡아당기는 것처럼 어쩔 수 없는 호기심에 기우는 벌떡 일어나며 뒤를 돌아보았다. 방금 빙하에서 빠져나온 듯 하얗게 서리를 뒤집어쓴 사람의 모습이 보였다. 무표정한 얼굴은 새파랗게 얼어붙어 있고, 동자도 없이 새까만 눈 깊이에는 서릿발이 가득 찬 것만 같았다. 그런데 이상하게도 기우가 굉장히 잘 아는 사람이라는 느낌이 들었다. 그런 느낌이 공포감을 걷잡을 수 없이 크게 만들었다.

아-악!

기우는 목청껏 비명을 질렀다.

"이봐, 정신 차려!"

누군가 기우의 어깨를 세게 흔들었다. 환각은 사라지고, 눈앞에 젊은 청년의 모습이 나타났다. 긴 머리는 뒤로 묶었고 수염도 제법 자라 있었다. 청년의 어깨 너머로 오십대쯤 된 아저씨의 얼굴도 보였다. 어둠 속에서 울리던 나이 지긋한 목소리의 주인공인 모양이었다. 겨울도 아닌데 둘 다 낡은 파카를 걸치고 있는 걸로 보아 노숙자인 듯했다. 그런데 초라한 외모와는 달리 두 사람의 눈엔 생기가 넘쳤다.

"괜찮니?"

아저씨가 걱정스러운 얼굴로 물었다. 기우는 고개를 끄덕였다.

"괜찮을 거예요. 다른 아이들에 비하면 굉장히 빠르게 환각에서 벗어나는 것 같은데요."

"다행이야. 어제는 걱정이 많이 됐는데. 어떻게 그런 상태에서 강화학교를 탈출해 나왔는지 모르겠더군."

아저씨가 고개를 살래살래 저었다. 두 사람의 목소리가 지하 공간에 웅웅 울려 좀 비현실적으로 들렸다. 기우는 사방을 두리번거렸다. 천장과 바닥, 사면이 시멘트로 된 직사각형의 커다란 방이었다. 천장 한구석에 맨홀이 있고, 벽을 따라 쇠사다리가 붙어 있었다. 바닥 반대쪽 구석에도 뚜껑 없는 맨홀이 있는데, 스티

로폼과 침낭이 그 곁에 어지럽게 흩어져 있었다. 아저씨가 밑으로 통하는 맨홀 위에 잠자리를 펴고 누워 있었던 모양이었다. 맨홀 곁에는 굵은 초에 불이 켜져 있었다. 맨홀로 바람이 드나드는지 촛불이 심하게 흔들렸다. 촛불이 흔들릴 때마다 세 사람의 그림자가 벽 위에서 춤을 추었다.

청년은 저 바닥의 맨홀에서 나온 걸까?

저 맨홀은 어디로 통하는 걸까?

"좀 전에 어떤 젊은 사람이 왔다 갔어. 노숙자 행세를 하는데 노숙자 같진 않아. 지하도시로 가는 통로를 찾는데, 내가 깔고 누웠으니 보일 리가 없지. 여기엔 그런 건 없다고 하니까 그냥 가더군. *끄나풀* 같긴 한데 좀 이상해. *끄나풀*이라면 그렇게 싱겁게 물러날 리가 없는데……."

"이상하긴요? 여기야 맨홀만 가리고 있으면 더 둘러볼 것도 없잖아요. 잘 따돌리셨어요. 덕분에 이곳은 감시 대상에서 벗어나겠는데요? 요즈음 *끄나풀*들이 지하도시로 부쩍 많이 들어오는 것 같아요. '지하도시 통신'이 퍼져 나가니까 그런 거겠죠."

"조심해야겠군."

"그래 봤자 부처님 손바닥 안이죠. 지하도시 안에서야 지네들이 무슨 힘을 쓰겠어요? 그보다도 걱정되는 건 따로 있어요."

"걱정되는 거라니?"

"지하도시 사람들 사이에 일부이긴 하지만 외국인 노동자들에 대한 불만이 퍼지고 있어요. 자기들이 노숙자가 된 건 외국인 노동자들이 들어와 일자리를 차지했기 때문이라는 거죠. 그래서 밖에 나가 있는 동안 심심찮게 외국인 노동자들하고 싸움도 벌어진대요. 아마 끄나풀들이 부추기는 게 아닌가 싶어요."

"그거 잘못하면 심각해질 수도 있겠는데? 나도 이만 내려가 봐야겠군. 이 아이 데리고 먼저 가서 사람을 보내 줘. 여길 비워 둘 수는 없으니까."

아저씨와 청년은 말을 마치더니, 갑자기 기우가 있는 걸 새삼 깨달았다는 듯 돌아보았다.

"아참, 내 소개를 잊고 있었군. 박정현이다. 정현이 형이라고 불러라."

청년이 손을 내밀었다. 기우는 박정현과 악수를 했다.

"난 임가다. 흔히 껄정이 아저씨라고들 하지."

아저씨도 악수를 청했다. 손이 두툼한 게 정말 임껄정 같았다.

"저는 이기웁니다."

"알고 있어. 이카루스지? 시계모자를 거부하는 아이들."

박정현이 웃으며 말했다. 웃으니 좀더 어려 보였다.

기우는 움찔했다. 자신도 거의 잊고 있던 얘기였다. 이런 곳에서 그에 대해 아는 사람을 만날 줄은 생각도 못 했다.

기우가 말이 없자, 박정현은 손을 내밀어 기우의 어깨를 토닥였다.

"신경 쓰지 마라. 지금은 모든 게 혼란스럽고 기억도 흐릿할 거야. 다만 우리가 너를 만나려고 무척 노력했고, 줄곧 기다려 왔다는 건 알고 있으렴."

기우는 뭐라고 대꾸해야 할지 몰랐다. 문득 한 가지 의문이 떠올랐다.

"……그런데 제가 여기 얼마나 있었던 거죠?"

"한 일주일 되었나. 나랑 위에도 두세 번 올라갔는데 기억 안 나니? 비둘기를 잘 다루던데, 다리에 헝겊조각을 묶어 보내기도 했잖아."

"그랬나요?"

기우는 환각 속에서 보았던 정미소 풍경을 떠올려 보았다. 노란 원피스를 입은 소녀가 비둘기 모이를 한 주먹 건네던 모습이 떠올랐다. 마음 한구석이 알싸해졌다. 비둘기를 기르는 건 죽은 엄마의 취미였다.

"이만 가자."

박정현이 손전등을 켜 들고는 바닥에 뚫린 맨홀 속으로 몸을 들였다.

"어디로요?"

"'지하도시 통신'. 거기 너처럼 강화학교를 탈출한 애들이 모여 있어. 이야기는 가면서 하지."

"안녕히 계세요."

기우는 꺽정이 아저씨에게 인사를 하고 박정현을 따라 맨홀 속으로 들어갔다.

"또 볼 건데 뭐. 다녀와."

꺽정이 아저씨가 웃으며 맨홀 위에 두꺼운 베니어판을 덮었다.

6
태 양 이 빛 나 는 밤 에

진이는 시계모자를 벗어 든 채 옥상으로 연결된 계단을 올라갔다. 해가 높이 떠올랐고, 아이들은 하교한 지 오래였다. 학교는 텅텅 비어 있었다. 방범회사 아저씨의 눈길만 피하면, 진이가 학교에 남아 있다는 건 아무도 모를 터였다.

진이는 옥상으로 통하는 문손잡이를 가만히 돌렸다. 다행히 잠겨 있지 않았다. 진이는 소리가 나지 않게 조금씩 철문을 밀었다. 옥상 한쪽에 옥탑방처럼 덩그러니 놓여 있는, 특수반 교실로 쓰이는 가건물이 보였다. 특수반 교실의 평평한 슬래브 지붕 위에는 나무로 만든 아파트 모양의 비둘기집이 솟아 있었다. 비둘기집 옆에서 여자아이의 단발머리가 얼핏 나타났다가 사라졌다.

'누구지, 이 시간에?'

진이는 무의식적으로 몸을 낮추고, 특수반 교실을 향해 재빠르게 몸을 움직였다. 교실 주위를 한 바퀴 돌다 보니 슬래브 지붕에 걸쳐져 있는 녹슨 사다리가 보였다.

슬래브 지붕 위에서 신지는 간간이 모이를 뿌리며 비둘기들을 불러 모았다. 모이를 쪼는 비둘기들을 유심히 살펴보았지만, 헝겊조각을 달고 있는 놈은 보이지 않았다. 지만이 말대로 비둘기 편지는 기우가 강화학교 가기 전에 보낸 걸까? '엄마 기억이 나지 않아, 도와줘.' 왜 그런 편지를 쓴 걸까? 강화학교 가기 전이라면 좀더 손쉽게 연락할 수 있었는데 비둘기 편지라니 이상하잖아? 아니면, 세나가 추측한 대로 강화학교를 탈출하고 나서 편지를 보낸 걸까? 아무것도 확실하지 않았다.

"도움 요청을 하려면 어디 있는지를 알려 줘야 할 거 아냐?"

신지는 실없이 중얼거렸다. 기우는 정말 정신이 혼미한 걸까? 정신이 혼란스러워서 그런 이상한 편지를 보냈고, 그다음 편지는 미처 보낼 생각도 못하고 있는 걸까? 신지는 지붕 위에 있던 의자에 털썩 주저앉으며 이어폰을 귀에 꽂았다. 요즈음 인기를 얻고 있는 노래 〈태양이 빛나는 밤에〉가 고막을 흔들었다.

눈을 떠 봐

너는 먹이를 찾아 땅속을 헤매고 다니는

두더지가 아니야

아, 눈을 떠 봐

태양이 빛나는 밤에

눈부신 태양의 빛이 가시처럼 네 눈을 찔러도

눈을 떠 봐

저 푸른 하늘과 태양,

너는 알 거야

네 심장이 앞에 던져진 먹이만을 위해 뛰고 있지 않다는걸

아, 너는 알 거야

네 심장은 차라리 이카루스처럼 태양을 향해 날고 싶다는걸

아, 날개를 잃고 추락할지라도 날고 싶다는걸

눈을 떠 봐,

매일매일 너는 너의 세상을 창조하며 사는 거야

매 순간순간 너의 눈길이, 너의 말이, 네 심장의 고동이

이 세상을 살아 있게 하는 거야

눈을 떠 봐,

네게 버려도 좋을 시간은 단 한 순간도 없어

눈을 떠 봐

저 푸른 하늘과 태양,

너는 알 거야

네 심장이 앞에 던져진 먹이만을 위해 뛰고 있지 않느는걸

아, 너는 알 거야

네 심장을 차라리 이카루스처럼 태양을 향해 날고 싶다는걸

아, 날개를 잃고 추락할지라도 날고 싶다는걸―

눈을 떠 봐!

이 노래를 부른 '이카루스'는 아세안들로 구성된 힙합 그룹이었다. 록과 힙합을 접목시킨 이들의 저항적이고 독특한 음악은 아세안들뿐만 아니라 젊은 세대 전반에서 호응을 얻고 있었다. 신지는 이 노래를 들을 때마다 심장이 흔들리는 기분이었다. 특히 마지막 부분에서 '싶다는걸―'하고 길게 끄는 보컬의 목소리는 온몸을 던지는 절규처럼 들려 소름까지 돋았다. 그리고 멤버 전체가 합창으로 딱 끊어 외치는 '눈을 떠 봐!'는 정말 맨 심장을 주먹으로 한 대 맞는 느낌을 주었다. 신지는 감았던 눈을 떴다. 푸른 하늘과 태양을 올려다보며, 심장에 남아 있는 묵직한 아픔 같은 걸 음미했다.

"신지야."

진이가 불렀지만 신지는 대답이 없었다. 이어폰을 끼고 있어서 들리지 않는 모양이었다. 노래를 듣는지 발로 장단을 맞추고 있었다. 진이는 신지의 어깨를 가볍게 쳤다.

"엄마야!"

신지가 소스라치며 벌떡 일어났다. 방범회사 아저씨나 선생님
인 줄 알았던 모양이었다.

"네가 이 시간에 여길 어떻게⋯⋯?"

신지가 이어폰을 귀에서 빼며 진이를 돌아보았다. 경계하는 빛
이 완연했다. 진이는 씁쓸했다.

하지만 신지로선 어쩔 수 없는 일이었다. 교육시계부 사람이
소지품 검사를 하고 간 뒤 아이들은 비둘기 편지에 대해 결론을
내렸다. 언제 편지를 보냈든 간에 기우가 탈출한 건 분명하다. 또
비둘기 편지를 보낼지 모르니까 해가 떠 있는 밤에도 교대로 한
명씩 남아 있자. 하지만 비둘기 편지가 온다는 사실이 드러나면
절대 안 된다. 그러니까 아무에게도 들키지 않도록 조심하자. 이
게 대강의 결론이었다. 그런데 뜬금없이 특수반도 아닌 진이가
마치 알고나 있었던 것처럼 나타났으니 놀랄 수밖에 없었다.

"기우가 혹시 비둘기 편지라도 보내지 않았을까 해서⋯⋯."

진이가 신지의 눈길을 피하며 중얼거렸다.

"어떻게 그런 생각을 했니?"

신지가 의심을 넘어 경악에 가까운 표정을 지었다.

"너희들한테는 교육시계부 사람 안 갔었니? 그저께 학생부에
서 오라고 해서 갔더니, 교육시계부 사람이 혹시 기우에게 연락
이 없었냐고 묻더라. 기우가 정말로 강화학교에서 탈출한 것 같

아. 전화나 메일은 하기 힘들 텐데, 기우가 비둘기를 잘 다루었잖아. 초등학교 때 얘기지만, 비둘기 다리에 편지를 묶어 날린 적도 있댔어. 그래서 혹시나 비둘기를 이용해 편지를 보낼지도 모른단 생각을 했지."

진이의 이야기를 들으며 신지의 머리는 바쁘게 돌아갔다. 아침에 만났을 때는 왜 교육시계부 사람 만난 얘기를 하지 않았을까? 진이가 교육시계부 사람에게 비둘기 편지 얘기를 했을까? 그건 아닌 것 같다. 만약에 진이가 비둘기 편지 얘기를 했다면, 지금 내가 이렇게 비둘기집 앞에 앉아 있을 순 없었을 거다. 그렇게 생각하니 조금 안심이 되긴 했다. 하지만 기우에게서 온 비둘기 편지를 보여 주기엔 여전히 꺼림직했다. 신지가 뜸을 들이고 있자 진이가 다시 말을 이었다.

"교육시계부에서 나온 사람이 기우 있는 곳을 알려 주면 '스터디 3000' 시제품을 무상으로 주겠다고 하더라. 치사한 자식들! ……너는 시계모자를 쓰고 있는 게 어떤 기분인지 잘 모를 거야. 꼭 양쪽 눈 옆에 차단막을 붙인 경주마가 된 것 같아. 앞만 보고 달리다 보면 시야가 점점 좁아지면서 아버지에 대한 기억도 기우에 대한 기억도 하나 둘씩 사라져 버려. 그 소중한 것들이 다 사라졌을 때 나는 과연 무엇이 되어 있을까 생각하면 정말 무서워져. 그래서 시계모자를 자꾸 벗게 돼."

진이가 시계모자를 흔들어 보이며 쓸쓸히 웃었다.

"그럼 너도 시계모자 벗어 던지고 우리 특수반으로 와."

신지가 진이의 시계모자를 뺏어 멀리 던지는 시늉을 하면서 말했다.

"너희들처럼 드러내 놓고 시계모자를 거부하는 건 부모님이 여유가 있으니까 가능한 거야. 나는 선택의 여지가 없어. 엄마가 언제까지 일해서 나하고 내 동생 뒷바라지할 수 있을지 모르잖아. 시계모자를 쓰든 뭘 하든 공부라도 잘해서 하루 빨리 좋은 데 취직해야 돼."

진이가 말을 마치고는 쓴웃음을 지었다.

"그렇구나……."

신지는 거기까진 생각을 못했던 터라 새삼스럽게 진이를 쳐다보았다. 왠지 진이가 어른스러워 보였다.

"맞아, 교육시계부 사람이 우리 반에도 왔었어. 난데없이 소지품 검사를 하더니 어이없는 협박을 하더라. 강화학교를 탈출한 애들과 만나는 건 물론 연락만 해도 처벌한다는데 말이 되니? 자기들이 하는 말을 퍼뜨리면 국가의 안위를 위태롭게 하는 중대 사범으로 처벌한대. 유언비어 좋아하고 있네. 자기들도 켕기는 게 있으니까 그러는 거지."

신지가 낮에 있었던 일을 떠올리며 열을 냈다.

"'지하도시 통신'이 자꾸 퍼져 나가니까 그러는 거야. 이젠 인터넷에서 퍼지는 정도를 넘어섰어. '지하도시 통신' 내용을 프린트한 게 이 학교 저 학교에서 돌고 있나 봐. 우리 학교에도 돌기 시작했어."

"우리 학교에도?"

신지가 깜짝 놀라 진이를 올려다보았다.

"보여 줄까?"

진이가 교복 치마 주머니에서 작은 딱지만하게 접은 종이를 꺼내 건넸다. A4 용지에 뭔가가 프린트되어 있었다.

지하도시 통신 17호

옛날에 어떤 젊은이가 마법을 배우러 길을 떠났습니다. 그는 천신만고 끝에 좋은 스승을 만나 마법을 배웠습니다. 그리고 스승이 죽은 뒤에도 혼자 연마해서 마법을 더 발전시켰습니다. 그는 이 마법이 자기만이 아니라 더 많은 사람들을 위해 쓰이기를 바랐습니다. 그래서 스승이 물려준 마법에 자기가 새로이 터득한 것을 보태어 얇은 나무껍질에 적기 시작했죠. 오랜 세월을 거쳐 그는 이 세상 온갖 것의 이치가 담겨 있는 대마법전을 완성했습니다. 나이를 많이 먹어 머리칼도 하얘지고, 길게 자란 수염도 하얗게 변했죠. 그는 드디어 대마법전을 완성했으니 이제 세상 사람들에게 널리 퍼뜨려 도움을 주어야겠다 생각하고 나라의 수도를 향해 떠났습니다.

수도로 가려면 아주 광활한 초원을 지나야 했습니다. 그는 햇볕이 쨍쨍한 초원을 지나다가 너무 지쳐 바위 그늘에서 쉬기로 했습니다. 잠시 쉰다는 게 그만 늘어지게 낮잠을 자고 말았죠. 그런데 잠에서 깨고 보니 머리맡에 두었던 대법전은 보이지 않고, 어디서 나타났는지 한 무리의 양 떼가 뭔가를 우물거리고 있었습니다. 가만히 보니 양들이 대법전을 먹어 치운 거였습니다. 그는 하는 수 없이 양 떼를 끌고 도시로 갔습니다. 그는 사람들에게 말했죠. 수천 년간 내려온 마법에 내가 연구한 것을 보태 대마법전을 만들었습니다. 그런데 이 양들이 먹어 치웠지 뭡니까. 그러니 대마법전의 내용은 이 양들의 몸 속에 기록되어 있을 겁니다. 이 양들의 가죽을 벗기면 안쪽에 글자들이 적혀 있을 것이니, 그걸 가지고 공부하십시오. 거기에는 이 세상의 온갖 이치가 다 들어 있습니다. 사람들은 그의 말대로 양들을 잡아 가죽을 벗겼습니다. 정말로 가죽 안쪽에 글자들이 새겨져 있었죠. 그때부터 사람들이 양가죽 종이, 즉 양피지를 만들어 쓰게 되었다는 이야기입니다.

여기서 질문을 하나 하겠습니다. 우리나라 교육은 이 이야기의 마법사에 해당합니까, 양에 해당합니까? 당연히 양이라고요? 예전에는 학생들이 사전을 뜯어 먹으며 외웠고, 요새는 아예 씹어 먹으며 외우니 어쩌니 하는 제목의 책도 나오는 걸 보면 양이 분명하다고요?

네, 그렇죠. 예전에 우리 교육은 새로운 지식이란 선진국에서 생산되는 것이고, 우리는 그걸 빨리빨리 받아들여 암기하면 된다는 전제 아래 이루어졌죠. 그런데 문제는 세상이 변한 지금에도 우리 교육이 여전히 대마법전을 씹어 먹는 양에 머물러 있다는 겁니다. 이제 세상이 많이 변해서 가치 있는 새로운 지식을 얼마나 창조해 내는가가 절대적으로 중요합니다. 말하자면 새로운 마법을 창안해 내는 마법사가 필요한 시대죠. 그런데 우리 교육은 여전히 아이들을 마법사로 키우지 못하고 대마법전을 우물우물 씹어 먹는 양으로 기르고 있어요. 그래 가지고는 껍질이 벗겨져 양피지로 쓰일 일밖에 더 있겠습니까?

"이건 강화학교에 대해 폭로하는 내용은 아닌데?"

신지가 묻듯이 진이를 쳐다보았다.

"응, '지하도시 통신' 애들 보통이 아니야. 단순히 폭로만 하는 내용은 적어. 생각을 일깨운다고나 할까, 희망을 만든다고나 할까? 그런 내용들이 많아. 어떻게 그런 걸 만들어 내는지 참 대단하지 않아?"

"그나저나 우리가 대마법전의 가치도 모르고 우물우물 씹어 먹기나 하는 양의 신세라니 우울하네."

신지가 말하고는 한숨을 폭 쉬었다.

"야, 우울한 얘기 그만하고 비둘기나 불러 모으자."

진이가 신지의 발밑 봉지에서 모이를 꺼내 비둘기집 쪽으로 뿌렸다. 흩어져 갔던 비둘기들이 하나 둘 모여들어 꾸루룩거리며 모이를 쪼았다. 진이는 비둘기들이 모이를 따라 모여드는 게 재밌는지 이번에는 교실 옆 옥상 바닥을 향해 모이를 뿌렸다. 비둘기들이 후두둑 날갯소리를 내며 옥상 바닥으로 내려갔다. 모이를 쪼고 날아올라 공중을 떠돌다 다시 내려가는 놈들도 있었다.

"쟤들 오늘 배 터지게 먹고 닭둘기 돼 버리겠다."

신지의 말에 진이가 비둘기들에게 눈을 준 채 웃었다.

"가만!"

신지가 진이의 팔을 잡아당기며 몸을 낮췄다. 옥상으로 통하는 철문이 열리는 소리가 나더니 조그맣게 휘파람소리가 들렸다. 휘파람소리가 점점 가까워지다가 그쳤다.

"이놈들은 여기서 뭘 쪼고 있어? 응? 저놈은 다리에 웬 헝겊조각이 묶여 있네? 다쳤나? 바닥에 똥 갈겨 놓지 말고 서리 가라. 훠이!"

중얼거리는 중년 남자의 목소리가 들리고, 비둘기들이 날아올랐다. 헝겊조각이란 말에 신지와 진이는 귀를 쫑긋 세웠다. 진이가 얼른 모이를 꺼내 비둘기집 앞쪽에 뿌렸다. 날아오른 비둘기들이 비둘기집 앞에 내려앉기 시작했다. 다리에 헝겊조각이 묶인 놈도 뒤늦게 내려앉았다. 당장 붙들고 싶었지만, 바로 아래 교실에 있는 남자에게 발소리가 들릴까 봐 움직일 수가 없었다. 신지와 진이는 점점 더 자기들 쪽으로 모이를 뿌렸다. 비둘기들이 가까이 모여들어 두 아이는 비둘기들에 둘러싸인 꼴이 되었다. 마침내 교실 출입문 닫는 소리가 났다.

"이 옥상 교실에 뭐가 있다고 여기까지 둘러보라고 그래? 돈은 쥐꼬리만큼 주면서 미주알고주알 참견은 원⋯⋯."

투덜거리는 소리가 멀어져 가더니 잠시 후 철문 닫는 소리가 들렸다.

"갔다! 이제 저놈을 붙들어 보자."

신지가 모이를 한 움큼 움켜쥐더니 비둘기들에게 내밀었다. 진이도 따라 했다. 비둘기들이 모여들어 손 안의 모이를 쪼아 먹기 시작했다.

"꼭 간질이다가 콕콕 꼬집는 것 같아."

진이가 신지를 보며 웃었다. 다리에 헝겊이 묶인 비둘기도 경계심을 풀고 조금씩 다가오더니 신지 손에 있는 먹이를 쪼았다.

"붙들자."

신지가 진이를 보며 속삭이듯이 말했다. 진이도 헝겊조각이 달린 비둘기에게 모이가 담긴 손을 내밀었다. 비둘기가 신지와 진이의 손을 오가며 정신없이 먹이를 쪼았다. 신지와 진이는 다른쪽 손을 비둘기 뒤로 서서히 가져가서는, 기습을 하듯 덥석 잡았다.

"잡았다!"

두 아이에게 붙잡힌 비둘기는 놀란 듯 심하게 퍼덕거렸다. 다른 비둘기들은 흩어져 날아올랐다가, 바닥에 남은 모이를 쪼러 다시 모여들었다.

"내가 잡고 있을 테니까 헝겊조각을 풀어 봐."

비둘기의 발목에서 헝겊조각을 푸는 진이의 손이 가볍게 떨렸다.

이상한 서커스

진이가 고개를 갸웃거렸다.

"기우 글씨인 것 같긴 한데, 무슨 뜻인지를 모르겠네."

신지도 고개를 갸웃거렸다.

"혹시 이 근처에 서커스 들어온 거 아냐? 그래서 그 서커스 천막에 기우가 숨어 있는지도 모르지."

진이가 중얼거리며 신지를 쳐다보았다.

"요새 그렇게 돌아다니는 서커스단이 어딨냐?"

신지가 말하며 다른 헝겊조각을 주머니에서 꺼내 펼쳤다.

"그게 뭐야? 비둘기 편지가 예전에도 왔었던 거니?"

진이가 동그랗게 눈을 뜨고는 빼앗듯이 헝겊조각을 가져갔다.

"이거 혹시 기우가 강화학교 가기 전 비둘기 다리에 묶어 놓았던 건 아닐까?"

신지가 물었다.

"그건 아니야. 시계모자를 쓴 다음에도 기우는 종종 엄마 얘기를 하곤 했어. 엄마 기억이 지워지는 걸 막으려는 듯, 이런저런 추억들을 자주 얘기했었어. 심지어 강화학교 가기 전날에도 초등학교 때 엄마랑 소풍 간 애길 했는걸."

진이가 확신하는 듯 고개를 끄덕였다.

"'엄마 기억이 나지 않아. 도와줘'? 아무래도 기우가 아직 정신이 없는가 봐?"

진이가 헝겊조각에서 눈을 떼고 신지를 힐끗 보았다.

"그런 것 같아. 그런데 강화학교가 정신병원 같은 곳이란 거 사실이야? 그렇다면 거기 보내지는 애들은 정신에 문제가 생겼다는 거잖아? 게다가 그 문제가 시계모자 때문에 생긴 거라면 더욱 큰일이고. 교육시계부에선 강화학교가 집중력 강화 교육 프로그램을 운영하는 곳이라고 말해 왔잖아?"

"강화학교 얘기가 사실인진 모르지만, 시계모자 때문에 머리에 문제가 생긴다는 건 확실해. 정신병까진 아니더라도, 시계모자를 쓰는 아이들이라면 다 조금씩은 느꼈을 거야."

진이가 쓴웃음을 지으며 말했다.

"그럼 '이상한 서커스'는 뭐지?"

"이 편지는 그래도 탈출하고 나서 정신이 좀 돌아온 상태에서 쓴 거 같아."

"왜 그렇게 생각하는데?"

"적어도 무작정 도와 달라는 게 아니라 뭔가를 알리려고 했잖아. 그렇다고 정신이 완전히 맑아진 상태는 아닐 거야. 그랬다면 우리가 알아들을 수 있게 설명을 했겠지. 아마도 사라졌던 기억이 서서히 되살아나고 있는 건 아닐까? 어쩌면 '이상한 서커스'는 예전 기억과 연관된 명칭인지도 몰라."

"그럼 인수나 지만이한테 물어 보면 알겠네? 걔들 태어나면서부터 기우와 한동네에서 자랐거든. 잘됐어!"

신지가 벌떡 일어서며 양 손바닥을 진이의 손바닥에 부딪쳤다. 둘 다 곧 기우를 만날 수 있다는 생각에 가슴이 두근두근했다.

"이 노래 들어 봐."

신지가 이어폰 한쪽을 진이에게 넘겼다.

"무슨 노래야?"

"〈태양이 빛나는 밤에〉."

"아. 이카루스 노래?"

진이가 이어폰을 꽂더니 작은 소리로 노래를 따라 불렀다. 신지도 따라 불렀다.

아, 눈을 떠 봐

태양이 빛나는 밤에

눈부신 태양의 빛이 가시처럼 네 눈을 찔러도

눈을 떠 봐

저 푸른 하늘과 태양,
너는 알 거야
네 심장이 앞에 던져진 먹이만을 위해 뛰고 있지 않다는걸
아, 너는 알 거야
네 심장은 차라리 이카루스처럼 태양을 향해 날고 싶다는걸
아, 날개를 잃고 추락할지라도 날고 싶다는걸

나직한 흥얼거림이 어느새 춤으로 변해 있었다. 신지와 진이는
일어나 노래 부르며 춤을 추었다.

눈을 떠 봐,
매일매일 너는 너의 세상을 창조하며 사는 거야.
매 순간순간 너의 눈길이, 너의 말이, 네 심장의 고동이
이 세상을 살아 있게 하는 거야.
눈을 떠 봐,
네게 버려도 좋을 시간은 단 한 순간도 없어.
눈을 떠 봐,
저 푸른 하늘과 태양,
너는 알 거야
네 심장이 앞에 던져진 먹이만을 위해 뛰고 있지 않다는걸.
아, 너는 알 거야

네 심장은 차라리 이카루스처럼 태양을 향해 날고 싶다는걸.

아, 날개를 잃고 추락할지라도 날고 싶다는걸-.

신지와 진이는 '걸-'을 길게 끌며 하늘을 향해 두 팔을 쭉 뻗었다. 새파란 하늘과 가시처럼 눈을 찔러 대는 눈부신 태양이 가슴으로 들어오는 것만 같았다.

눈을 떠 봐!

신지와 진이는 노래를 마치며 주먹 쥔 한쪽 팔을 앞으로 쭉 뻗었다. 그 상태로 잠시 있다가 환호성을 질렀다. 펄쩍펄쩍 뛰다가 서로를 끌어안았다. 괜히 눈물이 나왔다.

7
공부 잘하는 기계

　해가 떠 있는 밤이었지만, 인수는 잠이 오지 않아 그림을 그리고 있었다. 인수는 잠시 팔레트와 붓을 베란다 난간에 내려놓고 의자에서 일어나 기지개를 켰다. 주머니에서 종이를 꺼냈다. 학교 매점에 갔다가 3학년 3반 짱인 준이에게 얻은 거였다. 준이는 3구역에 사는 아인데 싸움을 잘했지만 일진 같은 조직에는 들지 않았다. 때문에 일진 애들과 늘 부딪쳤고, 그러는 바람에 선생님들에게도 문제아로 찍혀 있었다.

　정규수업이 끝나고 인수는 매점에 갔었다. 빵을 사 들고 돌아서는데 준이가 매점에서 나가는 게 보였다. 그런데 준이가 앉았던 자리에 왠 종이뭉치가 놓여 있었다. 인수는 종이뭉치를 집어

들고 쫓아갔다.

"야, 너 이거 두고 가더라."

인수가 내민 종이뭉치를 보자 준이의 얼굴이 험악하게 일그러졌다.

"아 이 꼴통. 일이 안 되려니까…… . 그거 빨리 도로 갖다 놔."

"왜? 네 것 아냐?"

인수는 잠시 멍해졌다.

"그거 일부러 두고 온 거야, 애들 보라고. 자, 너도 하나 보고, 빨리 도로 갖다 놔."

준이가 종이 한 장을 인수의 주머니에 구겨 넣으며 등을 떠밀었다. 인수는 종이뭉치를 다시 매점에 가져다 놓고, 주머니에 든 종이를 꺼냈다.

지하도시 통신 11호

인수는 깜짝 놀라 종이를 도로 주머니에 구겨 넣으며 얼른 주변을 살폈다. '지하도시 통신'이 학교에서 당당히 돌고 있다는 건 뜻밖이었다. 더구나 준이 같은 애가 그런 걸 돌리다니!

인수는 종이를 펴 보았다. 그런데 내용이 예상 외였다. 강화학교에 대한 충격적 고발을 기대했는데, 막상 읽어 보니 웬 한가한 소린가 싶었다. 게다가 인수로서는 좀 골치 아픈 얘기였다.

70

……우리나라 경제가 지금처럼 대기업 중심으로 가도 충분히 유지될 수 있다고 가정한다면, 학교 교육은 대기업에 충원될 10퍼센트 남짓의 아이들을 선별하고 그 아이들에게 역량을 집중하는 방식으로 기울 겁니다. 그런 체제 아래서 나머지 90퍼센트가 넘는 아이들은 학교에서 소외당하는 것은 물론 사회에 나오면 소모적 비정규직을 전전하며 불안정한 삶을 살아가게 되겠지요. 그런 상황에서 자기 아이를 10퍼센트 속에 집어넣고 싶지 않은 부모가 어디 있겠습니까?

이런 상황은 아이들이 시계모자 덕분에 모두 공부를 잘하게 된다고 해도 변하지 않습니다. 예컨대 아이들이 모두 100점 만점에 99점 이상을 맞는다고 해도, 0.0001점 차로 등수를 매겨 10퍼센트 남짓을 선별하겠죠. 그렇게 되면 오히려 점수차가 클 때보다 더 경쟁이 치열해질 겁니다. 기껏해야 0.1점 차로 자기 아이의 운명이 달라지는 걸 부모 입장에서 가만히 보고 있을 순 없을 테니까요. 무리를 해서라도 더 비싼 시계모자를 아이에게 씌우고, 고액 과외를 시키려 하겠지요. 그러니까 사교육비는 더 늘어날 수밖에 없습니다. ……

"준이 녀석 이 내용을 제대로 이해나 하는 거야? 아무래도 어른들에게나 보낼 통신 같은데? 일을 하려면 제대로 하지, 왜 저도 이해 못할 걸 남들에게 돌리고 그런대?"

인수는 투덜거리며 하품을 했다. 0.0001점이라는 말 때문인지, 시계모자가 처음 등장하던 때가 생각났다. 그때는 사건이 이렇게 커지리라고는 생각도 못 했었다.

시계모자가 처음 등장한 건 초등학교 4학년 여름방학이 지나고 나서였다. 어느 날 학교를 마치고 교문을 나서는데, 문방구 2층 학원 간판 밑에 '공부 잘하는 기계 도입'이라는 플래카드가 붙어 있었다.

"공부 잘하는 기계? 저게 뭐야? 정말 그런 기계가 있어서 다들 공부를 잘해 버리면 어떻게 되는 거지?"

인수가 중얼거렸다.

"어떻게 되긴 뭘 어떻게 돼? 인수 너도 나와 어깨를 나란히 해서 1등이 되는 거지."

신지가 웃으며 인수를 쳐다보았다. 신지는 생긴 것도 또리방또리방하지만 공부도 반에서 제일 잘했다.

"와, 정말? 그렇다면 우리 엄마가 집을 팔아서라도 하나 사 줄 것 같은데?"

"전부 공부를 잘하게 되어도 아마 0.0001점 차라도 만들어 등수를 매길걸? 그럼 신지는 100점으로 1등이고 인수 너는

99.0001점으로 꼴등일 거야."

기우가 인수의 말에 토를 달았다.

"에이 씨!"

인수가 기우의 어깨를 주먹으로 가볍게 쳤다. 모두들 웃었다.

"에구, 생각만 해도 끔찍하다. 공부 잘하는 기계라니? 틀림없이 아이들을 로봇처럼 만드는 기계일 거야."

지만이도 한마디 거들었다.

"걱정 마. 내가 헌법재판소 판사가 되어서 공부 잘하는 기계에 위헌 판결을 내려 버릴 테니까."

유리의 장래 희망은 국제 변호사였다.

"와, 우리 유리를 지금 당장 헌법재판소 판사로 밀어 주자."

인수였다.

"밀어, 밀어, 63빌딩 옥상에서 밀어 줘."

아이들이 합창이라도 하듯 떠들며 유리를 이리저리 밀다가 깔깔대고 웃었다.

그렇게 별것 아닌 듯 나타난 '공부 잘하는 기계'는 시간이 지날수록 아이들에게 심각한 문제가 되어 갔다. '공부 잘하는 기계'는 문방구 2층의 학원에서 아이들에게 씌우는 시계 달린 모자와, 그 모자에 전파를 보내는 커다란 기계의 이름이었다. 그 모자를 쓰면 일체의 잡념이 없어져 집중력이 높아지고 공부가 잘된다고 했다. '공부 잘하는 기계'는 들판에 불길이 번지듯 학원가에 퍼져 나갔다. 5학년 여름방학이 되었을 쯤에는 전국의 학원들이 '공부 잘하는 기계' 회사의 분점으로 바뀌었다. 급기야는 사장이 TV에 종종 얼굴을 비추기 시작했다. 인수는 '공부 잘하는 기계' 사장이 처음 TV에 나왔을 때를 생생히 기억했다. 그걸 보고 나서 아빠와 엄마가 부부싸움을 했기 때문이었다. 〈인생극장〉인가 뭔가 하는 프로그램이었다.

인수 엄마는 '공부 잘하는 기계'에 반대하는 입장이었지만, TV에서 보여 준 사장의 인생역정에는 홀딱 빠졌다. 철학도로 출발하여 고생하다가 '공부 잘하는 기계'라는 신기술 개발에 성공하고, 혼자 시작한 학원을 연매출 10조에 가까운 재벌 회사로 급성장시키는 성공신화를 보여 주며 프로그램이 끝났다.

"와, 멋지다!"

엄마가 무심결에 감탄사를 터뜨렸다.

"멋지기는 뭘 멋져? 저런 게 아이들을 똑똑한 바보로 만들고 나라를 망치는 거야."

아빠가 툭 쏘듯이 한마디 했다.

"그걸 누가 몰라요. 하지만 멋있는 건 멋있는 거죠, 미남에다 살아온 과정도 드라마틱하고……."

엄마가 어깃장을 놓았다.

"하여튼 여자들이란……."

아빠가 혀를 쯧쯧 찼다. 아빠의 그 말에 엄마가 발끈했다.

신문·잡지·TV에서는 나날이 더 요란하게 '공부 잘하는 기계'의 효과에 대해 떠들어 댔다. 각 시·도의 교육감들이 '공부 잘하는 기계' 회사의 후원으로 당선되었다는 소문이 돌았다. 이어서 '공부 잘하는 기계'를 학교에도 도입해야 한다는 주장이 여기저기서 제기되었다. 이렇게 되자 부모들은 동요하기 시작했다. 지금이라도 '공부 잘하는 기계'를 씌우지 않으면 자기 아이가 낙오자가 될 것 같은 불안감에 슬금슬금 아이들을 채근했다. 우등생인 신지와 유리가 제일 심하게 압박을 받았고, 기우의 부담도 만만치 않았다. 고교 진학을 앞둔 기우네 누나는 항상 전교 1등이라고 했으니, 기우가 누나와 비교당하는 것은 어쩔 수 없는 일이었다.

"책 읽는 모임 해체했다. 나하고 지만이 엄마는 반대했는데, 다른 엄마들이 그만 나온다고 해서……."

어느 날 늦게 들어온 인수 엄마가 한숨을 쉬며 말했다. 술 냄새가 살짝 풍겼다. '좋은 책 읽는 엄마들의 모임'은 일 년 전 친한 엄마들끼리 만든 것이었다. 처음엔 회원이 많았는데 점점 줄어서 이제 기우 엄마, 신지 엄마, 유리 엄마, 지만 엄마까지 다섯 명만 남아 있었다.

"나도 자식 기르는 입장인데 이해가 안 가는 것도 아니야. 뜻이 아무리 좋으면 뭐 해? 현실이 그게 아닌걸. 말 나온 김에 하는 얘긴데 인수 너도 다시 생각해 봐. 다들 '공부 잘하는 기계' 학원에 다니는데 너만 빠져서 되겠니?"

엄마가 소파에 주저앉으며 인수를 올려다보았다.

"참, 엄마는 자기 적성을 살려야 한다고 입이 닳도록 이야기해 놓고는 이제 와서 딴 소리야? 난 화가 될 거니까 공부는 조금 못해도 된다고 그랬잖아."

인수가 볼멘소리를 했다.

"이상은 이상이고 현실은 현실이야. 그림 실력도 중요하지만, 웬만한 미술대 가려면 공부도 잘해야 한다더라. 너도 이제 6학년이잖아. 엄마도 슈퍼우먼이 아니야. 신지 엄마나 유리 엄마만큼 불안해. 밖으로 드러내지 않을 뿐이지. 말은 안 했지만, 너 보고 있으면 불안하고 답답해 죽겠어. 정 그러면 미술학원에라도 다니든지……."

떡 본 김에 제사 지낸다고, 술이 들어간 엄마는 그간 못했던 소리를 쏟아 놓았다.

"미술학원 가면 틀에 박힌 그림만 그리라고 한단 말이야."

인수가 뻗댔다.

"어이구, 우리 집에 피카소 하나 나왔어요. 너 좋은 대로만 하고 사니? 세상이 너 좋은 대로만 돌아가는 줄 알아? 좀 참고 맞춰주는 것도 있어야지. 대학에 가려면 필요하니까 미술학원에서도 그런 그림 가르치는 거 아니야. 어떻게 네 고집만 부리며 살려고 그래?"

엄마가 소리를 빽 질렀다.

"그렇게 외워서 그리는 게 무슨 그림이야. 엄마는 내가 그런 싸구려 그림이나 그리고 살기를 바라는 거야?"

인수도 흥분해서 목소리가 커졌다.

"어이구 피카소에다 고흐, 고갱까지 합쳤어요. 귀 자르고 타히티에나 가서 사시든지……."

엄마의 혀가 약간 꼬부라졌다. 인수는 화를 내려다 피식 웃고 말았다.

"엄마, 들어가서 자."

인수가 엄마를 부축해 안방에 눕혔다.

인수도 무조건 뻗댈 수만은 없어서 그 뒤로 미술학원에 다녔다. 하지만 그나마 반년 전에 그만두었다.

8
지하도시 통신

맨홀 안의 쇠사다리를 타고 내려가자 예전에 지하철역 플랫폼이었던 곳이 나왔다.

"수고하십니다. 껄껄이 아저씨가 내려올 일이 있다고, 교대할 사람 올려 보내 달라고 하시던데요."

박정현이 플랫폼을 지키고 있던 아저씨들에게 말했다.

"알았다."

박정현은 아저씨들에게 고개를 꾸벅하곤 플랫폼에서 철로로 뛰어내렸다. 기우도 따라서 뛰어내렸다.

"여기서부터 다음 역까지는 지하도시의 통제구역이야. 지휘부가 있어서, 신원이 확실한 사람만 들어갈 수 있지. 지하도시 사람들은 원래 조직 같은 거 싫어했는데, 몇 번 싸움이 있고부터 지휘부가 만들어졌어. 왜, 정부에서 지하도시 사람들이 지상에 나올 수 있는 시간을 해 떠 있는 한밤중에서 해 지는 새벽까지로 제한하기 시작했을 때 말야. 그때 여러 사람이 엄청나게 당했거든. 안 되겠다 싶으니까 지휘부도 만들고 그랬대. 요샌 경찰하고 싸우는 일은 뜸한데, 경찰 쪽에서 지하도시로 정보원을 침투시키나 봐. 그래서 통제구역을 만들어 출입을 제한하는 거야. '지하도시 통신'도 다음 역에 있어. 강화학교를 탈출한 애들이 십여 명 정도 있지."

"형도 탈출했어요?"

"그래. 작년 고3 때 들어가서 거의 바로 도망쳤어. 제대로 다녔으면 대학교 1학년이지."

박정현이 돌아보며 희미하게 웃었다.

"그런데 강화학교를 탈출한 애들이 어떻게 지하도시로 오게 됐어요?"

기우는 말하다가 몸을 부르르 떨었다. 지하라서 조금 써늘한 건가?

"처음엔 우연이었지. 강화학교 근처에도 폐선된 지하철 구간의 출입구가 있거든. 한참 쫓기고 있는데 지하도시 사람들이 이리로 데리고 들어왔어. 한 일주일 지나서야 정신이 맑아졌지. 정신이 들었을 때쯤 나를 보러 온 분이 껑정이 아저씨였어. 난 시계모자의 부작용이 심각해서 아이들이 정신분열에 빠진다. 그 사실을 숨기기 위해 증상이 심한 아이들을 강화학교에 수용하고 있다. 강화학교가 집중력 강화 교육 프로그램을 운영하는 곳이라는 건 사기다. 폭로해야 한다. 폭로하면 아이들이 들고 일어날 거라고 열심히 이야기했지. 그런데 걱정이 아저씨가 뭐라고 하신 줄 알아?"

"뭐라고 하셨는데요?"

"정말 생각지도 못한 말을 하셨어. 아무리 폭로해도 내 생각처럼 아이들이 들고 일어나진 않을 거라고."

"왜요?"

"대부분의 아이들이 딱히 말은 안 해도 시계모자에 부작용이 있다는 건 짐작하고 있다는 거야. 하지만 시계모자를 쓰고 전파에 조작되며 공부하는 게 편하기 때문에 무기력 상태에 빠졌다는 거지. 때문에 적어도 자기만은 부작용이나 강화학교 따위와는 상관없을 거라고 믿으며 모른 체하게 돼. 이런 상태에서는 만약 시계모자가 없어진다고 해도 별다를 게 없고, 또 다른 시계모자가 나타날 뿐이지. 그래서 섣불리 폭로하면 많은 사람들이 반감을 가지리라는 거야. 오히려 역효과가 날 수도 있고."

"폭로하는 게 아무 소용이 없다면, 뭘 해야 하는데요?"

"아무 소용이 없다는 게 아니지. 시계모자를 부술 수 있는 희망을 만들어야 폭로도 위력을 발휘할 수 있다는 거야. 걱정이 아저씨 참 대단한 사람 같지 않냐?"

말을 하던 박정현은 왠지 뒤가 허전해서 돌아보았다. 기우가 보이지 않았다.

"이런!"

박정현은 지금까지 왔던 철로 쪽으로 손전등을 비춰 보았다.

한기가 들어 부르르 떨던 기우는 문득 뒷목덜미가 써늘해지는 것을 느꼈다.

그자가 여기까지 쫓아온 건가?

기우는 뒤를 돌아보았다.

동자가 없는 검은 눈, 깊이를 알 수 없이 어둑어둑하고 서릿발처럼 차가운 눈이 보였다. 그리고 투명한 빙하 속에 천 년 동안 갇혀 있었던 것 같은 얼굴, 손을 뻗으면 그 투명한 빙하가 만져질 듯했다. 그런데 무척 낯익었다. 누구지? 극심한 공포를 느끼면서도 도저히 눈을 뗄 수가 없었다. 누구지? 누구지? 기우는 속으로 부르짖었다. 반복해서 외칠수록 왠지 답을 알고 있다는 느낌이 점점 강해졌다. 누구지? 누구지? 누구지? 이미 아는 답을 피하려고 외치고 있다는 생각.

누구지? 누구지? 누구지? 누구지?

나다!

투명한 빙하 속의 얼굴이 크게 확대되면서 기우를 덮쳐 왔다.

서릿발이 가득한 어두운 눈 속으로 빨려 들어가는 것만 같았다. 가슴 깊이에 차가운 공허가 들어앉았다. 블랙홀처럼 아득한 공허가 모든 걸 빨아들였다. 온몸이 사정없이 떨렸다. 기우는 몸을 옹송그리며 털썩 주저앉았다.

그랬구나. 강화학교 침대에서 마주쳤던 그자가 여기까지 따라왔구나! 분명히 잠이 든 건 아니었는데, 허공에 마주 보는 자세로 서릿발에 휩싸여 그자는 떠 있었다. 동자가 없는 검은 눈. 차가운 공허의 블랙홀. 그건 분명 또 하나의 내 모습이었다. 비명조차 얼어붙어 입 밖으로 나오지 않던 그때의 공포가 고스란히 되살아났다.

박정현은 철로 여기저기를 손전등으로 비추었다. 터널 벽에 기대어 쪼그린 기우가 보였다. 무릎 사이에 얼굴을 묻고 있었다. 박정현은 기우의 머리에 손전등을 비추었다.

"기우야, 괜찮니?"

몸이 돌돌 말려 가던 기우는 문득 비둘기의 날갯짓 소리를 들었다. 따뜻한 햇볕이 느껴지며 한기가 조금씩 가셨다.

"기우야, 모이를 줘 봐."

기우는 고개를 들었다. 엄마였다. 어린 소녀였던 엄마는 어느새 젊은 처녀가 되어 있었다. 아름다웠다. 동그스름한 얼굴과 차분한 미소가 왠지 낯익었다. 엄마의 어깨 너머에서 해가 빛나고 있었다. 강렬한 햇빛에 기우는 눈을 자꾸 껌벅였다. 눈을 껌벅일수록 해는 점점 흐릿해졌다.

어느새 해는 사라지고 손전등의 불빛이 보였다. 기우는 손을 눈 위에 올려 불빛을 가렸다. 손전등 뒤에 박정현이 서 있었다.

"형."

"미안하다. 아직 환각에서 완전히 벗어난 게 아니라는 걸 깜빡했구나. 가자."

박정현이 기우의 손을 잡아 일으켰다.

기우와 박정현은 불이 제법 환하게 켜진 플랫폼에 도착했다. 철로에서 플랫폼으로 올라갈 수 있게 층계가 만들어져 있었다. 기우와 박정현은 플랫폼을 지나 한 층 위로 올라갔다. 전에 매표소와 개찰구가 있던 층이었다. 가운데에 조그만 광장을 남기고 주위로 빙 돌아가며 방들을 만들어 놓았다. 그 층 위로 올라가는 긴 층계는 가운데쯤에서 콘크리트로 막혀 있었다.

박정현은 기우를 그중 한 방으로 데리고 갔다. 제법 큰 사무실인데 한가운데 탁자가 있고, 사면을 빙 둘러싼 책상에는 컴퓨터, 디지털 카메라 등이 놓여 있었다. 기우가 들어가자 컴퓨터 앞에 앉아 있던 아이들 대여섯 명이 일어나 환하게 웃으며 박수를 쳤다. 그중 하나는 디지털 카메라로 이 모습을 찍기 시작했다. 다들 머리가 길게 자랐고, 면도를 안 해 턱이 거무스름한 아이도 있었다.

"네가 이카루스 맞지? 잘 왔다."

모두들 한마디씩 하며 악수를 청했다. 뜻밖의 환대에 기우는 좀 얼떨떨했다.

"여기가 '지하도시 통신' 사무실이다. 공포를 희망으로 만드는 곳이라고나 할까?"

박정현이 팔을 벌려 보이며 자랑스러운 표정을 지었다.

"공포를 희망으로 만든다고요?"

기우가 아리송한 표정으로 박정현을 바라보았다.

"과거에는 잘사는 나라나 잘사는 사람들이 못사는 나라나 못사는 사람들에게 희망을 이야기했지. 그게 결과적으로 사기인 경우도 많았지만, 하여튼 너희들도 우리가 했던 식으로 노력하면 우리처럼 잘살 수 있다고 말이야. 그런데 지금은 잘사는 나라나 잘사는 사람들이 못사는 나라나 못사는 사람들에게 공포를 이야기해. 우리가 하는 식으로 따라오지 않으면 굶어 죽거나 참혹한 전쟁을 치르게 될 수도 있다고 말이야. 공포가 세계를 끌고 가는 원리지. 그건 우리 사회도 마찬가지야. 지하도시와 강화학교는 공포의 상징이 되었어. 툭하면 '우리가 시키는 대로 열심히 따라오지 않으면 지하도시로 가게 돼. 강화학교로 가게 돼.'라고들 하잖아. 하지만 목숨이 붙어 있는 한 희망을 버리지 않는 게 사람의

84

본성인데 공포로 사람을, 이 세계를 움직이려 한다는 게 말이나 되는 소리냐? 그래서 바로 공포의 상징인 지하도시와 강화학교에서 공포를 희망으로 바꾸어 보려는 거야. 공포의 대상인 이곳에서조차 살아 있는 사람들이 희망을 꿈꾸고 만들어 나간다는 것을 보여 주려는 거야. 기우 네가 시계모자에 적응하지 못해 강화학교로 갔다는 말을 듣고, 머지않아 우리에게로 오게 될 거라고 생각했어. 이제 정말로 네가 왔으니 천군만마를 얻은 거나 마찬가지야. 넌 잘 모를 거야, 우리가 널 얼마나 기다렸는지."

기우는 박정현의 말에 공감할 수 있었다. 하지만 어째서 자신을 그토록 기다렸다는 것인지는 잘 알 수 없었다. '시계모자를 거부하는 아이들의 모임' 때문일까?

기우가 6학년이던 해 가을 대통령 선거가 있었다. 그때 '공부 잘하는 기계' 사장은 어느 대통령 후보의 교육 특보였고, 그 대통령 후보가 큰 표 차이로 당선되자 급기야 교육부 장관이 되었다. 그가 교육부 장관이 돼서 처음 한 일은 바로 교육부 이름을 교육시계부로 바꾸고 '공부 잘하는 기계'를 학교에 전면적으로 도입한 것이었다.

학교 본관 옥상에 커다란 시계탑이 세워졌고, 아이들은 꼭대기에 시계가 달린 모자를 쓰고 학교에 다녔다. 시계모자 쓰기를 거부한 아이들은 학교 전체에서 지금 특수반 아이들에 기우와 유리까지 여섯 명이 전부였다. 아이들에겐 무척 어려운 시기였다. 집에 가면 부모님에게 눈치가 보였고, 학교에 가면 선생님들에게 시달렸다.

그중에서도 가장 어려운 상황에 몰린 건 기우였다. 아버지가 고위 공무원인데다 누나는 전교 1등을 놓치면 서러워하는 우등생이어서 집에서 압력이 심했다. 학교에서도 선생님들이 아버지를 들먹거리며 기우를 압박했다. 그런 상황에서도 당당히 버티는 기우를 놔두고 친구들이 시계모자를 쓸 수는 없었다. 기우는 친구들의 중심이자 버팀목이었던 셈이다.

그러나 어른들의 압력은 아이들의 차가운 시선에 비하면 참을 만한 것이었다. 중학교에 들어가고 공부의 압박이 커지자 아이들은 더욱 노골적으로 기우와 친구들에게 반감을 표시하기 시작했다. 지만은 집단 구타를 당하기도 했다.

지만은 점심을 먹고 나서 수돗가에서 세수를 하고 있었다.
"야, 비켜!"
누군가 뒤에서 등을 탁 쳤다.
"좀 기다려. 비누칠한 거 안 보이냐?"
지만이 얼굴의 비누를 급히 씻어 내며 말했다.
"어쭈, 이 자식 봐라? 너 몇 학년인데 반말이야?"
상대가 시비조로 나왔다. 지만은 손수건으로 얼굴을 닦으며 돌아섰다. 시비를 건 아이는 2학년이었다. 시계모자에 해골 모양 스티커를 잔뜩 붙이고 있었다. 아무래도 잘못 걸린 것 같았다.

"너 시계모자는 어디 있어?"

옆에서 다른 2학년이 끼어들었다. 지만을 찍어 놓고서 작정하고 시비를 거는 모양이었다.

"난 시계모자 안 써요."

"이거 아주 삐딱한 녀석이구만. 자-알났다. 잘났어."

옆에서 끼어든 녀석이 지만의 뒤통수를 탁탁 쳤다. 지만은 운동장 구석 테니스장 뒤로 끌려갔다.

'H는 수소, O는 산소, C는 탄소……'

지만은 속으로 화학 원소 주기율표를 열심히 외웠다. 몹시 불안할 때 주기율표를 외우면 마음이 가라앉았다. 덕분에 지금도 울거나 도망치지 않을 수 있었지만, 마음은 좀처럼 가라앉지 않았다.

지만은 으슥한 테니스장 뒤쪽에서 무릎을 꿇은 채 몇 대 얻어맞고 돈을 빼앗겼다. 그러는 동안에는 아무 정신이 없었는데, 두 녀석이 사라지고 나자 뱃속 깊이서부터 덜덜거리는 떨림이 올라오더니 마침내 사지와 온몸이 다 떨려 왔다. 분노 같기도 하고, 지독한 굴욕감 같기도 하고, 서러움 같기도 하고…….

'H는 수소, O는 산소, C는 탄소……'

지만의 발걸음은 자기도 모르게 기우와 인수가 있는 반으로 향했다.

"지만아, 무슨 일이야? 너…… . 혹시 누구한테 맞은 거야?"

기우가 깜짝 놀라 지만의 몸 여기저기를 살피며 물었다. 지만은 인수에게 몸을 가까이 붙이고 서서 고개만 끄덕거릴 뿐, 눈을 들지 못했다. 기우와 인수는 지만을 데리고 양호실로 향했다.

"아무래도 네 엄마한테 알려 드려야겠다. 손전화 좀 줘 봐."

기우가 지만에게 손을 내밀었다. 지만은 말없이 고개만 흔들었다. 기우가 지만의 주머니에서 손전화를 꺼냈다. 지만은 잠자코 있었다.

"먼저 양호실에 가 있어, 난 전화하고 갈게."

기우가 말하고는 화장실로 들어갔다.

지만은 몇 군데 가볍게 멍이 들고 긁힌 정도일 뿐 심각한 상처는 없었다. 하지만 약을 바르고 반창고를 붙이고 나서도 지만은 기우와 인수를 놓아 주지 않았다.

"안정이 필요한 것 같은데 같이 좀 있어라. 담임 선생님한테는 내가 얘기할게."

양호 선생님이 녹차를 타 주며 말했다.

한 시간도 안 되어 지만 엄마가 양호실에 나타났다.

"교무실이 어디냐? 가자."

지만 엄마가 지만을 앞장세웠다. 기우와 인수는 지만 엄마의 뒤를 따라갔다. 지만을 앞세우고 지만 엄마가 교무실로 들어서자 선생님들의 시선이 집중되었다. 지만은 고개를 푹 숙인 채 담임에게 엄마를 안내했다. 기우와 인수는 교무실 밖에서 기다리기로 했다.

"아, 지만 어머님이시군요? 그렇지 않아도 한번 뵈었으면 했었는데 잘 오셨습니다."

담임이 지만 엄마를 소파로 안내했다. 멍들고 반창고가 잔뜩 붙은 지만의 얼굴을 보자 담임은 표정이 굳어졌다.

"지만이 너 얼굴이 왜 그러냐?"

"점심시간에 집단 폭행을 당했답니다."

지만 엄마의 말투는 퉁명스러웠다.

"그래요? 아무래도 학생부장 선생님하고 같이 얘기하는 게 좋을 것 같습니다."

담임이 학생부장 선생님을 데리러 갔다. 지만은 일이 자꾸 커지는 것 같아 조마조마했다.

"그렇지 않아도 일이 언제 터질까 걱정하는 중이었습니다."

학생부장 선생님은 한숨부터 내쉬며 소파에 앉았다.

"아이들이 시계모자를 쓰고부터는 교내 폭력이 거의 사라지다시피 했습니다. 수업 분위기도 좋아지고요. 그런데 유독 시계모자를 쓰지 않은 아이들에게는 자꾸 시비를 거는 눈치더군요. 그래서 뭔가 일이 터질까 봐 걱정하던 중이었죠. 가장 좋은 해결책은 지만이도 시계모자를 쓰는 겁니다."

학생부장이 지만 엄마를 건너다보았다. 지만 엄마는 잠시 멍한 표정이더니, 얼굴이 시뻘게졌다.

"시계모자를 쓰라니요? 지금 우리 애가 집단 구타를 당해서 왔는데 무슨 엉뚱한 말씀이세요?"

지만 엄마의 목소리에 날이 서 있었다.

"네, 바로 그 이야기를 한 겁니다. 앞으로 교내 폭력이 시계모자를 안 쓴 학생들에게 집중될 것 같아 걱정입니다. 그러니까 교내 폭력의 피해자가 되지 않는 가장 좋은 방법은 시계모자를 쓰는 겁니다."

"시계모자를 쓰고 안 쓰고는 아이가 부모와 의논해서 각자 결정할 문제인데 왜 강요를 하세요?"

"그거야 그렇지만, 좋은 게 좋은 거 아니겠습니까? 거의 모든 아이들이 다 쓰는데 유별나게 안 쓸 이유도 없지 않습니까?"

학생부장이 설득조로 나왔다.

"유별나다뇨?"

지만 엄마의 말꼬리가 한껏 올라갔다.

"저희들도 죽겠습니다. 위에선 어떡하든지 전부 쓰게 하라고 닦달이고, 그렇다고 먹기 싫다는 소를 억지로 물가로 끌고 갈 수도 없고……. 위에선 심지어 시계모자를 쓰지 않는 아이들은 사상이 불온한 거 아니냐는 투로 몰아붙여요. 아이들도 그렇게 보는 것 같고요. 그래서 자꾸 시계모자 안 쓴 아이들을 괴롭히는 게 아닌가……."

학생부장이 지만 엄마의 표정을 보고는 말끝을 흐렸다. 지만
엄마의 얼굴이 붉으락푸르락했다.

"뭐라고요? 사상이 불온하다고요?"

지만 엄마가 소리를 빽 질렀다.

"제가 그랬다는 게 아니라 위에서……."

학생부장이 말을 얼버무렸다. 분을 못 이긴 지만 엄마는 벌떡
일어서서 마침 책상 위에 있던 시계모자를 움켜쥐고는 집어 던지
려 했다. 깜짝 놀란 지만은 엄마를 붙들었고, 밖에 서서 상황을
살피던 기우와 인수도 얼른 달려가서 지만 엄마를 말렸다. 상황
은 그렇게 끝났지만, 학생부장의 말은 아이들의 마음속에 한마디
도 빠짐없이 가시처럼 박혀 버렸다.

그 사건은 기우가 '시계모자를 거부하는 아이들의 모임'을 만
드는 계기가 되었다. 기우와 친구들은 '시계모자를 거부하는 아
이들의 모임'이라는 이름으로 카페를 만들고 홍보글을 여러 게시
판에 퍼 날랐다. 카페지기인 기우의 닉네임은 이카루스였다.

처음엔 카페 회원이 몇 되지 않았지만, 서서히 입소문을 타면
서 늘어나더니 어느새 2만 명을 넘어섰다. 회원이 너무 많아져
지역별로 카페를 만들고 링크시켰다. 자기들과 같은 처지인 아이
들이 그렇게 많다는 것만으로도 힘이 되었다.

"이리 와. 그 시계모자 벗어야지."

박정현이 공구함이 있는 쪽으로 기우를 데리고 갔다. 박정현은 보안회사에서 쓰는 것과 비슷하게 생긴 전자카드를 시계모자에 가져다 댔다. '디리리리'하는 전자음이 잠시 이어지더니 '삐릭' 소리를 내며 시계모자의 잠금이 풀렸다. 기우는 얼른 시계모자를 벗었다. 시원했다.

"그런데 여기 씌워 놓은 건 뭐죠?"

모자에 달린 시계 위로 과자 봉지 같은 게 씌워져 있었다.

"은박 봉지를 씌우면 전파가 차단되어서 시계모자 작동이 잘 안 돼. 시계모자는 중앙 시계탑에서 발사되는 전파로 조작되거든. 우리들이 임시변통으로 쓰는 방법이지."

"와, 그렇게 간단한 방법이 있었네요. 그걸 아이들에게 널리 알리지 그래요. 안경 렌즈에다 눈 그려 놓고 자듯이 시계모자에 은박 봉지를 씌우고 시계를 그려 놔도 되겠는데요."

기우가 눈을 반짝이며 박정현을 올려다보았다.

"인터넷으로 퍼뜨리면 정부에서도 금방 알게 되잖아. 그럼 정작 결정적으로 필요할 때 그걸 써먹을 수 없어. 그래서 때를 기다리고 있는 거지."

"안 들키고 퍼뜨릴 수 있는 간단한 방법이 있어요."

기우가 웃으며 말했다.

"어떤 방법?"

"'행운의 편지'를 활용하는 거예요. 예를 들어 '7, 19, 54, 81, 16호 행운의 편지'라고 제목을 붙이고 이런저런 문장을 만들어 보내면 그 문장의 7번, 19번, 54번, 81번, 16번 글자를 순서대로 모아 놓은 게 메시지가 되는 거죠. 저희 카페에서도 사용했지만, 그밖에도 꽤 많은 아이들이 그 암호 해독법을 알고 있어요. 행운의 편지는 받은 사람이 열 사람에게 다시 보내는 식으로 확대되니까 누가 최초 발신자인지 추적하기도 어려워요. 그리고 대개는 장난으로 알기 때문에 재미삼아 해독해 보는 애들이 있거든요. 특히 편지 내용이 엉뚱하거나 조리에 안 맞아 보이면 으레 번호를 가지고 문장을 만들어 보곤 하죠."

기우는 말하며 머리 여기저기를 긁어 댔다. 일주일 넘게 시계 모자를 벗지 못하고 있었던 터라 머리가 몹시 가려웠다.

"그거 간단하고 괜찮은 방법인데? 봐라, 네가 등장하자마자 이렇게 도움이 되잖냐. 그나저나 너 머리 좀 감아라. 머리에 부스럼 안 났으면 다행이다, 일주일 넘게 모자를 벗지 못했으니."

"여기 머리 감을 수 있는 데가 있어요?"

"그럼 지하도시 사람들은 평생 세수도 안 하고, 머리도 안 감고 사는 줄 알았냐?"

박정현의 말에 모두들 웃었다.

9
나는 내가 누구일지를 모른다

진이는 보충수업이 끝나고 방송실로 갔다. 방송반장 종서가 소
파에 비스듬히 누워 음악을 듣고 있었다. 벗어 놓은 시계모자가
바닥에 뒹굴고 있었다.

"진이 넌 꾸준히도 오는구나. 방송반은 다 망해 가는데."

종서가 힐끗 바라보며 아는 체를 했다.

"방송반이 왜 망해?"

"하루 종일 시계모자 쓰고 앉아서 공부에만 집중해야 되니 애
들이 방송반 활동을 할 시간이 어디 있어? 무슨 전파사 직원도 아
니고 이게 뭐야. 학교 행사에 필요할 때 마이크나 앰프, 카메라
조작하는 게 고작이잖아."

종서가 말하며 몸을 일으켰다. '참 사치스럽군.'이라는 생각이 얼핏 진이의 머리를 스치고 지나갔다. 진이도 3학년이라 방송반 활동에서는 손을 떼고 있었다. 하지만 잠깐씩이나마 이렇게 방송 기기들이 놓인 공간에 조용히 앉았다 가는 것만으로도 행복감을 느꼈다. 이 공간을 벗어나면 한가롭게 있을 수가 없었다. 엄마가 아침 일찍 일하러 가서 밤늦게나 돌아오기 때문에, 집에 가면 집안일을 하고 동생을 돌봐야 했다. 학교에서도 방송실만 나서면 정신이 없었다.

"진이 너 '지하도시 통신' 본 적 있어?"

종서가 책갈피에서 종이를 꺼내며 물었다.

"두세 개쯤."

"이거 한번 봐. 이건 꼭 내 얘기 보는 것 같더라."

종서가 종이를 건네주었다. 진이는 새삼 종서를 쳐다보았다. 종서 같은 애가 '지하도시 통신'을 받아 보고 있다는 게 의외였다.

지하도시 통신 7호

시계모자의 부작용으로 강화학교에 간 학생의 일기장에서 발췌한 글입니다. 이 일기장은 강화학교를 탈출한 다른 친구를 통해 세상으로 나오게 되었습니다. 일기를 쓴 학생은 강화학교에서 부작용이 더 심해져 후천적 자폐 상태에 빠졌다고 합니다.

*월 **일

밤에 자려고 누웠는데 그가 침대 머리맡에 서 있었다. 어둠 속
에서도 그의 눈만은 야수의 눈처럼 빛났다. 그 눈이 말하고 있었
다. 지금 그렇게 편안히 잠자리에 들어도 되니? 다른 아이들은 이
시간에도 열심히 공부하고 있을 텐데. 온몸이 얼어붙는 것 같았
다. 나는 억지로 손을 뻗어 스탠드를 켰다. 그러지 않으면 그는 밤
새 침대 곁에 서 있을 거다. 그러면 나는 또 불안하고 무서워서 잠
을 못 자겠지?

불을 켜자 그가 사라졌다. 책을 폈지만 글자가 눈에 들어오지
않는다. 시계모자를 쓰면 집중이 될 거다. 하지만 쓰고 싶지 않다.
시계모자를 쓰면 그가 내 머릿속으로 들어온다.

시계모자를 쓰기 전에도 이랬나? 그렇진 않았던 것 같다. 종종
누군가 나를 감시하는 것 같아 불안감을 느끼는 정도였다.

*월 **일

그가 내 머릿속에서 점점 더 많은 부분을 차지해 가고 있다. 나
는 구석으로 자꾸 밀려난다. 그는 주인처럼 나에게 명령한다. 이
러다가 내가 아주 사라져 버리면 어쩌지? 나는 그에게 '나가!'라
고 소리쳤다. 그가 나를 세게 떠밀었다. 나는 넘어진 채 울면서 계
속 소리쳤다. 나가! 나가라고!

교실 천장을 배경으로 아이들의 얼굴이 원을 그리고 있었다. 어

른의 얼굴도 보였다. 수학 선생님이었다. 그렇지, 1교시 수업 중이었지?

아빠가 웬일로 일찍 집에 들어왔다. 아빠가 불러서 안방으로 갔다. 아빠가 강화학교에 가라고 했다. 강화학교에 가면 나를 괴롭히는 것들이 없어질 거라고 했다. 엄마 아빠와 떨어져 지낸다는 게 조금 두렵다. 하지만 그가 내게서 사라질 수만 있다면 강화학교에 가는 것도 괜찮다. 엄마는 곁에서 계속 울고 있었다. 엄마, 울지 마.

*월 **일

강화학교는 반지하다. 바깥쪽 벽 높은 곳에 환기구를 겸하는 조그만 창이 있다. 그리로 햇빛이 비쳐 든다. 복도쪽 문에는 쇠창살이 붙은 감시창이 있다. 창과 문은 항시 잠겨 있다. 나는 첫날 들어오자마자 소란을 피웠다. 잠금 장치가 있는 강화학교 시계모자로 바꿔 쓰자 그의 힘은 훨씬 더 커졌다. 나는 나가라고 외쳐 대며 몸부림을 쳤다. 남자 간호사가 나를 침대에 묶고 진정제 주사를 놓았다.

하지만 진정제는 내 힘을 뺏을 뿐 그의 힘을 뺏지는 못한다. 나는 더 작아지고 그는 더 커진다. 계속 주사를 맞으면 결국 나는 없어지고 그만 남을 거다. 그게 더 편하지 않을까 하는 생각도 든다. 하지만 그러면 나는 내가 누구일지를 모른다.

나는 조용하다. 나는 조용해지기로 했다. 나는 고분고분 그의 말을 듣는다. 나는 다른 작전을 쓰기로 했다. 나는 몰래 그가 들어올 수 없는 방을 만들기로 했다. 나는 그 방에 들어가 문과 창문을 다 막아 버릴 거다. 나는 몰래몰래 공사를 한다. 나는 고분고분하다. 그를 안심시켜야 하니까.

*월 *일

일기를 그만 써야겠다. 그가 눈치를 챈 것 같다. 글을 쓰면 안 된다. 말도 안 된다. 그만 써야겠다. 그만 그만 그만 그만 **그만**

"어우, 끔찍해. 그런데 이게 왜 네 이야기 같아?"

진이가 종이를 돌려주며 종서를 건너다보았다. 종서 같은 애한테도 심각한 고민이 있다는 게 잘 이해가 되지 않았다. 종서는 1구역에 살았다. 아버지는 판사고 엄마는 의사였다. 그런 집에서 태어났다면 아무 고민이 없을 것만 같았다.

"나 방송 정말 좋아하잖아. 음악 프로그램 MC나 그 비슷한 거 하고 싶거든. 어릴 때부터 그랬어. 그런데 그 말만 꺼내면 엄마 아빠가 미친놈이라고 그래. 판검사나 의사가 되어야 한대. 우리 엄마는 나 관리하려고 이 땅에 태어났다는 거 아니냐. 좀 과장하면 어릴 때부터 거의 30분 간격으로 나를 체크해 왔어. 그래서 그런지 이 일기를 쓴 애처럼 종종 누군가 날 감시하는 것 같아 불안해지곤 했어. 그런데 시계모자를 쓰고 나서 좀 지나니까 정말로 그 누군가가 내 머릿속으로 들어오는 거야. 다행히 아직까지는 침대 곁에 와서 서 있지는 않지만. 이거 읽어 보니 나도 이 애처 럼 될까 겁나더라."

"……."

"뭐 좋은 방법이 없을까? 아예 대형 사고를 쳐 버려? '지하도 시 통신'을 학교 방송으로 띄워 버린다든지……."

"그런 사고 쳐서 뭐 하려고?"

"아예 문제아가 되어 버리면 판검사나 의사가 되라는 소리도 못 할 거 아냐. 참, 우리 지역 중학교 방송반 모임이 곧 있을 건데 같이 안 갈래?"

"그거 반장들 모임 아니야?"

"내가 사고 쳐서 쫓겨나면 네가 다음 반장 하면 되지."

"종서 너도 참."

진이는 씁쓸했다. 진이는 반장을 시켜 주어도 할 수 있는 처지 가 아니었다.

10
나는 화살은 멈추어 있다

세나는 '도서출판 햇볕'이란 조그만 간판이 붙은 대문을 나섰다. 해가 하늘 가운데 와 있었다. 햇볕 출판사는 소병은 선생님이 친구들과 함께 운영하는 곳인데, 주요 운영 방침 중 하나가 '해 떠 있을 때 일하고 해 졌을 때 잔다.'였다.

세나는 마음이 답답할 때 종종 소병은 선생님을 찾아갔다. 소병은 선생님은 세나네 중학교에서 도덕을 가르쳤다. 철학과를 나와서 그런지 종종 알 듯 말 듯한 얘기로 아이들을 졸게 만들었다. 비교적 젊은 편이지만 차림새도 수수하고 늘 힘없는 표정이어서 아이들의 관심을 끌지 못했다. 하지만 특수반 아이들은 소병은 선생님을 좋아했다. 그런데 어느 날 갑자기 소병은 선생님이 학교를 그만두었다. 바뀐 표준시 때문에 낮과 밤이 뒤집힌 얼마 후였다.

중학교 1학년의 어느 늦가을 아침 자리에서 일어난 세나는 깜짝 놀랐다. 등교시간이 한 시간 반이나 지나 있었다.

"엄마는 깨워 주지도 않고 뭐 한 거야?"

세나는 얼른 고양이 세수를 하고 대충 가방을 챙겼다. 집 안은 조용했다. 교사인 엄마는 출근하고, 시간강사인 아빠는 아직 자고 있을 것이었다. 출근시간이 훨씬 지나서인지 길거리는 한산했다. 학교도 수업 중이어서 그런지 조용했다. 복도를 지나던 세나는 문득 너무 조용한 게 이상해서 교실 안을 들여다보았다. 교실은 텅 비어 있었다.

"아참, 오늘 표준시 바꾸는 걸 시험해 본다고 했지?"

세나는 그제야 머리를 탁 쳤다. 표준시를 세계 경제의 중심인 지구 반대쪽 나라에 맞추어 바꾸자는 주장이 제기되기 시작한 건 반년 전부터였다. 특히 시계모자 사업을 주관하는 교육시계부가 주동이 되었다. 그 뒤로 찬반 양론이 맞서며 지루한 논쟁이 이어졌다. 그러다가 일주일 전 교육시계부 장관이 학교를 대상으로 표준시 변경 시험을 하겠다고 발표했다. 오늘 시계모자의 전파를 이용해 표준시 변경을 시도할 것이니, 시계모자를 쓰는 학생들은 하나도 빠짐없이 모자를 착용하고 잠자리에 들도록 당부했던 것이다. 세나는 하릴없이 운동장으로 나왔다. 학교가 너무도 조용해서 운동장 가득히 쏟아지는 햇빛 소리까지 들을 수 있을 것만 같았다. 부신 햇살 속으로 누군가의 형체가 나타났다. 세나는 손을 눈 위에 얹고 바라보았다. 기우였다. 이어서 신지, 지만, 유리가 나타났다.

"제장, 다른 애들 다 자고 있는데 이게 뭐야?"

역시 지각대장인 인수가 투덜거리며 마지막으로 등장했다. 아이들은 멀뚱멀뚱 서로를 쳐다보았다. 그러다가 누가 먼저랄 것도 없이 서로를 손가락질하며 깔깔거렸다.

"이거 다시 집에 갔다가 오기도 뭣 하고, 어떻게 해?"

유리가 난감한 얼굴로 아이들을 둘러보았다.

"오늘은 땡땡이치지 뭐. 우리 잘못 아니야. 밤낮을 바꾸겠다고 설치는 미친놈들 잘못이지."

기우가 단호하게 말했다.

"기우 너 모처럼 마음에 든다. 네가 이렇게 바른 말 하는 거 처음 듣는 거 같다?"

인수가 객쩍은 소리를 했다.

"자식, 그럼 내가 언제 틀린 말 한 적 있냐? 오는 길에 빵 좀 샀는데 같이들 먹자. 저기 등나무 밑 벤치에 가서 앉으면 되겠다."

기우가 빵 몇 개를 가방에서 꺼내며 등나무 쪽을 향해 갔다. 인수도 가방에서 과자 봉지를 주섬주섬 꺼냈다. 인수에게선 항시

먹을 것이 떨어지는 법이 없었다.

"그런데 시계모자를 쓰는 애들은 한 명도 안 나왔네? 정부에서 밤낮을 바꾸는 시험이 대성공을 거두었다고 요란하게 떠들어 대겠는데?"

신지가 텅 빈 학교 건물 쪽을 보며 중얼거렸다.

"그러게. 이러다가 어느 날 갑자기 밤낮을 아주 바꿔 버리는 거 아냐?"

지만이 불안한 표정을 지으며 몸을 움츠렸다.

"그럴 수 있지, 그렇게 반대가 심한데도 실험을 강행한 걸 보면. 아무래도 이렇게 한가하게 앉아 있을 때가 아닌 것 같은데?"

유리가 말하며 기우를 쳐다보았다.

"유리 말이 맞아. 지금 각자 집으로 돌아가서 인터넷을 뒤져 보는 게 어때? 뭔가 정보가 있으면 우리 카페에 올려. 그리고 한 시간 뒤에는 모두 카페 토론방으로 들어오는 거야."

기우의 말에 모두 고개를 끄덕였다.

"기우 넌 빵을 샀으면 우유 같은 것도 좀 사 오지 그랬냐?"

남아 있던 빵을 한입에 우겨 넣은 인수가 목이 막히는지 주먹으로 가슴을 쿵쿵 치며 기우를 탓했다.

"어이구 사돈 남 말하네."

기우가 말하고는 픽 웃었다.

세나는 집으로 돌아오자마자 컴퓨터를 켰다.

"학교 갔다 허탕쳤나 보구나. 일주일 전 발표 잊어버렸니?"

막 일어나서 물을 마시던 아빠가 왠지 씁쓸한 표정으로 말했다.

"요새 정신이 없어서 깜박했어요."

세나는 이야기가 길어질 것 같아 짤막하게 대답하곤 방에 들어와 컴퓨터를 켰다. 굳이 인터넷을 뒤질 필요도 없었다. '긴급' 표시가 붙은 새 글이 까페에 올라와 있었다. '그래도 지구는 돈다' 님이 올린 글이었다. '시계모자를 거부하는 어른들의 모임' 카페지긴데 줄여서 '돈다' 님으로 통했다. '시계모자를 거부하는 어른들의 모임'은 '시계모자를 거부하는 아이들의 모임'에 자극을 받아 만들어진 카페였다. 회원들은 대부분 공무원이나 큰 회사 사원들이었다. 관공서나 대기업을 중심으로 어른들에게도 시계모자가 반강제적으로 확산되고 있기 때문이었다. 카페지기가 직접 나선 걸로 보아 중요한 사안인 모양이었다. 세나는 '돈다' 님의 메시지를 클릭했다.

오늘(낮인지 밤인지 벌써 헷갈리기 시작하는데 하여튼) 해 뜬 11시에 대통령 담화가 있다고 합니다. 아직 그 내용이 정확하게 확인되지는 않았지만 대강의 내용은 언론사에 입수가 된 상태입니다. 언론사에 있는 친구가 전하는 바로는 이번에 대통령이 지구 반대쪽에 있는 나라를 방문해서 무슨 협정을 맺고 왔다고 합니다. 그

협정에 따르면 우리나라의 표준시를 지구 반대쪽 표준시에 맞추게 된다는군요. 그러면 우리나라는 낮과 밤이 거꾸로 바뀌게 되죠. 그리고 (참 헷갈리는데 하여튼) 어제 해 진 12시부로 학생들 시계모자의 시간은 이미 지구 반대쪽 표준시에 맞추어 바뀌었다는 건 다 알고 계시죠? 오늘 깜박하고 해 뜬 시간에 등교한 학생들(모두 시계모자를 쓰지 않은 분들이겠죠?) 많았을 겁니다. 하지만 시계모자를 쓰면 낮과 밤이 바뀌어도 금방 적응이 되는지, 시계모자를 쓴 학생들은 하나도 안 나왔답니다. 참 황당하죠. 그런데 더 황당한 얘기가 있으니 어쩌죠? 학생들을 대상으로 시험이 성공했다고 바로 내일부터 우리나라의 밤낮을 바꾸어 버리겠답니다! 참 시계모자 안 쓰고 버티는 '돈다' 님 머리는 정말 돕니다, 돌아! 아무래도 찬반 국민투표 요구 서명운동 같은 거라도 벌여야겠죠? 아무튼 모두들 11시 담화를 들어 보시기 바랍니다.

'돈다' 님의 메시지 뒤에는 벌써 엄청나게 많은 댓글이 붙어 있었다.

"이게 뭐야? 이거 진짜야?"

세나는 자기도 모르게 큰 소리를 냈다.

"너 왜 그러냐?"

머리칼을 수건으로 문지르며 화장실에서 나오던 아빠가 놀란 눈을 떴다.

"아빠, 이거 좀 봐요."

"뭔데 그래?"

아빠가 화면에 떠 있는 메시지를 읽더니 한동안 말이 없었다.

"······미친놈들인 줄이야 원래 알았지만, 이게 진짜라면 정말 미친놈들이지. 11시 다 되었을 것 같은데······."

아빠가 TV를 켰다. 기자들과 카메라, 마이크로 가득 찬 브리핑실이 화면에 떠올랐다. 중대 발표를 앞둔 브리핑실에는 긴장감이 감돌았다. 이윽고 대통령이 등장하여 담화문을 읽어 나갔다.

　

　　······친애하는 국민 여러분, 우리는 인류 역사상 유례가 없는 기술 혁명의 시대를 살고 있습니다. 정보 통신의 발달로 지구가 한동네처럼 가까워지고 세계 경제가 한덩어리처럼 동시간대에 움직이고 있습니다. 우리나라는 이러한 변화 속에서 중대한 도전에 직면했습니다. 석유를 비롯한 원자재 가격의 급격한 상승은 자원이 없는 우리나라의 경제에 심각한 그늘을 드리웠으며, 주변 국가들의 급속한 성장 또한 우리나라 경제를 거센 경쟁의 물결 속으로 몰아넣고 있습니다.

　　이러한 어려움을 타개하고자 저는 이번에 중대한 결단을 내렸습니다. 바로 우리나라의 표준시를 세계 경제의 중심이 자리하고 있는 지구 반대쪽에 맞추어 변경하는 것입니다. 1분 1초를 다투는 속도 경쟁 속에서 세계 경제 중심의 실시간에 맞추어 움직이는 것이 치열한 경쟁을 뚫고 생존할 수 있는 유일한 길이라 생각되어 내린 결단입니다. 이번 방문에서 양국의 정상은 이에 합의하는 문서에 서명했습니다. 이제 우리나라의 표준시는 오늘 밤 12시를 기해 지구 반대쪽에 맞추어 변경됩니다.

저는 지난 반 년 동안 표준시 변경과 관련된 논란을 유심히 지켜보았습니다. 그렇기 때문에 표준시 변경에 반대하는 국민도 일부 있다는 걸 잘 알고 있습니다. 반대하는 분들께서는 아직 여론 수렴이 부족하다고 생각하실지도 모르겠습니다. 그러나 제가 지켜본 바 더 이상의 논란은 국론 분열과 혼란, 국력의 낭비를 가져올 뿐입니다. 우리 정부는 소수자의 의견도 존중해야 한다는 민주주의 원칙에 충실하고자 반년 동안 인내하며 설득하려는 노력을 기울여 왔습니다. 그러나 언제까지나 소수에 의해 압도적 다수가 발목을 잡히는 것 또한 민주주의의 원칙에 어긋납니다. 오늘 국민의 뜻을 대변하는 국회의원들이 압도적 다수로 제가 서명한 표준시 변경에 대한 협정을 비준해 주었습니다. 이미 결정은 내려졌습니다. 야당에서는 여당 단독의 국회 소집은 무효라고 이의를 제기합니다만, 여당에게 삼분의 이가 넘는 압도적 의석을 준 것 또한 우리 현명한 국민들의 뜻입니다. 야당도 국민들의 뜻에 따라야 합니다. 다시 한 번 말하지만, 표준시 변경에 관한 사항은 국민의 뜻에 따라 이미 결정되었습니다. 따라서 이 시간 이후부터는 표준시 변경과 관련된 논란을 금지합니다. 이후 불필요한 논란을 일으켜

국론을 분열시키고 국력을 낭비하게 만드는 사람들에 대해서는 법에 따라 엄중한 처벌을 내릴 것입니다.

물론 갑자기 낮과 밤이 바뀌기 때문에 당분간 여러 가지 불편이 있으리라 예상됩니다. 정부는 불편을 최소화하기 위해 최대의 노력을 기울일 것입니다. 다행인 것은 올해 초부터 학교를 중심으로 도입한 시계모자가 큰 효력을 발휘하고 있다는 사실입니다. 시계모자는 하루 먼저 어제 해 진 12시를 기해 지구 반대편 표준시에 맞추어졌습니다. 이 시험적인 조치의 결과는 매우 만족스러운 것이었습니다. 시계모자를 사용하는 학생들이 아무 문제없이 변경된 시간에 적응하고 있음이 확인되었습니다.

앞으로 정부는 한두 달 정도의 과도적인 유예 기간을 두고 학생들의 경우 전원이 시계모자를 쓰도록 조치할 것이며, 공공기관 근무자들에겐 시계모자를 착용하도록 계속 권장해 나갈 것입니다. 그리고 국민 여러분께도 권장하고 싶습니다. 변경된 시간에 적응하는 동안 국민 여러분이 사용하실 수 있도록 각 읍·면·동사무소에서 시계모자를 대여해 드릴 것입니다. ……

"미쳐도 단단히들 미쳤구만."

세나 아빠는 담배를 피워 물고 거실을 왔다갔다했다. 세나는 언제나처럼 담배 피우지 말라고 잔소리를 하려다 그만두었다.

다음 날부터 표준시는 지구 반대쪽에 맞추어 변경되었고, 낮과 밤이 완전히 바뀌어 버렸다. 시계모자를 쓰는 아이들은 적응하는 데 아무 문제가 없었지만, 기우를 비롯한 여섯 명은 애를 먹었다. 학교에서는 기회를 만났다는 듯, 시계모자를 안 쓴 아이들이 새로운 시간대에 익숙하지 않아서 종종 지각을 하는 등 수업 분위기를 흐린다며 옥상 교실로 몰아넣었다. 여섯 명은 학교에 없는 존재처럼 취급되었고, 선생님들은 '특수반'이라는 애매한 호칭을 쓰기 시작했다.

특수반 교실에 들어선 첫날, 아이들은 이제 상황이 돌이킬 수 없게 되었다는 걸 실감했다. 몇 년째 버려져 있었던 을씨년스러운 옥상 교실은, 소문처럼 귀신이 나오진 않았지만 먼지와 비둘기 똥투성이였다.

"비슷한 친구들끼리 지내도록 학교에서 특별히 신경 써 준 거니까, 청소는 알아서들 하거라."

급조된 특수반 담임은 벌레 씹은 표정으로 말했다.

학교에서는 이런 식으로 강경하게 나서면 아이들도 백기를 들리라 기대했던 것인지도 몰랐다. 그러나 정반대였다. 집에서 압력을 받으면서도 시계모자를 쓰지 않겠다고 우기던 기우는 물론, 상대적으로 가벼운 마음이었던 인수와 지만까지도 다시 한 번 진지하게 의지를 다진 것이다. 신지는 워낙 뚝 부러지는 성격과 여전히 우수한 성적 때문에 부모님의 압력을 막아 낼 수 있었다. 그렇지 않아도 기우가 시계모자를 쓰지 않는 한 자신도 절대 안 쓸 거라고 결심했던 신지였다. 유리는 특유의 정의감과 지기 싫어하는 성격에 더욱 자극을 받은 것 같았다. 세나는 아버지라는 든든한 지원군 덕분에 상대적으로 여유가 있어 보였다.

물론 낮과 밤을 바꾸어 버린 정책에 대해 반대도 만만치 않았다. 대통령 담화가 발표된 바로 다음 날 '저녁', 즉 해 뜬 7시부터 시청 앞 광장에서 연일 반대 집회가 열렸다. 특수반 아이들도 종종 집회에 나갔다. 그러다보니 낮과 밤이 바뀐 것에 적응하기가 더 어려워졌다. 집회에서 가장 인기를 끈 구호는 어떤 아이가 종이에 적어 들고 있던 문구였다.

'촛불집회 못 하게 낮과 밤을 바꾼 거지?'

세나는 그 문구를 생각할 때마다 웃음이 나왔다.

1개월로 정했던 유예 기간은 반대 여론 때문에 2개월로 늘어났다. 그러나 유예가 늘어난 게 특수반 아이들에게 큰 위안이 되지는 못했다. 1개월이 눈 깜짝할 사이에 지나가고, 2개월도 끝나는 날이 부득부득 다가오고 있었다. 교육시계부는 유예 기간이 지나면 무슨 수를 써서든 모든 학생들이 시계모자를 쓰도록 하겠다고 호언장담을 하고 있었다. 소병은 선생님이 학교를 그만둔 건 그 무렵이었다.

어느 날 도덕 시간이었다. 세나는 본래 속했던 반에 가서 수업을 듣고 있었다. 소병은 선생이 좀 굳어진 표정으로 들어왔다.

"오늘은 교과 진도와는 상관이 없지만 '제논의 역설'에 대해서 공부하겠습니다. 아마 고등학교 가면 배우게 될 겁니다."

소병은 선생님은 말하고는 칠판에 문장 하나를 적었다.

나는 화살은 멈추어 있다.

"이게 제논의 역설입니다. 제논은 이 역설을 논리적으로 증명했습니다. 가령 어떤 화살이 1초에 30미터 속도로 난다고 합시다. 0.1초에는 3미터, 0.01초에는 0.3미터, 0.001초에는 0.03미터……. 이런 식으로 시간을 무한히 작게 나누어 가면 마침내 화살의 속도는 0에 도달한다는 거죠. 그러니까 초속 30미터로 나는 화살은 멈추어 있다는 겁니다. 제논의 증명은 수학적으로는 맞습니다. 그런데 실제로 나는 화살은 절대 멈추어 있지 않죠? 그러니까 제논의 역설은 현실적으로는 분명히 틀린 겁니다. 자, 그러면 제논의 역설은 일종의 궤변인 셈인데 과연 제논의 논증에서 무엇이 문제인 걸까요? 제논의 논증을 한번 반박해 볼 사람?"

소병은 선생님이 교실을 휘 둘러보았다. 아무도 손을 들지 않았다.

"너무 어렵나요?"

선생님이 좀 머쓱한 웃음을 지었다.

세나는 가만히 있을까 하다가 선생님이 좀 안돼 보여서 슬그머니 손을 들었다.

"그래, 세나가 말해 봐요."

선생님이 반색을 하며 세나를 지목했다.

"흐르는 강물을 나눌 수 없듯이 흐르는 시간은 나눌 수가 없습니다. 그러니까 나눌 수 없는 시간을 나눌 수 있다고 본 전제가 잘못된 겁니다. 따라서 제논의 논증은 성립될 수 없습니다."

세나는 언젠가 아빠에게 제논의 역설에 대해서 들은 적이 있었다.

"맞습니다. 흐르는 강물이 그렇듯 흐르는 시간은 나눌 수가 없습니다. 흐르는 시간 속을 살아가는 우리의 삶도 마찬가지로 나눌 수가 없습니다. 시계는 나눌 수 없는 시간을 편의상 나눌 수 있는 걸로 가정하고 만든 기계에 불과합니다. 만약에 편의상 만들어진 기계가 우리의 의식을 지배한다면 우리의 삶에 진짜 제논의 역설이 나타날 수도 있겠죠. 나는 화살은 멈추어 있고, 살아 있는 건 죽은 거고, 삶은 곧 죽음이 되겠죠? ……이게 내가 시계 모자에 반대하는 이유입니다."

선생님이 말을 끊고 아이들을 둘러보았다. 수업과 상관없는 얘기가 나올 때면 항상 그렇듯 냉랭하던 아이들의 눈빛이, 선생님의 마지막 말에 깜짝 깨어났다. 교실은 숨소리가 들릴 듯 고요했다.

"선생님, 진도 나가지요."

학급회장이 고요를 깨뜨렸다. 여기저기서 '진도 나가요.'하는
소리가 들렸다.

"미안하지만 오늘은 진도를 나가지 않습니다. 이 수업이 내가
여러분과 하는 마지막 수업입니다."

선생님은 쓸쓸한 미소를 지었다.

소병은 선생님은 그렇게 학교를 떠났다. 들리는 말로는 선생님
이 시계모자 정책에 반대하는 의견을 몇 번이나 공공연하게 드러
냈고, 결국 교장이 불러서 퇴직을 권고했다는 거였다.

기우가 시계모자를 강제로 쓰게 하는 조치에 대해 국가인권위
원회에 제소하자는 제안문을 카페에 올린 것은 바로 그 무렵이었
다. 소병은 선생님이 그렇게 학교를 떠난 일도 자극이 되었을 것
이었다. 기우의 제안문에 대해, 유리는 헌법 소원도 함께 제출하
자고 댓글을 달았다.

기우와 유리의 제안은 엄청난 반응을 끌어냈다. '시계모자를
거부하는 아이들의 모임' 카페는 이제 아이들뿐만 아니라 어른들
로 붐비기 시작했다. 국가인권위 제소장과 헌법 소원은 '진실을
추구하는 변호사회'의 지원을 받아, 시계모자를 거부하는 2만 명
가까운 학생들 연명으로 제출되었다. 기우는 그 대표 격이었기
때문에 언론의 주목을 받을 수밖에 없었다.

초신세대 등장!

　지금의 십대는 이데올로기 대립, 전쟁, 군사 독재의 경험이 없고 민주화를 위한 희생도 겪지 않았다. 게다가 유년기부터 사이버 세계를 자유자재로 누비며 정보를 수집하고 교환하는 능력까지 갖추었다. 겁이 없고 자유로운 이들은 이전 세대가 상상할 수 없었던 일을 한다. 이번에 교육시계부를 상대로 시계모자 강제 착용 조치를 국가인권위에 제소하고 헌법 소원을 낸 이기우 군과 김유리 양이 대표적이다. 과거엔 중학교 2학년 학생이 정부를 상대로 이런 일을 벌이리라고는 상상도 할 수 없었다. 이기우 군은 인터넷을 통해 2만 명 가까운 학생을 연명으로 조직하였다. 또한 온라인으로 학생들뿐 아니라 변호사, 교수 등 전문가들과 의견을 교환하며 자문을 받고 있다. 가히 초신세대의 대표주자라 할 만하다. 이들의 가능성은 어디까지이며, 이들의 한계는 어디까지일까? 이기우 군을 만나 보았다.

　기자 : 초신세대 현상에 대해 경탄의 목소리도 있지만, 우려의 목소리도 있는 게 사실이다. '겁 없고 자유로운 건 좋지만 우리 사회를 책임져 나가기에는 현실을 너무 모르는 거 아니냐? 과연 어려움이 닥쳤을 때 헤쳐 나갈 힘이 있겠느냐?'는 의문도 제기되는데……

　―어른들의 현실과 우리의 현실은 크게 다르지 않다. 시계모

114

자가 강요하는 '하나의 시간, 하나의 공간'이라는 가치관은 우리에게나 어른들에게나 똑같이 부당하다. 또, 어려움을 겪어 본 적 있는 사람만이 어려움을 헤쳐 나갈 힘을 가진 것은 아니라고 생각한다.

기자 : 이번에 시계모자 강제 착용에 대해 헌법 소원을 내고 국가인권위 제소를 하게 된 이유는?

— 시계모자 강제 착용은 우물 안에서 살아온 윗세대가 간신히 우물 밖으로 나온 우리 세대를 다시 우물 안으로 밀어 넣는 것이나 마찬가지다. 우물 안으로 다시 들어가고 싶은 개구리, 아니 사람(웃음)이 어디 있겠는가? 그렇게 좋으면 그분들이나 시계모자 쓰시고 우물 안에서 계속 사셨으면 좋겠다.

그때의 기우는 정말 태양을 향해 높이 날아오르는 이카루스 같았다. 표준시 변경을 반대하는 여론이 만만치 않았던 덕분에 결과도 좋게 나왔다. 시계모자를 강제로 착용시키는 것은 심각한 인권 침해이며 헌법에도 위반된다는 판결이 내려졌던 것이다. 특수반 아이들이 그나마 지금껏 시계모자를 쓰지 않고 버틸 수 있는 것도 그 판결 덕분이었다.

그러나 기우가 언론의 주목을 받은 게 탈이었다. 어느 날 기우가 불쑥 결석을 했다. 어머니가 쓰러져 병원에 있다고 했다.

특수반 아이들은 학교 끝나고 병문안을 갔다. 침상에 누운 기우 엄마는 잠이 들었는지 눈을 감고 있었다.

"좀 어떠시니?"

신지가 물었다.

"아직 의식이 돌아오지 않으셨어. 좀 두고 봐야 안대. 잠깐 나가자."

초췌한 기우의 얼굴에 그림자가 져 있었다. 아이들은 기우를 따라 옥상으로 올라갔다. 옥상은 쉼터로 꾸며져 있었다. 모두들 말이 없었다. 무슨 말을 해야 할지 잘 떠오르지가 않아서였다.

"커피 마실래?"

인수가 어색한 침묵을 깨려는 듯 아이들을 둘러보았다. 모두들 고개를 끄덕였다. 지만이 인수를 따라 커피 자판기로 갔다.

"인수는 역시 우리의 믿음직한 보급부대야."

기우가 분위기를 좀 가볍게 하려는 듯 말하고는 빙긋이 웃었다. 아이들도 커다란 몸집으로 양손에 조심조심 종이컵들을 들고 오는 인수를 보며 웃었다. 옥상 바닥에서 무언가를 쪼고 있던 비둘기들이 인수와 지만에게 쫓겨 날아올랐다.

"학교에선 별일 없었니?"

기우가 가벼운 투로 말을 이었다. 신지가 말했다.

"만날 똑같지 뭐. 시계모자 쓰라는 협박. 그 다음엔 수업 들어가서 전파 좀비 같은 아이들과 함께 묵묵히 앉아 있기. 쉬는 시간이면 싸늘한 눈총 피해 얼른 옥상에 올라오기."

116

세나가 웃었다. 유리도 웃긴 했지만, 왠지 쓸쓸해 보였다.

"너희 엄마 참 고우셨는데······. 많이 아프신 건가 걱정했어."

신지가 부드럽게 말했다. 세나도 고개를 끄덕였다. 어릴 적부터 친구들이었던 다른 아이들과 달리 세나는 중학교에 와서야 기우를 만났다. 하지만 기우 엄마는 학교에 행사가 있을 때마다 와서 대소사를 챙겼기에 낯이 익은 터였다. 흔히 선생님들 쫓아다니기에 급급한 엄마들과는 달리, 기우의 친구들에게 일일이 미소로 인사하던 기우 엄마는 참 다정스럽게 보였다.

또 말이 끊겼다. 모두들 커피 마시기에 공을 들이기라도 하듯 홀짝홀짝 커피를 마셔 댔다.

"너 내려가 봐야지?"

신지가 빈 종이컵을 모으며 기우를 보았다.

"저기······. 너희들에게 할 말 있어."

기우가 잠시 망설이다 입을 열었다.

"무슨 얘긴데?"

세나가 눈을 동그랗게 뜨고 기우를 보았다. 모두 좀 긴장하는 눈치였다. 기우는 입이 잘 안 떨어지는 듯 잠시 뜸을 들였다.

"너희들한테는 미안한데 나 말이야······. 아무래도······. 시계 모자를 써야 할 것 같아."

기우의 말에 모두들 뜨악한 표정을 지었다.

"말도 안 돼!"

인수가 소리쳤다.

"그래, 이제 와서 무슨 얘기야?"

유리가 따지듯이 말했다.

"일단 기우 얘기를 한번 들어 보자."

신지였다. 모두들 숨을 죽인 채 기우를 바라보았다.

"너희도 알겠지만 우리 아빠 꽤 급이 높은 공무원이야. 그간 나 때문에 압력을 심하게 받아 왔어. 사표까지 요구받기도 했나 봐. 물론 다른 핑계를 댔겠지만, 나 때문이지. 엄마가 그간 중간에서 마음고생을 많이 하셨어. 어제는 아빠가 술을 잔뜩 마시고 오셨어. 내 인사도 들은 체 만 체 안방으로 들어가더니 엄마랑 다투시는 거야. 처음엔 내가 못 듣게 소근소근 얘기하시다가 점점 목소리들이 커지더라. 아빠는 나랑 담판을 지어야겠다고 하시고, 엄마는 계속 아빠를 말리면서 일단 중학교까지라도 하고픈 대로 하게 놔두자고 하셨어. 아빠가 자식 때문에 지방으로 좌천되는 꼴을 봐야겠냐고 했더니, 엄마도 화를 내면서 직장이 자식보다 중요하냐고 외쳤지. 그러다가 순간 조용해지더니, 아빠가 얼굴이 새하얘져서 엄마를 업고 뛰쳐 나오시더라. 아빠 문제뿐이라면 나도 버텨 보겠어. 그런데 엄마까지 저렇게 되고 보니······. 어쩔 수가 없어."

기우가 울먹였다. 모두들 한동안 말이 없었다.

"이해는 하겠는데, 이미 네 문제는 네 문제로 끝나지 않아. 네가 시계모자를 쓰면 교육시계부에선 얼싸 좋다 하고 대대적으로 선전해 먹을 거야. 너만 무너지는 게 아니야. 많은 것들이 무너져."

유리가 가라앉은 목소리로 말했다.

"알아. 그래도 어쩔 수가 없어. 너희들한테 어려운 내색 안 하고 끝까지 버텨 보려고 무진 애를 썼어. 버틸 대로 버틴 게 여기까지야. 미안해."

"미안하다로 해결될 수 있는 게 아니야. 너나 나는 우리 또래의 얼굴이야. 네가 무너지면 우리 또래 아이들 전부가 무너지는 거야."

유리가 다그치듯이 말했다.

"미안해."

"미안해로 끝날 수 있는 일이 아니라니까!"

유리의 목소리가 높아졌다.

"유리야, 그만해. 그렇지 않아도 힘든데 우리끼리 이러진 말아야지."

세나가 끼어들었다.

"유리 말 틀린 거 없어."

멍하니 앉아 있던 인수가 무겁게 입을 열었다.

"인수 넌 그래도 기우를 이해해 주어야 하는 거 아니야? 너까지 그러면 어떡해?"

신지가 울상을 지었다. 기우는 고개를 숙이고 한쪽 발끝으로 시멘트 바닥을 문지를 뿐 아무 말이 없었다.

"그래, 나 덤벙이고 아무것도 몰라. 하지만 우리가 하는 일이 신나고 옳은 것 같아서 열심히 했어. 그게 무너져 버리면 이제 내가 뭘 어떻게 해야 할지 모르겠어. 기우 널 이해 못하는 것도 아니고, 네가 나쁘다는 것도 아니야. 미안하다, 그렇지 않아도 힘들 텐데. 하지만 앞으로 네 얼굴 보긴 힘들 것 같아."

인수가 말하고는 터덜터덜 엘리베이터 쪽으로 걸어갔다. 평소의 모습과 달리 뜻밖에 차분했다. 하지만 신지는 오히려 그 차분함이 단호한 의지로 느껴져 뭐라고 말을 건넬 수 없었다. 맥없이 이름만 불러 볼 뿐이었다.

"이-인수야."

지만이 인수를 붙잡기라도 하려는 듯 일어나더니, 주춤주춤 따라 나섰다.

"애들아, 정말 이대로 가는 거야? 이래도 돼?"

신지가 애원하듯 말했다. 유리는 기우를 바라보더니, 천천히 입을 열었다.

"나, 유학 간다. 집에서 시계모자 안 쓸 거면 차라리 외국 가서 공부하라고 등 떠민 지 몇 달이 됐어. 하지만 너희들, 특히 기우에게 미안해서 아무 말도 못했지. 이제 다 끝났어. 소용없는 짓이었어."

유리도 엘리베이터로 걸어갔다. 세나가 마지막으로 일어나더니 천천히 아이들을 따라갔다. 신지는 어쩔 줄 모른 채 기우 옆에 서 있었다. 기우는 여전히 한쪽 발끝으로 시멘트 바닥을 문지르고 있었다. 눈물이 몇 방울 시멘트 바닥에 떨어졌다. 기우가 그걸 다시 발끝으로 문질렀다.

기우는 그렇게 특수반을 떠났고, 기우 엄마는 한 달 후 죽었다. 상황은 유리가 말한 대로 돌아갔다. 기우가 시계모자를 썼다는 사실이 언론에 대서특필되었다.

초신세대의 싱거운 투항
– 교육시계부의 시계모자 사업 안정적으로 정착될 듯

요란했던 초신세대 논란이 기로에 놓였다. 초신세대의 상징처럼 부각되었던 이기우 군이 돌연 고개를 숙이고 시계모자를 썼기 때문. 이로써 한동안 인기 검색어 1, 2위를 다투며 인터넷을 달구었던 초신세대란 말은 자취도 없이 사라질 전망이다. 그간 이기우 군은 중학생 신분으로 2만 명 가까운 동료 학생들을 조직, 시계모자 강제 착용에 대한 인권위 제소와 헌법 소원을 진행했다. 그로 인해 '무서운 초신세대'라 불리며, 정부에서 추진하는 시계모자 사업에 가장 위협적인 요인으로 여겨졌다. 하지만 이제 이기우 군이 싱겁게 투항함으로써 초신세대란 폭탄의 뇌관은 제거

된 셈이다.

교육시계부는 겉으론 표정 관리를 하고 있지만 내심 안도하는 분위기가 역력했다. 이름을 밝히기를 꺼린 한 교육시계부 간부는 '부모는 집에 있는 아들보다 돌아온 탕아를 더 귀하고 반갑게 여긴다.'는 성경 구절을 인용하며 이기우 군을 진심으로 환영한다고 말했다. 이기우 군이 시계모자를 쓰는 걸 계기로 학교의 시계모자 사업이 안정적으로 정착될 것이라 전망하는 그의 표정에는 여유가 묻어났다.

한편 이기우 군은 기자들과 접촉을 끊은 상태이나, 그간의 행동에 대해 반성의 뜻을 밝힌 것으로 전해지고 있다.

기우가 시계모자를 쓴 사실이 알려지면서 '시계모자를 거부하는 아이들의 모임' 회원은 반 이하로 줄었다. 신지가 카페지기를 맡았고, 3학년 신학기가 시작될 무렵 유리는 말했던 대로 유학을 떠났다. 특수반은 네 명으로 줄었다. 네 명이 의기소침한 가운데서도 이제까지 버틸 수 있었던 것은 어쩌면 분노 때문인지도 몰랐다. 교육시계부와 언론은 기우 아빠에 대한 압력, 기우 엄마의 죽음 같은 건 은폐하고서 기우가 그간의 행동을 뉘우친 것처럼 선전을 하며 시계모자를 거부하는 아이들을 압박해 왔다. 그로 인해 특수반 아이들의 마음에 맺힌 응어리는 영영 풀리지 않을 것이었다.

그때의 기우는 정말로 날개를 잃고 추락하는 이카루스였다. 특수반 아이들은 종종 운동장이나 화단에서 비둘기에게 모이를 주는 기우와 마주쳤지만, 그럴 때면 기우는 아무 말 없이 시선을 돌려 버렸다. 가끔 신지가 말을 걸면 짧게 대답할 뿐이었다. 그러다가 그 모습마저 사라지고, 얼마 후 강화학교에 갔다는 소문이 돌았다.

그런데 그 추락한 이카루스가 강화학교를 탈출하여 다시 나타난 것이다. 이카루스는 다시 날 수 있을까? 세나는 태양을 올려다보았다.

아, 눈을 떠 봐
태양이 빛나는 밤에
눈부신 태양의 빛이 가시처럼 네 눈을 찔러도
눈을 떠 봐
저 푸른 하늘과 태양,
너는 알 거야
네 심장이 앞에 던져진 먹이만을 위해 뛰고 있지 않다는걸
아, 너는 알 거야
네 심장은 차라리 이카루스처럼 태양을 향해 날고 싶다는걸

환청처럼 노랫소리가 세나의 귀에 들려 왔다.

"이카루스, 다시 날아올라라!"

세나는 태양을 향해 팔을 벌리고 외쳤다.

"다시 날아 이카루스!"

11
방문객

이강호 국장은 비서가 전해 준 명함을 보고 얼굴을 찌푸렸다. 그만큼 했으면 됐지 또 무슨 일인가 싶었다.

"들어오시라고 해요."

비서가 문을 열자, 말쑥하게 차려 입은 삼십대 중반의 사내가 들어왔다. 정보처 사람 아니랄까 봐 눈빛이 날카로웠다.

"무슨 일로?"

"아드님 일 때문에 왔습니다."

이 국장은 이야기를 듣기도 전에 벌써 가슴이 두근두근했다.

"우리 기우한테 무슨 일이 있습니까?"

이 국장은 아내가 죽고 아들이 강화학교에 간 이후로 거의 희망을 잃고 살아온 셈이었다. 이상하게 돌아가는 눈동자가 아니더라도, 기우가 더 이상 예전의 아들이 아니라는 건 아버지로서 충분히 느낄 수 있었다. 강화학교라는 곳이 기우를 얼마나 회복시킬 수 있을지, 오히려 더 나빠지는 건 아닌지도 의심스런 일이었다. 정부의 말을 곧이곧대로 믿기엔 이 국장은 너무 오래 공직 생활을 해 왔다. 그러나 가슴 한구석에 '기우가 강화학교에서 무사히 돌아와 준다면⋯⋯.' 하는 희망의 끈이 실낱처럼 남아 있긴 했다. 이 국장이 하루에도 수십 번 되뇌어 보는 말이었다.

"이기우 군이 강화학교에서 도망쳤습니다. 그래서 혹시 아버님에게 연락이 있었나 하고⋯⋯."

이 국장은 가슴이 쿵 내려앉았다. 사내의 날카로운 눈이 이 국장의 표정을 살피고 있었다.

"예? 언제?"

"일주일쯤 됐습니다."

"일주일요? 그런데 왜 이제야 알려 주는 거요?"

이 국장이 화를 냈다.

"글쎄요, 그건 제 소관사항이 아니라서⋯⋯. 강화학교에서 아무 연락이 없었습니까?"

"연락은 무슨? 면회도 제대로 못 하게 했으면 아이에 대한 책임을 져야지. 아이 하나 못 찾고서 뒤늦게 부모에게 와서 어디 있냐고 물어 보면 어쩌겠다는 거요? 일주일 동안 무슨 일이 생겼을

지 어떻게 압니까?"

이 국장은 자기도 모르게 자리에서 벌떡 일어나 창가로 갔다.

"아마 별일은 없을 겁니다. 정보에 의하면 지하도시로 간 게 거의 틀림없습니다."

"지하도시요?"

이 국장이 깜짝 놀라며 돌아보았다.

"예. 전부터 강화학교에서 도망친 아이들이 지하도시로 스며든다는 정보를 입수하고 있었습니다. 처음엔 우연이었던 것 같은데, 지금은 노숙자들이 조직적으로 돕는 모양입니다. 외국인 노동자들 쪽에서 돕는 정황이 포착되기도 하고요. 이건 기밀사항이니까 다른 사람에겐 절대 이야기하시면 안 됩니다. 그럼 전 이만……."

사내가 별 이야기도 안 하고선 싱겁게 물러갔다. 하기는 기우가 이 국장에게 연락을 했는지 확인하러 왔을 테니까, 온 목적은 완수한 셈이었다.

이 국장은 창문을 열고 담배를 피워 물었다. 기우가 지하도시로 갔을 거란 말을 들었을 때 묘하게도 걱정보다는 안심이 되었다. 이 국장은 그런 자신에게 더 놀랐다.

이 국장은 뭔가 중얼거리며 자리로 돌아가 앉았다. 손이 전화기로 갔다. 자기도 모르게 은우의 손전화번호를 누르려 하고 있었다. 이 국장은 망설였다.

은우는 기우가 강화학교까지 간 데는 자기 잘못도 있다고 생각하는 것 같았다. 기우가 시계모자를 거부하는 이유나 기우의 생각에는 관심없이, 자기 성적 올리겠다고 시계모자를 쓰고 있었던 자신을 원망하는 듯했다. 대학에 다니면서 인권단체 도우미를 하는 것도 그런 죄책감 때문일 것이었다. 그리고 그 죄책감 이상으로 이 국장을 원망하는 것 같았다. 어머니가 죽고 동생이 그렇게 된 가장 큰 책임은 아버지에게 있다고 생각하는 모양이었다. 그래서 그런지 은우는 이 국장과 거의 이야기를 하지 않고 지냈다.

이 국장은 한숨을 내쉬며 은우의 전화번호를 눌렀다.

은우는 바쁘게 노트북 자판을 두드렸다. 중간중간 녹음 테이프가 계속 돌아가는지도 확인해야 돼서 정신이 없었다.

"정부에서는 '지하도시 통신'에 실린 사례들을 유언비어라고 합니다. 하지만 그 내용들은 너무도 생생합니다. 도저히 꾸며서 쓸 수 없는 것들예요. 우리 단체에서는 '지하도시 통신' 내용을 사실로 받아들이고, 진실 규명을 위한 조사 작업에 착수하기로 결정했습니다."

학생인권위원회 대표였다. 은우는 기우를 떠올렸다. 인권단체 사무실에서 처음 '지하도시 통신'을 읽었을 때 얼마나 충격을 받았는지 몰랐다. 그때를 생각하면 지금도 손가락이 바들바들 떨려서 자판을 치기가 어려울 정도였다.

"알겠습니다. 이로써 여기 모인 단체들은 전부 비슷한 입장을 취하고 있음이 확인되었습니다. 문제는 방법입니다. 여당이 압도적 다수를 차지하고 있는 국회에서 국정 조사를 할 리도 없고, '지하도시 통신'을 유포하면 엄벌하겠다는 정부가 현장 조사를 허용할 리도 없습니다. 혹시 국가인권위원회 차원에서는 현장 조사가 가능하겠습니까?"

'인권지킴이' 대표가 옵저버로 참여한 국가인권위원회 사무국장을 돌아보았다. 은우가 속한 '인권지킴이'가 이번 인권단체 연석회의의 간사를 맡고 있었다.

"어려울 것 같습니다. 저희가 국가기구이기는 합니다만, 아시다시피 요즈음 들어 정부 부처들이 잘 협조를 하지 않습니다. 오히려 껄끄러운 존재로만 여기는 터라……."

"참, 그럴 거면 인권위원회를 뭐 하러 만든 건지……. 국제인권기구에 조사를 요청해 보는 건 어떻겠습니까?"

"국제기구의 조사는 시간이 많이 걸리죠. 그리고 강제성이 없어서 정부에서 받아들일지도 의문입니다."

국제인권기구 한국지부 대표였다.

"우리가 노력도 안 해 보고 처음부터 몸을 사리면 안 된다고 봅니다. 일단 힘을 모아 정부를 압박해 보는 수밖에 없을 듯한데……. 어떻습니까? 시계모자 대책회의를 만드는 건. 물론 인권단체로 국한하지 않고 교육단체, 종교단체 등 넓게 힘을 모으는 겁니다."

'인권지킴이' 대표의 말에 모두 찬성했다.

"그럼 이의가 없으신 걸로 알고 최대한 빠른 시일 안에 준비 모임을 소집하겠습니다. 장시간 고생하셨습니다."

은우는 복도로 나와 부재중 전화를 확인했다. 아빠의 사무실 전화번호였다. 진동으로 해 놓은 핸드폰이 회의 중에 여러 번 울렸었다.

'무슨 일이지?'

은우는 잠시 망설이다가 통화 버튼을 눌렀다. 비서가 전화를 받아 이 국장에게 돌려주었다.

"아버지, 저예요."

"응, 은우구나. 전화 여러 번 했는데 안 받더구나."

"회의 중이었어요."

"그냥 듣기만 해라. 기우가 강화학교에서 도망쳤다는구나. 벌써 일주일이나 되었대. 아까 사람이 와서 내게 무슨 연락이 없었냐고 묻더라. 이따가 집에서 이야기하자. 일찍 들어오너라."

기우가 강화학교를 탈출했다고? 은우는 가슴이 뛰었다.

"은우야."

전화를 끊으려는데 아빠의 목소리가 다시 흘러나왔다.

"예?"

"……아빠는 말이다, 기우가 건강하게 살아 있기만 하면 된다고 생각해. 너희들이 그냥 너희들 나름대로 건강하고 행복하면 돼. 아빠는 그밖의 것에 대해선 더 이상 미련이 없다. 무슨 말인지 알겠지?"

느릿느릿하게 이어지는 아빠의 말 속에 예전엔 못 느꼈던 짙은 고통, 그리고 외로움이 느껴졌다. 은우는 콧마루가 시큰했다. 혹시 기우에게 연락이 오면 전처럼 아빠의 직장 문제 같은 건 걱정하지 말고 마음먹은 대로 하라고 전해 달라는 얘기로 들렸다.

"……예."

은우는 전화를 끊고 멍하니 어두운 창밖을 보았다. 일주일이나 되었다고? 그런데 왜 아무 연락이 없는 걸까? 중간에 잘못되기라도 한 건 아닐까? 이번엔 정말 그러면 안 되는데. 내가 절대 그렇게 안 되게 할 거야.

형식적인 조회가 끝나고 담임이 나가 버리자 아이들이 우르르 신지에게 몰려들었다.

"잠 한숨 못 자고 힘들었지? 뭔가 발견했니?"

세나가 피곤이 묻어나는 신지의 얼굴을 살피며 물었다.

"너희 기다리면서 좀 잤어. 그보다, 두 번째 편지가 왔어."

신지가 헝겊조각을 책상 위에 놓고 반듯이 폈다.

"'이상한 서커스'? 이게 뭐야?"

인수가 고개를 갸웃거리며 신지를 보았다.

"기우가 우리에게 뭔가 알리려고 하는 것 같은데, 너희는 생각나는 거 없어?"

신지가 인수와 지만의 얼굴을 번갈아 가며 올려다보았다. 두 사람 다 고개를 흔들었다.

"기우는 아직 정신이 혼란스럽지만, 희미해졌던 기억이 조금씩 되살아나고 있는 거 아닐까? 그래서 지금 겪고 있는 일과 어릴 때의 기억이 뒤섞여 있을지도 몰라. 그러니까 '이상한 서커스'는 어릴 때 친구나 가족들도 아는 명칭이나 장소일 수 있어. 너희들은 유치원 때부터 기우하고 친구였잖아? 잘 생각해 봐."

신지의 말에 인수와 지만은 표정이 심각해졌다.

"아무리 생각해 봐도 모르겠는데……."

인수가 중얼거렸다. 책상을 손가락으로 톡톡 두드리던 지만도 결국엔 고개를 내저었다.

"그럼 어떡해? 나는 너희들은 알 거라고 철석같이 믿었는데……."

신지가 울상을 지었다.

"은우 언니한테 물어 보면 혹시 알 수 있지 않을까?"

세나였다.

"그래, 그럼 학교 끝나고서 세나하고 나는 은우 언니를 찾아가

볼 테니까 인수하고 지만이 너희들은 동네 주위를 돌아다녀 봐. '이상한 서커스'란 이름에 들어맞는 장소가 있을지도 모르고, 또 갑자기 생각나는 게 있을지도 모르니까."

모두들 고개를 끄덕거렸다.

신지와 세나는 편의점에서 컵라면을 먹으며 건너편 건물의 입구를 유심히 살폈다. '인권지킴이'는 그 건물 3층에 있었다. 신지가 컵라면 국물을 후루룩 마시는데 건물 입구를 빠져 나오는 은우가 보였다.

"은우 언니 나온다. 가자."

신지가 후다닥 편의점 문을 나섰다. 세나도 얼른 가방을 메고 따라갔다. 앞서 가는 은우를 따라잡느라 신지와 세나는 숨을 헐떡였다.

"은우 언니."

은우가 뒤를 돌아보았다.

"너희들이구나. 집에 가는 길이니? 잘됐다. 같이 가자."

기우네 집과 세나, 신지네 집은 한동네였다. 걸어서 15분쯤 걸렸다.

"사실은 언니 기다리고 있었어요. 할 이야기가 있어서요."

신지가 은우를 쳐다보았다.

"무슨 얘기니? 혹시 기우 강화학교에서 탈출한 거?"

"알고 있었어요?"

신지가 좀 머쓱한 표정을 지었다.

"응, 아빠한테 전화 왔었어. 그냥 기우가 일주일 전쯤 강화학교를 탈출했다고만 해서서, 나도 그 이상은 몰라."

"어디 있는지는 모르고요?"

신지가 눈을 반짝이며 은우를 쳐다보았다.

"그걸 알면 이렇게 가슴이 답답하겠니? 그런데 너희들은 뭐 더 아는 거 있어?"

"기우한테서 비둘기 편지가 왔어요."

세나가 말하며 은우의 표정을 살폈다.

"뭐? 비둘기 편지?"

은우가 우뚝 멈추어 섰다.

"자기가 있는 곳을 알리려는 게 아닌가 싶은데, 혹시 '이상한 서커스'가 뭔지 아세요?"

"이상한 서커스? ……안 되겠다, 어디 들어가서 이야기하자."

은우는 신지와 세나를 데리고 아이스크림 가게로 들어갔다.

"그 편지 어디 있니? 좀 보자."

은우가 자리에 앉자마자 손을 내밀었다. 신지는 헝겊조각 두 개를 은우에게 건넸다.

"엄마 기억이 나지 않아. 도와줘? ……이상한 서커스?"

기우의 흔적을 더듬는 듯 은우는 헝겊조각에서 눈을 떼지 못

했다. 신지는 비둘기 편지에 대해 자세히 이야기했다.

"그러니까 '이상한 서커스'는 기우가 어릴 때 알았던 장소나 이름일 것 같단 말이지? 그런데 나도 이게 뭘 가리키는 말인지 모르겠는데?"

은우가 답답한지 한숨을 폭 내쉬었다.

"잘 생각해 보세요. 힌트라도 될 만한 게 없는지."

신지가 최면이라도 걸듯 은우를 뚫어져라 쳐다보았다. 은우는 미간을 잔뜩 찌푸리며 기억을 되살리려 했다.

"……외할아버지가 시골에서 큰 정미소를 했지. 어릴 때 엄마랑 놀러 가면 간혹 그 정미소 앞 공터에 서커스가 들어와 천막을 치고 있었어. 그 공터에 비둘기도 참 많았는데……. 하지만 거기는 차로도 서너 시간 걸리는 시골이야."

은우가 꿈에서 덜 깬 듯한 표정을 지으며 신지와 세나를 건너다보았다.

"혹시 비슷한 느낌을 주는 뭔가를 보고 정미소 앞 공터에 있던 서커스라고 생각한 건 아닐까요? 기우는 아무래도 정신이 좀 혼미한 상태일 테니까요."

세나가 말했다.

"그럴 수도 있겠네. 서커스 비슷한 천막이 있고 비둘기가 많이 있는 곳을 근처에서 찾아볼까?"

은우의 표정이 좀 밝아졌다.

"아, 그런 데가 있어요. 공원에 좀 작긴 하지만 천막이 쳐져 있잖아요. 거긴 비둘기도 많이 왔다갔다해요. 인수하고 지만이한테가 보라고 해야겠다."

신지가 손전화를 꺼내 인수의 번호를 눌렀다.

"그런데 참, 너희들도 '지하도시 통신' 본 적 있니?"

은우가 잠시 뭔가를 생각하다 물었다.

"친구가 하나 보여 준 적 있어요. 누군지 모르지만 우리 학교에도 뿌리고 다니는 애가 있다던데요."

"그래?"

신지의 말에 세나가 놀란 눈을 떴다.

"근데 왜요?"

"응, 사실은 오늘 그 문제 때문에 인권단체들이 회의를 했거든. 힘을 모아서 시계모자 대책회의를 꾸리기로 했지. 너희 카페에도 공문이 갈 거야."

"그럼 언니는 혹시 지금까지 나온 '지하도시 통신' 전부 가지고 있어요?"

신지가 눈을 반짝이며 은우를 보았다.

"응, 내가 내일 메일로 보내 줄게. 그나저나 그거 보니까 아이들이 강화학교에서 참 끔찍한 일을 겪었던데, 기우는 어떤지 걱정이야."

은우의 표정이 다시 어두워졌다.

12
얼음의 성

기우는 문이 닫혀 있는 방 쪽을 돌아보았다. 방음장치가 시원
찮은지 전자기타 소리와 노랫소리가 뚜렷이 흘러나왔다. 환각 상
태에서 들었던 노래였다.

누군가는 말하지 너의 미래를 두려워하라고
거리를 배회하는 두려움은 너의 심장을 열고
네 심장에 박힌 두려움은 너의 미래를 빙하 속에 처박고
너의 삶을 얼음에 파묻혀
아, 세상은 거대한 얼음의 성

"저 노래 제목이 뭐지? 귀에 익은 곡인데 제목이 도무지 기억 안 나."

기우가 프린트한 자료를 정리하고 있던 팬더곰을 돌아보았다. 팬더곰은 기우처럼 중학교 3학년이고, 아세안이었다. 강화학교를 탈출해 '지하도시 통신'에 합류한 지 얼마 안 되었다고 했다. 또래는 기우와 팬더곰 둘뿐이어서 서로 말을 놓고 지내기로 했다. '지하도시 통신'에서는 서로를 닉네임으로 불렀다. 예외가 있다면 모두들 '정현이 형'이라고 부르는 박정현뿐이었다. 그는 이들의 맏형이자 대장 격이었다.

"저 노-노래 제목을 모-모른단 말야? 이-이카루스가 부른 어-얼음의 서-성이잖아. 애-앨범이 나오고 어-얼마 안 지나 바-발매 금지 다-당했지. 우-우리 지-지하도시 토-통신의 주-주제곡이야. 느-늘 배-배경음악의 하-하나로 까-깔고 있어. 이-이카루스 메-멤버들은 나-나처럼 모-모두 아-아세안이야."

팬더곰은 흥분했는지 평소보다도 더 심하게 말을 더듬었다.

"야 팬더곰, 넌 그만 말해라, 내가 대신 이야기할 테니까. 너 말 더듬는 건 좋은데, 나같이 성질 급한 놈은 속에서 불덩어리가 솟아오른다. 그리고 이카루스, 이카루스가 이 노래를 모르고 있었을 리는 없고……. 아무래도 기억이 잘 돌아오지 않는 것 같은데? 하지만 뭐 걱정할 건 없어. 이 형님의 지도 아래 열심히 노력하면 금방 나아질 거야."

컴퓨터 앞에 앉아서 뭔가를 열심히 쓰고 있던 아드레날린이 뒤를 돌아보며 참견을 했다.

"어이구 사돈 남 말하고 있네. 아드레날린 너 여기 와서도 거의 한 달 가까이 환각 상태에서 헤맨 거 기억 안 나냐? 애들한테 참견 말고, 내가 쓰라고 한 글이나 빨리 내놔 봐."

새로 촬영한 '지하도시 통신' 동영상을 편집하던 박정현이 웃으며 아드레날린을 보았다.

"에이, 형은 지금 이 순간에 꼭 그런 얘기를 꺼내야 해요?"

아드레날린이 뒷머리를 긁으며 웃었다.

"그런데 정현이 형, 나는 뭘 하면 돼요?"

기우가 박정현을 보았다.

"이카루스, 너무 조급하게 생각하지 마. 지금은 모두들 너를 찾아내려고 눈이 벌게져 있을 거야. 네가 관계했던 카페나 모임들도 다 추적을 당하고 있을 거고. 그러니까 본격적으로 움직이는 건 좀 기다려야 돼. 팬더곰 일 도와주면서 여기 돌아가는 일이나 익히고 있으렴."

박정현의 말에 기우는 우울한 표정을 지었다. 강화학교를 탈출했는데도 가족들이나 친구들하고 단절된 채 밤낮도 알 수 없는 지하에서 기약 없이 지내야 한다는 게 답답했다. 이상한 건 환각 속에선 항상 엄마 얼굴을 보는데, 정신이 들고 나서 생각해 보면 그 얼굴은 사실 엄마보다 진이를 더 닮아 있다는 거였다.

"잠깐 같이 얘기 좀 했으면 좋겠는데……."

걱정이 아저씨가 '지하도시 통신'의 문을 열고 들어오며 박정현에게 말을 건넸다. 얼굴이 좀 굳어 있었다.

"애들도 같이요?"

"응, 뭐 자는 애들은 일부러 부를 필요 없고……."

머리를 움켜쥐고 앉아 글을 쓰던 아드레날린이 잘됐다는 듯 냉큼 달려왔다. 박정현과 아드레날린, 기우와 팬더곰이 걱정이 아저씨를 바라보며 둘러앉았다.

"최근에 지하도시 사람들이 외국인 노동자들과 충돌하는 일이 빈번해졌다는 건 알지? 게다가 그걸 부추기는 사람들도 있다고 해서 알아봤는데……."

걱정이 아저씨가 말을 길게 끌었다.

"그래서요?"

박정현이 재촉을 했다.

"외국인 노동자들이 일자리를 차지해서 지하도시 사람들이 노숙자가 된 거라고 선동들을 하는 모양인데……."

걱정이 아저씨가 또 말을 길게 끌었다.

"에이, 아저씨 얘긴 안 듣는 게 나아요. 나같이 성질 급한 놈은 다 듣기 전에 속 터져 죽고 말지 원."

아드레날린이 투덜거렸다. 아드레날린은 고등학교 2학년인데, 닉네임에 어울리게 성격이 급하고 화를 잘 내는 다혈질이었다.

껑정이 아저씨는 씩 웃고는 말을 이었다.

"······아무래도 그 선동하는 사람들이 밖에서 들어온 *끄나풀들* 같아."

껑정이 아저씨가 낮은 목소리로 말했다.

"내 그럴 줄 알았어요. 저쪽에서 뭔가 음모를 꾸미는 게 틀림없어요."

박정현이 심각한 표정으로 고개를 끄덕였다.

"지-지하도시 사람들과 외-외국인 노-노동자들이 사-사이좋게 지내니까 배-배가 아파서 그-그러는 거 아닐까요?"

팬더곰이 순진한 얼굴에 딱 어울리는 말을 했다.

"야, 너는 엄마 젖을 좀더 먹어야 되는데 너무 일찍 여기 온 것 같다? 이게 무슨 애들 소꿉장난인 줄 아냐? 아이, 이거저거 골치 아프게 생각할 거 뭐 있어요? *끄나풀들*을 몽땅 잡아다가 족쳐 보면 될 거 아니에요."

아드레날린이 당장 누군가 요절이라도 낼 듯 팔을 걷어붙였다.

"그게 저쪽에서 가장 바라는 일일 수도 있어. *끄나풀들*에게 무슨 일이라도 생기면, 지하도시를 치고 들어오는 핑계로 그만큼 좋은 게 어디 있겠어? *끄나풀들*은 잘못 다루면 폭탄이 돼서 터져버려. 하지만 잘 다루면 안전판이 될 수도 있지. 지하도시에 *끄나풀들*이 우글거린다는 건, 당분간은 저쪽에서 지하도시로 치고 들어올 생각이 없다는 뜻일 수도 있거든. 이쪽에서 정체를 파악하고만 있으면 끄나풀은 의미가 없어. 그간엔 그런대로 잘 다루어 왔는데, 지금 상황은 어떻게 처리해야 할지 조심스럽단 말이야……."

꺽정이 아저씨가 말끝을 흐리며 아이들을 둘러보았다. 기우는 새삼스럽게 꺽정이 아저씨를 쳐다보았다. 정현이 형 말처럼 대단한지는 아직 모르겠지만, 확실히 보통 노숙자 같진 않았다.

"잘못 처리하면 끄나풀들이 정말 폭탄이 될 것 같은데……. 걱정이네요."

박정현이 머리를 긁적였다.

"제가 한번 알아볼까요? 바깥 친구들하고 연결되면 끄나풀들에게 대처할 방법을 찾아볼 수 있을 것도 같은데……."

기우가 말했다. 모두의 시선이 기우에게 쏠렸다.

"그래? 그것도 괜찮겠군."

꺽정이 아저씨가 선선히 대답했다.

"그건 곤란해요. 물론 '시계모자를 거부하는 아이들의 모임'은 어른들의 모임과도 연결되어 있고 네트워크가 넓으니까 뭔가 요긴한 정보를 얻을 수 있을지도 모르죠. 하지만 지금쯤 정부에선 한참 눈이 시뻘게서 이카루스를 찾고 있을 건데, 잘못하면 호랑이 아가리에 머리를 들이미는 꼴이 될 수도 있어요."

박정현이 반대를 하고 나섰다.

"그렇기는 하지. 그럼 어쩐다?"

걱정이 아저씨가 혀를 끌끌 차며 기우의 눈치를 슬쩍 살폈다.

"큰 위험 부담 없이 연락할 방법도 있어요."

기우가 웃으며 말했다.

"어떤……?"

박정현이 미심쩍은 표정으로 기우를 바라보았다.

"우리학교 특수반 애들끼리만 통하는 암호가 있어요. 예를 들어 'A-4 번개 1004'라고 메일이나 문자를 보내면 '해 지는 8시에 동네 편의점에서 만나자, 기우.'란 뜻이죠. 그 암호를 쓰면 누가 24시간 미행하고 있지 않은 이상 안전할 거예요."

기우의 말에 걱정이 아저씨의 얼굴이 밝아졌다.

"걱정하지 마라. 아이들에게 일일이 미행을 붙이지도 않겠지만, 붙인다고 해도 따돌리는 건 식은 죽 먹기야. 만약의 경우를 대비해서 만나는 장소 주변에 믿을 만한 지하도시 사람들 이삼십 명 배치해 놓지 뭐. 그 정도면 안심이 되나?"

걱정이 아저씨가 박정현을 건너다보았다.

"네, 뭐 그 정도라면……."

박정현은 여전히 좀 마뜩치 않은 표정이었다.

"이카루스, 누구한테 보내면 돼? 손전화번호 좀 불러 봐. 인터넷으로 문자 보내게."

아드레날린이 얼른 컴퓨터 앞에 가 앉으며 기우를 돌아보았다.

"윤인수한테 보내면 돼요. 번호가……. 기억이 잘 안 나는

데……."

기우가 이마에 주름을 잡으며 말끝을 흐렸다.

"너도 걱정이 아저씨 닮아 가나, 왜 그렇게 말을 끌어? 그럼 너네 카페를 통해 메일 보내지 뭐. 윤인수, 윤인수라 여기 있군. 뭐라고 보내면 돼?"

아드레날린은 성질이 급한 만큼이나 컴퓨터 조작하는 속도도 빨랐다.

"예전의 그 비밀통로에서 밖으로 나가면 어디죠?"

기우가 걱정이 아저씨를 돌아보았다.

"ㄷ고등학교 근처 공원이야."

"우리 동네 근처네요? 마침 잘되었어요. 특수반 친구들하고 자주 가던 곳이거든요. 시간은 아무래도 정오 이후여야 하니까 'G+1 번개 1004'라고 보내면 되겠네요."

아드레날린이 자판을 빠르게 두드렸다.

기우는 눈을 떴다. 어디지? 손으로 몸 아래를 쓸어 보았다. 약간 오톨도톨하고 단단한 천의 느낌. 야전 침대로군. 강화학교 독방이야. 내가 왜 다시 여기에 와 있는 거지? 기우는 깜짝 놀라 눈을 크게 떴다.

문득 천장에 희미한 형체가 보이더니 점점 또렷해졌다. 천장에 거울이라도 붙었나? 그런데 거울이 왜 저렇게 흐릿하지? 형체는 성에 같은 것에 휩싸여 있었다. 그 형체가 점점 기우를 향해 내려왔다. 거울에 비친 내 모습이 아니었나? 기우는 온몸이 얼어붙는 것 같았다.

공중에서 기우를 마주 보는 형체는 기우와 똑같은 모습을 하고 있었다. 그런데 달랐다. 수만 년 동안 빙하에 갇혀 있다가 나온 것처럼 온몸이 서릿발에 휩싸여 있었다. 그리고 동자 없이 온통 검은 눈. 절대 영도의 캄캄함이 기우를 빨아들일 듯 내려다보고 있었다.

비명을 지르려 했지만, 목청도 얼어붙었는지 소리가 나오지를 않았다. 기우는 몸을 굴려 침대 아래로 떨어져 내렸다. 뻣뻣해진 몸을 억지로 움직여 문을 향해 기어갔다. 문을 두드렸다. 뒷덜미에 드라이아이스 같은 입김이 느껴졌다. 그자가 수만 년 동안 독처럼 품었다가 뿜어 내는 냉기이리라. 목이 얼어붙어 금방 산산이 부서져 버릴 것만 같았다. 기우는 순간적으로 몸에서 툭 떨어져 바닥에 구르는 자신의 머리를 상상했다.

기우는 미친 듯이 문을 두드려 댔다. 누군가의 발소리가 들리고 문이 열렸다. 기우는 용수철처럼 튀어 나갔다. 복도를 달렸다. 뒤에서 쫓아오는 발소리가 어지럽게 들렸다. 기우는 열려 있는 문으로 뛰어들었다. 문이 닫히더니 빠르게 위로 올라가는 것 같았다. 엘리베이턴가? 얼음과 서릿발로 뒤덮여, 엘리베이터라기보다는 무슨 냉동고 같았다. 기우는 쪼그려 앉아 몸을 덜덜 떨었다. 엘리베이터가 멈추고 사람들이 우르르 올라탔다. 기우로선 알 수 없는 말로 이야기하고 있었다. 누군가 기우를 일으키며 커다란 망토 같은 걸로 몸을 감싸 주었다.

문이 다시 열렸다. 얼음과 서릿발에 햇빛이 반사되어 눈이 부셨다. 운동장만큼이나 넓은 옥상이었다. 옥상 가운데 거대한 유리관 속엔 커다란 화살이 공중에 얼어붙은 듯 떠 있었다. 유리관에 씌어 있는 글씨가 보였다. '나는 화살은 멈추어 있다'? 그리고 그 앞쪽 옥상 가장자리에 얼음으로 덮인 거대한 시계가 있었다. 문득 얼음 위에 희미한 형체가 나타나더니 점점 선명해졌다. 그자였다! 절대 영도의 캄캄함 속으로 모든 걸 빨아들일 것 같은, 동자 없는 검은 눈. 메두사처럼 머리에서 서릿발이 길게 자라나 끊임없이 부서져 내렸다. 문득 그자의 목소리가 들렸다.

'너는 날아가는 화살이고 나는 멈추어 있는 화살이야. 날아가는 화살은 멈추어 있지. 너는 나야!'

그자의 형체가 빠르게 다가왔다. 기우는 주춤주춤 뒤로 물러났다. 마침 문이 열린 엘리베이터로 들어갔다. 엘리베이터는 빠른 속도로 떨어지기 시작했다. 절대 영도의 캄캄함 속으로 온몸이 산산이 부서져 내리는 것 같았다.

기우는 아악-! 비명을 지르며 벌떡 일어나 앉았다. 벽에 커다란 그림자가 일렁이는 게 보였다. 기우는 흠칫 몸을 떨었다.

"어이, 괜찮아? 악몽을 꾼 모양이군."

커다란 손이 어깨를 툭툭 쳤다. 꺽정이 아저씨였다. 촛불만 켜져 있는 방 안은 어두웠다.

"아저씨군요."

기우는 안도의 한숨을 쉬며 이마의 땀을 손등으로 훔쳤다.

"누군가 쫓아오는 꿈을 꾼 모양이지?"

꺽정이 아저씨가 다 알고 있다는 듯 물었다.

"어떻게 아세요?"

"어떻게 알기는? 강화학교에서 탈출한 아이들은 모두 그 악몽에서 못 벗어나던데 뭐."

"모두요? 정현이 형도요?"

"정현이도 너희들 앞에서 티를 안 낼 뿐이지 악몽에 시달리고 있어. 꿈 내용은 다들 조금씩 다르지만. 너는 어떤 악몽에 시달리는 거냐?"

꺽정이 아저씨가 마음을 꿰뚫어 보는 듯한 깊은 눈으로 기우를 쳐다보았다. 그 눈길에 이끌려 기우는 꿈 이야기를 자세히 했다.

"그 꿈이 단순한 환각만은 아닌 것 같다. 강화학교는 ㅎ대학 부근에 있는 시계행동과학연구원 지하에 있지. 시계행동과학연구원 건물은 일종의 시계탑이야. 옥상에 거대한 시계가 있거든. 그리고 정말 공중에 멈추어 있는 커다란 화살도 있지. 그러니까 환각적인 형상들만 빼면, 강화학교에서 탈출하는 과정을 꿈으로 꾼 것 같은데?"

"그래요? 그럼 엘리베이터에 탔던 사람들은 누구죠? 나를 도와주려 한 사람도 있었는데."

"엘리베이터에 탔던 사람들은 아시아권 관광객들이야. 그 연구원은 외부인 출입을 통제하는데, 일부 관광객들에겐 예외지. 시계모자 시스템을 아시아의 다른 나라들에 팔아 보려고 안달이 났거든. 그래서 사업가는 물론, 해외 연수를 오는 회사원들이나 수학여행 오는 학생들의 필수 관광 코스에 시계행동과학연구원이 포함되도록 했어. 널 도와준 건 '손가락'이야."

"손가락요?"

"응─ 공장에서 일하다 손가락 잘리고 돈도 못 받아 자기 나라로 돌아가지도 못하는 외국인 노동자들이 종종 지하도시로 들어왔었거든. 지하도시 사람들은 그 친구들을 손가락이라고 불렀지. 손가락들에겐 우리랑 같이 지낸 게 득이 되었어. 우리말과 문화를 많이 익혀서 그걸 밑천으로 여행사에서 관광 안내원 일을 하는 사람이 많지. 아시아권 관광객 유치가 활성화되어서 지낼 만하대. 손가락들 도움이 없으면 너희들을 이리로 빼내는 건 꿈도 꿀 수 없을 거야. 기우 너도 손가락들이 줄곧 지켜본 다음에야 빼낼 수 있었던 거다."

"그랬군요."

기우는 고개를 끄덕였다.

"그런데 네 악몽은 좀 이상하구나?"

"뭐가요?"

"다른 아이들은 모두 저쪽 사람들에게 쫓기는 꿈을 꾸는데, 너는 너 자신에게 쫓기고 있잖아? 누구에게나 가장 극복하기 어려운 마지막 적은 자기 자신이야. 아주 어려운 싸움이 될 것 같구나."

껵정이 아저씨가 아리송한 말을 던지며 지긋이 기우를 바라보았다.

"그런데 껵정이 아저씨."

"왜?"

"정현이 형도 그렇게 말했지만, 제가 보기에도 아저씨는 보통 노숙자는 아닌 것 같은데 전에는 뭐 하셨어요?"

"원 녀석, 노숙자면 노숙자지 보통 노숙자 안 보통 노숙자가 어디 있냐? 말하자면 아주 길다. 시골에서 올라와 혼자 힘으로 좋은 대학도 나왔고, 괜찮은 여자와 결혼해서 아들도 하나 낳았지. 회사원 노릇하며 돈을 모은 다음 소위 벤처기업이란 걸 시작했단다. 한때는 우수 중소기업 표창도 받았지. 그런데 금융 위기를 몇 년이나 계속 지내다 보니 결국 회사가 부도나서 감옥에 가게 되었어. 아내와는 이혼했고, 아들도 그 사람이 데려가 버렸어. 감옥에서 나오니 친구들도 모두 모른 척하고, 쫓아다니는 건 장기라도 꺼내 갚으라는 사채업자들밖에 없었지. 사채업자들을 피해 노숙자 생활을 시작했는데, 얼마 지나지 않아 체면이니 뭐니 하는 것도 다 버려지데. 그 편안함은 꼭 마약 중독 비슷해서 한번 빠져 들면 벗어나기가 힘들어. 그러다보니 진짜 노숙자가 되고 말았지. 지하도시가 생기면서 비로소 정신을 차린 거야. 내가 사람들을 지휘하는 것처럼 보이겠지만, 사실 나야말로 여기서 만난 사람들에게 많은 것을 배웠다."

"노숙자 생활을 그만두려는 생각은 안 하셨어요?"

"자포자기로 살고 싶지도 않았지만, 그 살벌한 경쟁 속으로 돌아가고 싶지도 않데. 전에 살았던 삶이 참 허망해 보였어. 망설이고 있는데 지하도시 사람들과 정부 사이에 싸움이 벌어졌지. 그때 문득 이 세상을 살 만하게 만드는 건 다른 거창한 게 아니라 상식이란 생각이 들더라. 노숙자도 인간이다, 이거 상식이지. 그 상식이 상식으로 자리 잡으면 세상이 조금 더 살 만해질 거야. 하지만 그걸 상식으로 자리 잡게 하는 일만큼 어려운 일도 따로 없지. 전에 살던 삶은 상식을 상식으로 만드는 삶은 아니었어. 그런 삶은 오히려 지하도시에 있을지도 모르겠단 생각을 했지. 탈출하려는 강화학교 아이들을 도와 여기로 데려온 것도 그 때문이었고. 처음엔 반대하는 사람들도 있었지만, 아이들이 '지하도시 통신'을 시작한 이후부터는 그 사람들이 오히려 내게 고마워하더구나."

꺽정이 아저씨가 말을 마치고 손목시계를 내려다보았다.

"아직 한 십 분 남았군. 걱정 마라, 벌써 나가서 기다리고들 있으니까. 인수라고 했나? 틀림없이 오긴 오겠지?"

"그럼요."

기우는 자신 있게 대답을 하며, 마음 한편에 숨어 있는 일말의 불안감을 털어 냈다. 가슴이 뛰었다. 아마도 평생 지금보다 더 인수가 기다려지는 경우는 없으리라.

13
식 인 의   거 리

인수는 연신 뒤를 돌아보며 공원으로 향했다. 메일을 받은 뒤로 24시간 가까이 잠을 못 잤는데도 아무렇지 않았다. 눈을 붙이려고 하면 유쾌한 에너지 같은 게 온몸을 돌아다니며 가만히 누워 있지 못하게 만들었다. 꼭 아드레날린을 한 방 맞은 느낌이었다.

처음 메일을 보았을 때 인수는 의아했다. 아드레날린은 들어본 적이 없는 닉네임이었다. 지만이 기운 차리라고 이런 이름으로 메일을 보낸 건가 했다. 짜식 기특하군. 인수는 중얼거리며 클릭해 보았다.

G+1 번개 1004

'1004'를 보는 순간 인수는 숨이 멎는 것 같았다. 기우다! 해 떠 있는 1시에 공원 천막에서 보자고? 그럼 우리가 장소는 제대로 찾았던 거군. '이상한 서커스'란 이름과 들어맞는 곳은 공원 천막뿐이라고 신지가 말해서 그 주위를 몇 번이나 맴돌았는데, 아무런 단서도 찾지 못했다. 그런데 해 떠 있는 1시면 거의 24시간 이후잖아? 그때부터 시간은 훼방이라도 놓듯 온갖 게으름을 다 부리며 천천히 흘러갔다.

인수는 큰길에서 공원으로 들어서며 혹시나 하고 다시 한 번 뒤를 돌아보았다. 따라붙은 사람은 없는 것 같았다. 마음이 공원의 산책로마냥 이리저리 갈짓자를 그렸다. 아까는 메일이 왔다는 것에 놀라서 미처 생각을 못 했지만, 기우와 인수는 서로를 등진 후 말 한마디 나눈 적이 없었다. 내가 당연히 용서했을 거라고 생각하는 거야, 뭐야? 건방진 녀석. 하지만 신지가 말한 대로라면 비교적 최근의 기억은 아직 돌아오지 않았을지도 몰랐다. 제일 친한 친구였던 인수만 기억하지, 냉랭히 돌아섰던 인수는 잊어버렸을 수도 있었다. 아, 몰라. 일단 만나 보고 생각하자. 야외음악당을 지나는데, 벤치에 앉아 있던 노숙자 아저씨가 슬그머니 다가왔다. 인수를 앞질러 지나치는 척하면서 말을 건넸다.

"이름이 뭐지?"

인수는 바짝 긴장했다. 적인지 아군인지 판단이 잘 되지 않았다. 주위를 둘러보았다. 여기저기 노숙자들이 보였다. 설마 저 사람들이 다 가짜는 아니겠지? 인수는 걸음을 늦추어 뒤따라가면서 작은 소리로 대답했다.

"윤인수요."

"화장실이나 들렀다 가자."

화장실은 천막이 있는 나지막한 동산 못미처 있었다.

"그렇게 복장이 불량해 가지고 어떻게 지하도시에 가려고 그래? 이걸로 바꿔 입어라."

아저씨가 라디에이터 위에 놓여 있던 옷을 건네주었다. 무릎이 툭 삐져나온 코르덴 바지와 모자가 달린 운동복 윗도리였다. 운동복 상의는 때가 잔뜩 끼어 번들번들한 데다 냄새가 심했다. 인수는 얼굴을 찌푸리며 옷을 갈아입었다.

"모자도 뒤집어써."

인수는 뚱뚱해서 더위를 잘 타는 터라 그러지 않아도 벌써 땀을 뻘뻘 흘리고 있었다. 거기다 모자까지 쓰라니 고역이 아닐 수 없었다.

"이거 한증막이 따로 없네."

인수가 모자를 뒤집어쓰며 투덜거렸다.

"천막으로 올라가지 말고 그 뒤쪽 관목 숲으로 가거라. 천천히 걸어. 바쁘게 돌아다니는 노숙자나 조깅하는 노숙자는 없는 법이니까."

아저씨가 웃으며 말했다.

인수는 천천히 걸어 천막 뒤쪽의 관목 숲으로 갔다. 숲 속의 조그만 잔디밭에 또 다른 노숙자 아저씨가 햇볕을 쬐는 듯 느긋하게 앉아 있었다. 인수가 나타나자 아저씨는 잔디밭 가운데 있는 맨홀 뚜껑을 들어올렸다.

"들어가라."

맨홀 안쪽에 촛불이 켜져 있는 게 보였다. 인수는 쇠사다리를 조심스럽게 내려갔다. 가슴이 두근거렸다.

"인수야!"

"기우?"

인수는 소리 나는 쪽을 돌아보았다. 거기 기우가 서 있었다. 기우의 등 뒤로 몸집을 부풀린 그림자가 흔들렸다.

"기우구나! 괜찮아?"

인수는 자신도 모르는 새 기우를 와락 끌어안고 등을 탁탁 두드렸다. 눈물이 핑 돌았다.

"다들 잘 지내?"

기우의 목소리도 잠겨 있었다.

"우리야 그런 대로 잘 지내지."

기우와 인수는 잠시 말을 잊은 채 손을 마주 잡고 있었다. 누군가 헛기침하는 소리가 들렸다. 기우가 그제야 깜빡했다는 듯 인수에게 꺽정이 아저씨와 박정현을 소개했다. 기우와 인수는 촛불을 가운데 두고 다른 두 사람과 마주 앉았다.

"오랜만에 만나서 할 이야기가 많을 텐데 미안하구나. 좀 급한 일이 생겨서 말이야. 인수도 우리 지하도시나 '지하도시 통신'에 대해서 대충은 알고 있겠지?"

꺽정이 아저씨가 말을 꺼냈다.

"예."

"지하도시 사람들이 밖에 나갈 수 있는 시간을 제한당한 것 때문에 정부와 싸웠던 일도 기억하지?"

"예."

"갑작스러운 얘기일지 모르겠는데⋯⋯. 그때부터 저쪽에서 지하도시에 끄나풀들을 많이 침투시켰어. 그래도 그간 별 탈 없이 대응을 해 왔지. 끄나풀들이 지하도시 중심부엔 접근하지 못하게 막았거든. 그런데 최근에 끄나풀들이 전혀 다르게 움직이기 시작했어. 외국인 노동자들 때문에 지하도시 사람들이 노숙자가 되었다며 선동하기도 하고, 외국인 노동자들과 대놓고 싸움을 벌이기도 한단 말이야. 지하도시로 치고 들어올 빌미를 찾는 걸 테니까 조심은 하고 있는데, 그런 소극적 대응만으로는 안 될 듯해. 그래서 너희들 네트워크를 통해 저쪽의 속셈을 좀 알아봐 줬으면 하는데⋯⋯."

"갑자기 듣는 얘기라 좀 어리둥절하긴 한데⋯⋯. 뭔가 정보를 얻을 순 있을 거예요. 어른들 모임에는 정부 기관에서 일하는 분들도 많거든요."

"그래? 그럼 부탁해도 될까?"

인수가 대답을 하려는데, 누군가 흠흠 헛기침을 했다. 아래로 통하는 맨홀 구멍에서 머리가 하나 나와 있었다.

"꺽정이 형, 사람들 기다리고 있수."

머리만 내놓은 남자가 말했다.

"아참, 내 정신 좀 봐라. 난 일이 있어 먼저 내려가 봐야겠다. 얘기 나누다 가거라."

꺽정이 아저씨가 남자를 따라 내려갔다.

"저리로 내려가면 지하도시야?"

인수가 기우에게 물었다.

"응, 여기가 지하도시로 드나드는 비밀통로인 셈이지."

"이거 너무 많은 비밀을 알려 주는 것 같은데?"

박정현이 웃으며 끼어들더니, 다음 순간 정색을 하고 인수를 바라보았다.

"나도 부탁할 게 있는데……."

"한꺼번에 너무 많은 얘기 들으면 잊어버리는데요. 제 머리 용량이 메가바이트급이라서요."

땀범벅이 된 인수의 얼굴에 장난기가 어렸다.

"이건 재미있는 게임 같은 거니까 기억하기 쉬워. 시계모자에 은박 봉지를 씌우면 어떻게 될 거 같니?"

"어떻게 되는데요?"

"시계모자의 기능이 마비돼. 중앙 시계탑에서 발사한 전파가 학교 시계탑에서 증폭되어 시계모자로 보내지는 건데, 은박지가 그 전파를 차단하거든."

기우가 끼어들었다.

"그거 재미있겠는데? 그렇게 간단한 방법이 있었다니. 아이들에게 퍼뜨리면 호기심에라도 한번은 해 볼 거야."

"내가 부탁하려고 한 게 바로 그 일이야. 그런데 저쪽 눈에 띄게 움직이면 곤란해."

박정현이 말했다.

"걱정 마세요. 그런데 그놈의 중앙 시계탑은 도대체 어디에 있는 거야? 복잡하게 할 거 없이 그걸 확 깨부수면 되는데."

인수가 허공에 대고 주먹을 휘둘렀다.

"어, 이 녀석도 아드레날린일세."

박정현이 말하며 빙긋이 웃었다.

"아드레날린요? 나한테 메일 보낸 사람이 아드레날린인데?"

"무지무지한 다혈질이 '지하도시 통신'에 하나 있어."

박정현과 기우가 웃었다.

"ㅎ 대학 부근의 시계행동과학연구원이 중앙 시계탑이야. 강화 학교도 그 건물에 있어."

"시계행동과학연구원?"

기우는 자신의 탈출 과정, 그리고 멈춰 있는 화살을 비롯해 중앙 시계탑에서 본 것들에 대해 간단히 얘기해 주었다.

"좋았어. 내가 그걸 부숴 버릴 방법을 찾아보겠어. 너는 아무 걱정 말고 기다리고 있어."

인수가 큰소리를 쳤다. 기우는 그런 인수를 보며 피식 웃었다. 예전과 조금도 다름없는 인수의 모습이 답답한 마음을 조금은 풀어 주는 것 같았다.

"자, 이제 일어나야지. 가기 전에 이거 외우고 태워 버려."

박정현이 인수에게 쪽지를 내밀었다.

"이게 뭔데요?"

"이메일 주소야. 우리한테 연락할 일 있으면 그리로 보내. 이번 같은 비밀 번개 연락이나, 아주 위급한 상황일 때만 써."

인수는 곤란한 얼굴로 쪽지를 한참 들여다보았다.

"이거 내 머리 용량으로 감당이 될 지 모르겠어. 다른 애들은 오면 안 돼?"

인수가 쪽지를 촛불에 태우며 흘깃 기우를 보았다.

"엄살은, 여럿이 오는 건 위험해서 안 돼. 그러면 너 말고 누가 있냐? 지만이는 낯선 곳에선 잘 움츠러들어서 어렵고, 세나나 신지는 이곳에선 너무 눈에 띄잖아."

"하기는……. 내 머리를 업그레이드하는 것 외엔 별 수가 없겠네. 형님 가신다. 잘하고 있어."

인수가 기우의 어깨를 가볍게 두드렸다. 기우는 피식 웃으며
인수의 손을 잡고 흔들었다.

"참. 특수반 아이들에게도 비밀통로나 껌정이 아저씨 얘기는
하지 마라. 내 얘기도. 그냥 공원에서 기우를 만났다고만 해."

박정현이 깜빡할 뻔했다는 듯 주의를 주었다.

"예."

인수는 기우 쪽을 다시 한 번 돌아보고는 쇠사다리를 오르기
시작했다.

신지는 집을 나와 공원 쪽으로 걸었다. 왜 하필이면 공원 근처
에서 진이를 만나기로 했는지 자기가 생각해도 우스웠다. 될 수
있으면 공원 쪽은 드나들지 말라는 인수의 말이 떠올랐다. 특수
반 아이들이 자꾸 공원에 얼쩡거리는 걸 알면 저쪽에서도 공원에
주목하게 되고, 그러면 기우가 위험해질 수도 있다는 거였다. 머
리는 옳은 말이라고 수긍을 하는데, 가슴은 공원이란 말만 떠올
려도 뜨거워졌다. 진이에게 만나자고 문자를 보내려다가도 여러
번 망설였다. 그러다가 공원 입구에 있는 편의점으로 장소를 정
했다. 공원에 들어가는 것도 아닌데 어떠랴 싶었다. 기우의 모습
을 먼발치에서나마 볼 수 있을지도 모른다는 막연한 기대감을 떨
칠 수가 없었다.

'아침부터 무슨 청승이람?'

신지는 피식 웃었다. 붉은 노을을 거느린 채, 커다랗고 둥근 해가 막 솟아오르고 있었다.

흔들리는 갈대 사이로 점점이 흩어지는 내 슬픔의 새 떼를 보는 것이 그대의 아침이었으면 좋겠습니다. 동터 오는 노을을 보며 엷은 미소라도 지으십시오. 소란스레 하늘로 퍼져 가는 새 떼들은 이미 슬픔을 알지 못합니다. 새 떼들은 환하게 빛나는 그대의 빈자리를 지나며 뜨겁게 파고드는 파편과도 같습니다. 그것이 새 떼들이 날아가 박히는 하늘이 붉게 물드는 이유인지도 모르겠습니다. 동터 오는 노을을 보며 엷은 미소라도 지으십시오. 그것이 삶의 이유일 수는 없을지라도 우리를 살아가게 하는 힘인지도 모르겠습니다.

신지는 좋아하는 시의 한 구절을 떠올려 보았다. 왜 이런 때는 시시한 유행가 가사까지 꼭 자기 이야기처럼 절절하게 다가오는지 모를 일이었다. 신지는 편의점의 문을 밀고 들어갔다.

진이는 아직 와 있지 않았다. 특수반은 보충수업이 없으니까 일찍 끝나지만, 진이네 반은 해 뜬 7시나 되어야 끝났다. 신지는 음료수를 사고 밖으로 나와 벤치에 앉았다. 멀리 작은 동산과 천막이 보였다. 저기 어디쯤 기우가 서 있었으리라.

신지는 학교에서 있었던 일을 떠올려 보았다. 아이들은 보통 때보다 훨씬 일찍 나와 있었다. 모두들 잠을 못 잤는지 눈이 빨갰다. 아이들은 언제나처럼 좀 늦게 나타난 인수를 빙 둘러쌌다.

"기우는 좀 어때? 환각 상태에서는 벗어난 거야?"

"지하도시에 가 있는 게 맞아?"

기우에 대한 질문이 쏟아졌다. 기우는 지하도시에 무사히 안착했고 환각 상태에서도 거의 벗어난 모양이었다. 큰 일거리를 두 개나 떠안긴 걸로 보아 기우에겐 전혀 문제가 없어 보였다. 일거리가 주어지자 아이들은 부담스러워하기는커녕 신나 했다. 국가인권위 제소와 헌법 소원을 진행하던 때의 활력을 되찾는 것 같았다.

신지가 맡은 일은 아이들에게 시계모자에 은박 봉지를 씌워 보라는 메시지를 전파하는 것이었다. 물론 '시계모자를 거부하는 아이들의 모임'을 통해서도 전파하겠지만, 그것만으로는 한계가 있다는 데 의견이 모아졌다. 그 메시지는 시계모자를 착용하는 아이들에게 전파되어야 했기 때문에, 시계모자를 쓰지 않는 아이들이 주동적으로 일을 벌이면 반발을 살 수도 있었다. 그래서 진이의 도움을 받아서 일을 진행하기로 했다.

"와, 여기 이 시간에 보니까 제법 그럴듯하다."

진이가 공원 쪽을 휘 둘러보며 의자에 가방을 내려놓았다. 제법 울창해진 공원의 나무들을 옅은 안개가 휘감고 있었다. 그 안 개의 옅은 띠 사이로 붉은 햇빛이 비쳐들고 있었다.

"그런데 무슨 일이야? 기우와 연락이라도 된 거야?"

진이가 의자에 걸터앉더니 턱을 팔에 괸 채 신지를 뚫어져라 쳐다보았다.

"응. 연락이 되서 어제 인수가 만났어."

신지가 고개를 끄덕였다.

"너는?"

"인수 혼자 만났어. 네 말대로 기우는 지하도시에 가 있었어. 지금 저쪽에서 눈이 벌게져 찾고 있으니까 자유롭게 만날 수 있는 입장은 못 돼. 인수가 계속 연락책을 맡기로 했지."

"기우가 뭐 전하는 말은 없었니?"

"그것 때문에 널 보자고 한 거야. 이거 한번 읽어 봐."

신지가 종이쪽지를 내밀었다.

행운의 편지 1-4-12-17-72-4-14-23-38-46-47-48-49-50-79-93호

시절을 계속 바뀌고 바뀌어 모래에 풀이 자라나듯 세월은 속절없이 흘러만 갑니다 담장 가에 박도 심고 복숭아에 봉지를 씌우다가 행운의 편지를 받았습니다 이 행운의 편지를 다시 열 명에게 보내면 나에게도 행운이 찾아오겠지요?

"이게 뭐야?"

진이가 쪽지를 훑어보고는 의아한 눈으로 신지를 바라보았다.

"행운의 편지 암호문. 예전에 유행했던 거 기억 안 나?"

신지가 말하고는 빙긋이 웃었다.

"아, 하도 오랜만에 봐서……."

진이가 쪽지를 들여다보며 손가락으로 글자들을 찍어 나갔다.

"'시계모자 시계에 은박 봉지를 씌우면?' 그러면 어떻게 되는 건데?"

진이가 고개를 들고 묻듯이 신지를 쳐다보았다.

"시계모자의 기능이 마비돼. 시계모자는 중앙 시계탑에서 발사되고 학교 시계탑에서 증폭시키는 전파에 의해 조작되는데, 은박 봉지가 그 전파를 차단하거든."

"그래? 그거 재미있는데. 그래서 이 행운의 편지 암호문을 아이들에게 퍼뜨리자는 거야?"

"응."

"퍼뜨리는 거야 어렵지 않은데, 생각해 봐야 할 것들이 좀 있을 것 같은데? 모처럼 여기 왔는데 산책이라도 하면서 얘기하자."

진이가 가방을 둘러메며 일어섰다. 신지는 머뭇거렸다.

"왜 그래?"

진이가 계속 앉아 있는 신지를 돌아보았다.

"실은 어제 인수가 기우를 만난 장소가 이 공원이거든. 앞으로도 여기서 만날 것 같고. 그래서 특수반 애들은 평소에는 이 공원에 오지 않는 걸로 얘기가 되었어. 괜히 저쪽의 이목을 끌어들일수도 있겠다 싶어서 말이야."

"그런데 왜 우리 약속 장소를 여기로……?"

진이는 무심코 물으려다가 얼른 말끝을 흐렸다. 신지도 기우를 좋아하는구나 하는 생각이 번개같이 머리를 스쳤기 때문이었다.

'아이 바보! 이제까지 그걸 눈치 채지 못하고 있었다니. 자기 감정에만 빠져서 속을 다 드러내 놓는 내가 얼마나 우스워 보였겠어. 바보 멍청이!'

진이는 속으로 자책을 했다. 말없이 공원 쪽을 보고 있는 신지의 모습이 새삼 쓸쓸해 보였다. 겉으로 보기엔 자신만만하고 야무진 신지에게도 이런 면이 있었나 싶어 놀라웠다. 표 안 내고 가슴에만 묻고 있느라 힘들었겠지 하는 생각이 들면서 콧마루가 찡해졌다. 어쩌면 그 연민의 대부분은 신지를 향한 거라기보다는 자기 자신을 향한 거라고 진이는 생각했다.

"괜찮아. 다들 운동하러 나오는 아침, 아니 저녁인데 두 여중생이 공원을 산책한다고 누가 눈여겨보겠어? 가자."

진이가 신지의 손을 잡아 일으켰다. 신지는 못 이기는 척 진이를 따라 나섰다.

"시계모자에 은박 봉지 씌우는 거 말이야. 아이들에게 퍼뜨리는 건 어렵지 않은데 얼마나 큰 반응을 일으킬지는 자신이 없어."

곰곰이 생각에 잠겼던 진이가 말을 꺼냈다.

"왜?"

신지가 뜻밖이라는 듯 진이를 돌아보았다.

"3구역 아이들에게 퍼뜨리면 많이들 해 보기야 하겠지. 하지만 그렇다고 크게 달라지는 건 없을 거야. 3구역 아이들은 지금도 시계모자 쓰는 둥 마는 둥하고 있거든. 3구역엔 시계모자 쓰고 공부 열심히 하면 앞으로 자기 삶이 나아질 거라고 믿는 아이들 거의 없어. 게다가 엄마나 아빠가 도망갔다든지 집이 망했다든지 해서 가정이 무너져 있는 아이들이 많아. 아무것에도 의욕을 못 갖는 아이들한테 공부니 시계모자니 어쩌구 하는 건 정말 웃기는 얘기야. 3구역 아이들 대부분은 공부니 시계모자니 하는 것 처음부터 관심이 없었어. 지금도 시계모자 기능이 거의 마비되어 있는 셈이야."

"그럼 2구역 아이들은?"

"가장 영향이 클 것 같긴 한데, 얼마나 많은 아이들이 호응할지 의문이야. 아마 대부분 한번쯤 해 보고 나선 관둘 거야."

"하지만 재미로 몇 번 하다 보면 은박 봉지를 씌우고 다니는 아이들도 있지 않을까?"

신지가 진이를 돌아보았다.

"그건 기대하기 어려워. 2구역 아이들이 거의 다 시계모자를 쓰는 이상, 스스로 도태되려고 할 아이들은 드물 거야. 요새 2구역이나 1구역 아이들 사이에 심리치료 유행하는 거 모르니? 공부 때문에 스트레스가 심해져서 정신과 다니는 아이들이 많아. 며칠 전 '지하도시 통신'에 나왔는데, 관찰망상에 빠져 있는 애들이 많대. 그게 심해져서 심리적 식인 상태에 이른 애들도 있고."

"관찰망상?"

"응, 부모나 누군가가 늘 자신을 감시하고 있다는 환각에 시달리는 거래. 심해지면 그 감시자의 인격이 아이의 인격을 상당 부분 먹어 버린대. 그걸 심리적 식인이라고 하나 봐. 마치 〈반지의 제왕〉에 나오는 골룸처럼 되는 거지. '아, 쉬고 싶어.' '무슨 소리야? 우리는 절대공부를 반드시 손에 넣어야 해! 일어나!'"

진이가 골룸 흉내를 제법 그럴듯하게 냈다.

"너 그러니까 진짜 골룸 같다."

신지가 깔깔거렸다. 진이도 따라 웃었지만, 표정이 금세 심각하게 변했다.

"웃어넘길 일이 아니야. 며칠 전에 방송반장 종서가 '지하도시 통신'을 보여 주면서 자기 얘기 같다는 거야. 강화학교에 간 아이 일기인데 예전부터 존재했던 감시자가 시계모자를 쓰면서 자기 머릿속으로 들어왔고, 강화학교에 와서는 아예 자기를 쫓아내고 있다는 내용이었어. 종서처럼 아무 고민 없을 거 같은 부잣집 아이도 자신에게 안 맞는 일을 부모가 강요하면 그렇게 느끼는 건가 봐. 이런 상황인데도, 많은 애들이 정신과까지 다니면서 계속 시계모자를 쓰고 성적을 더 올리려고 해. 그런 애들이 시계에 은박 봉지를 씌우고 다닐 것 같아? 다들 한꺼번에 안 쓰게 된다면 몰라도."

"그럼, 이런 메시지 퍼뜨려 봤자 소용없다는 거야?"

신지가 멈추어 서며 진이를 정면으로 마주 보았다.

"아니, 그런 얘기가 아니라 그것만 가지고는 안 된다는 거지."

"그럼 무슨 다른 방법이 있어?"

"메세지를 퍼뜨리는 데서 그칠 게 아니라, 혹시라도 은박 봉지를 씌운 애들을 보게 되면 적극적으로 포섭해야지. 그리고 어느 정도 우리 편이 모이면 학교 시계탑에 은박 봉지를 씌워서 우리 학교 아이들의 시계모자를 전부 작동 중지시킬 수도 있겠지."

진이가 눈을 반짝이며 신지를 보았다.

"음, 괜찮은 생각이긴 한데……."

신지는 말끝을 흐리고는 잠시 생각에 잠겨 걸었다.

"……아무래도 학교 시계탑에 손대는 건 필요한 때 한꺼번에 해야 할 것 같은데?"

신지가 다시 걸음을 멈추며 진이를 보았다.

"물론이지. 나도 그렇게 생각해. 카페를 통해 다른 학교들에도 메세지가 전파되도록 추진할 수 있지 않을까? 회원들이 직접 움직이진 못해도, 너희가 나를 통해 시도하듯이 시계모자를 쓰는 친구를 통해 퍼뜨릴 수 있을 거야. 그러면서 이 지역 학교들의 반응을 살피면 어떨까? 이런 식으로 일을 추진하려면 한동안 자주 만나야 할 것 같은데? 특수반 애들 학교 밖에서 모일 땐 나도 불러 줘. 뭐, 제일 좋은 방법은 중앙 시계탑을 못 쓰게 만들어 버리는 거겠지만……."

진이가 신지를 돌아보며 웃었다.

"그럴 수 있다면 좋겠지만, 그런 데는 접근이 어려울걸? 그런데 우리가 이 천막 있는 동산 주위만 뱅뱅 돌고 있었네? 다른 데로 가자."

신지는 진이의 손을 잡고 공원의 중앙광장 쪽으로 발걸음을 옮겼다.

14
트로이의 목마

"그러니까 시계행동과학연구원 옥상에 아직도 제논의 화살이
있단 말이지?"

세나가 기우 이야기를 다 전하고 나자, 소병은 선생이 눈을 반
짝이며 물었다.

"예."

세나는 대답을 하며 의아한 눈으로 소병은 선생을 쳐다보았다.
왜 하필이면 화살에 관심을 갖는지 궁금증이 일었다.

"그 제논의 화살이 아주 엉뚱하게 쓰이고 있겠군그래."

소병은 선생이 쯧쯧 혀를 찼다.

"그게 무슨 말씀이세요?"

소병은 선생이 그 화살에 대해 잘 알고 있는 것 같아서 세나는 더 궁금증이 일었다.

"제논의 화살은 원래 오 선배님이 주도해서 만든 거야. 시계모자를 만든 그 인간도 참여했지."

소병은 선생이 멀리 창밖을 바라보며 말했다.

"우리 아빠가요? 우리 아빠가 왜 시계모자를 만든 사람하고 같이 그런 걸 만들어요?"

세나 아빠는 ㅎ대학 철학과 출신으로 소병은 선생의 선배였다.

"시계행동과학연구원 건물에는 원래 악명 높았던 정보기관이 있었어. 정보기관이 없어지면서 ㅎ대학이 그 건물을 인수한 거지. 우리 철학과도 그 건물에 있었고. 오 선배가 박사과정 다닐 때 나는 대학 2학년이었어. 그즈음 여러 분야 전공자들이 공통 주제를 가지고 함께 연구해 보자는 움직임이 활발하게 일어났지. 그래서 통합과학연구원이 만들어졌어. 철학과가 있던 건물 꼭대기 층이 통합과학연구원이었는데, 오 선배하고 시계모자를 만든 그 인간이 실무를 맡아 거기 붙어살았지. 제논의 화살은 통합과학연구원 출범을 기념하기 위해 만들어진 조형물이야. 철학·물리학·공학 박사과정 선배들이 합작으로 만든 거지. 제논의 역설을 입증이라도 하듯 쇠로 만든 커다란 화살이 긴 유리관 속에 멈춘 채 떠 있고, 그 유리관 밑 기계장치에는 조그만 마이크가 달려 있지. 마이크에 대고 제논의 역설을 반박하는 핵심 근거를 정확하게 이야기하면 유리관 속에 떠 있던 화살이 발사되어 앞쪽 과녁에 꽂히게 되어 있어. 신입생 환영회를 비롯해 큰 행사가 있을 때 그 조형물을 작동시키곤 했지. 하나의 시간, 하나의 공간이라는 고정관념을 넘어 다양한 창조적 관점을 열어 나가라는 뜻이 담겨 있는 셈이야. 지금은 아마 마이크 같은 건 못 쓰게 해 놓았을 거다. 본래 의도와는 반대로 제논의 화살을 입증하는 상징적 조형물로 쓰고 있을 거야."

"그런데 우리 아빠가 어떻게 그런 사람하고 같이 일을 하셨던 거죠?"

세나가 소파에서 몸을 앞으로 기울이며 물었다.

"그 인간도 그때까지는 괜찮았어. 그 인간이 변한 건 우리나라가 어려워져서 IMF체제에 들어간 이후야. 그때 대학들도 어려웠지. 철학과 같은 비인기과들은 없어지는 경우도 많았어. ㅎ대학에서도, 철학과는 없어지지 않았지만 통합과학연구원은 해체되었지. 그렇게 되니까 박사과정 선배들이 앞길이 막혀 절망했지. 그처럼 어려운 상황이었는데, 지구 반대쪽 나라에서 국제적으로 추진하는 프로젝트에 연구원을 파견해 달라는 요청이 왔단다. 대부분의 선배들은 그건 '중세의 눈' 프로젝트라면서 기피했지. 그런데 그 인간이 가겠다고 나섰어. 뭐 갈 때부터 예견은 했지만, 파견 갔다 온 후로 저렇게 바뀌었지."

소병은 선생이 말을 마치며 소파에 깊숙이 몸을 파묻었다.

"그런데 '중세의 눈' 프로젝트가 뭐예요?"

세나가 그냥 넘어갈까 하다가, 궁금한 건 못 참는 성미라 물어보았다. 소병은 선생은 소파에서 일어나며 책장 쪽을 쳐다보았다.

"글쎄, 어떻게 설명해야 네가 쉽게 이해할 수 있을지 모르겠는데……."

소병은 선생이 책장으로 걸어가 두껍고 큰 책을 하나 꺼내 와서 탁자 위에 펼쳤다. 서구 미술의 흐름을 보여 주는 화집이었다.

"이 인상파 그림하고, 그 이전의 그림을 비교해 봐라. 인상파 이전의 그림에서는 가까운 건 크게 그리고 멀리 있는 건 작게 그리는 원근법이 뚜렷하지? 그때까지 사람들은 감각기관 중에서도 눈을 아주 특별하게 생각했단다. 인간의 정신은 신의 속성을 가지고 있는데, 그 정신을 대변하는 감각기관이 눈이라고 생각했지. 그러니까 원근법은 신의 눈에 세상이 보이는 방식인 거야. 그렇게 보면 세상은 하나의 공간이란다. 신에게 가까이 있는 것은 크고 멀리 있는 것은 작고, 아주 멀리 있는 건 소실점 밖으로 사라져 아예 존재가 없지. 공간뿐 아니라 시간도 마찬가지야. 인상파 이전의 그림들은 그렇게 인간의 눈, 즉 신의 눈으로 본 획일적 세계를 그리고 있어. 그런데 당시에 인간이란 서구의 왕이나 귀족, 지식인을 의미했고, 서구의 평민이나 비서구권의 이른바 비문명인은 배제되어 있었단다. 그러니까 신의 눈으로 본다는 건 서구의 왕, 귀족, 지식인의 눈으로 보는 걸 의미했지. 그런 획일적 질서는 소수의 특권계층에게는 좋을지 몰라도, 그 나머지 다수에게는 끔찍한 거지.

인상파 그림에서는 마침내 그런 획일적 원근법이 깨지고 있어. 세잔의 그림을 보면 가장 먼 산이 크고 뚜렷하게 그려지고, 가장 가까운 시가지가 작고 희미하게 그려져 있지. 사실 인간에게 공간은 그때그때 각자의 심리와 기분에 따라 다르게 나타나거든. 이후의 입체파 그림 하나를 보면, 계단을 내려가는 사람의 여러 순간에 걸친 모습들을 겹쳐서 그리고 있지? 공간과 시간의 나누어질 수 없는 연속성을 표현하려 한 거야. 인상파 이후로 그림은 시간과 공간을 단일한 것이 아니라 다양한 것으로 보게 된 거지. 인간이란 말의 의미가 점점 넓어지고, 인간들의 다양한 경험과 가치를 존중하는 방향으로 사회가 변화해 왔다는 증거지. 철학의 흐름도 대체로 그림의 변화와 궤를 같이해 왔단다.

그런데 지금 와서 다시 하나의 공간, 하나의 시간을 강요하는 이전의 원근법을 주장한다고 해 봐. 돈과 권력에의 탐욕에 찌든 인간들이 자신의 눈을 신의 눈이라고 우기면서 사람들을 제멋대로 소실점 밖으로 밀어내 버린다고 생각해 봐. 참 웃기기도 하고 끔찍하기도 한 블랙코미디지. 그런데 블랙코미디가 점점 현실이 되고 있어. 노숙자, 외국인 노동자, 비정규직, 불량국가 등의 이름으로 점점 더 많은 사람들이 소실점 밖으로 밀려나 지워지고 있거든. 그 국제 프로젝트는 말하자면 블랙코미디 대본의 밑그림을 짜는 일 같은 거였지. 그래서 선배들이 '중세의 눈' 프로젝트라고 비아냥거렸던 거야. 개인 생활에는 활로가 될지 몰라도 자신들의 철학적 신념에는 어긋나니까 피했던 거지. 그런데 그 인간이 염치 불구하고 파견을 나갔고, 돌아와서 한 일이라는 게 시계모자와 시계탑을 만들고 밤과 낮을 바꾸어 버린 거지. 시계모자니 시계탑이니 하는 것들은 말하자면 엉터리 '신의 눈' 같은 거야."

소병은 선생은 자신이 너무 장황하게 설명했음을 깨닫고 말을 멈췄다. 세나는 소파에 등을 기대며 두 손으로 머리를 감쌌다.

"왜? 어렵니?"

"중요한 말인 것 같고 어렴풋이 알아듣긴 하겠는데, 아이들한테 어떤 식으로 얘기를 해야 할지 모르겠어요."

세나가 좀 볼이 부은 소리를 했다.

"이 화집이라도 빌려 갈래? 언제 시간 나면 아이들 데리고 와도 좋고. 참, 기우는 오기가 어렵겠구나. 뭐 이런 얘길 꼭 해 줄 필요는 없지. 괜히 내 얘기만 늘어놓은 것 같구나. 네가 물었던 게 뭐였지?"

소병은 선생이 새삼스럽게 세나를 건너다보았다.

"지하도시에 침투한 끄나풀들이 지하도시 사람들을 자꾸 선동해서 외국인 노동자들과 싸움을 붙이려 한다는데, 그 이유가 뭘까 궁금하다는 거였어요."

"아, 그랬지?"

소병은 선생은 고개를 끄덕이며 잠시 생각하다 말을 이었다.

"나로서는 그냥 떠오르는 게 두어 가지 있구나."

"뭔데요?"

"하나는 나치의 정책이야. 히틀러는 당시 독일의 모든 문제들에 대한 책임을 내부의 이방인인 유대인에게 돌려서, 정부로 향하던 국민들의 불만을 유대인에 대한 증오로 바꾸었어. 노숙자들이 외국인 노동자와 싸우도록 선동하는 건 정도는 훨씬 약하지만 비슷한 일일 거야. 또 하나 떠오르는 건 '이이제이'란 말이야. '오랑캐로 오랑캐를 제압한다.'는 뜻이지. 정부에 불만이 많은 두 집단을 서로 싸우도록 만들어 놓으면 정부로서는 편하겠지."

소병은 선생의 말에 세나는 고개를 끄덕였다.

지만은 가방을 챙겨 놓고 컴퓨터를 켰다. 등교하기 전에 마지막으로 한번 '돈다' 님에게서 메일이 왔는지 확인해 보려는 거였다. 인터넷 화면이 뜨기를 기다리는 동안, 지만은 손가락으로 책상을 두드리며 생각에 잠겼다.

어제 학교가 끝난 뒤 지만은 '돈다' 님을 만나러 갔다. 시청 공무원인 '돈다' 님은, 사람이 북적거리는 곳이 오히려 낫다며 시청역 플랫폼에서 만나자고 했다.

"지하도시에 침투한 끄나풀들이 그곳 사람들에게 외국인 노동자들과 싸우도록 선동하고, 직접 싸움을 걸기도 한단 말이지?"

'돈다' 님이 자판기 커피를 홀짝이며 확인하듯이 물었다.

"예."

"경찰 쪽에서 하는 짓 같은데, 한번 알아보겠지만 큰 기대는 하지 마라. 우리 회원 중 경찰도 있긴 하지. 하지만 시계모자를 거부한다고 한직으로 쫓겨나 있고, 아마 중요한 정보에 접근하는 것도 차단되었을 거야. 그래도 우리보다는 뭔가 아는 게 많을 테니까 지금이라도 한번 연락해 보지 뭐."

'돈다' 님이 손전화를 꺼내 누군가와 통화를 했다.

"이따가 만나기로 했다. 넌 집에 가 기다려. 쓸 만한 정보가 있으면 메일로 보낼 테니까."

"행운의 편지 암호문으로 보내 주세요."

"알았다. 그리고 참, 시민단체들이 모여서 시계모자 대책회의를 꾸리는 모양이더라. 우리 모임도 참여하기로 했어. 힘내. 너희들 편도 늘어나고 있으니까."

'돈다' 님이 웃어 보였다.

"너 지금 뭐 하는 거야? 등교시간 다 됐는데 컴퓨터를 켜 놓고?"

엄마가 들여다보곤 한마디 했다.

"숙제 프린트하는 거야."

지만은 얼른 둘러댔다.

"얼른 끝내고 나와 밥 먹어."

“네.”

지만은 대답하며 아이디와 비밀번호를 입력했다. ‘돈다’ 님에게서 행운의 편지 암호문이 와 있었다.

“작전명 트로이의 목마?”

지만은 얼른 메일 내용을 프린트했다.

조회가 끝나고 담임이 나가자마자 특수반 아이들은 모여 앉았다. 지만은 ‘돈다’ 님이 보낸 암호문을 재킷 주머니에 넣고 있었다. 꼭 카드 게임에서 조커를 쥐고 있는 기분이었다. 인수가 제일 먼저 패를 펴 보였다.

“은우 누나를 만났는데, 정보기관에서 기우 아버지를 찾아왔대. 강화학교에서 탈출하는 아이들이 지하도시에 가 있는 걸 다 안대나 봐. 기우도 거기 가 있다고 짐작하는 것 같고. 또 지하도시 사람들이 강화학교 아이들 탈출을 조직적으로 돕는 것도 알고 있대. 그리고 외국인 노동자들 쪽에서 돕는 것도 알고.”

“외국인 노동자들 쪽에서 돕는 것도 안다고?”

신지가 심각한 표정을 지으며 확인하듯이 인수를 쳐다보았다.

“응.”

“그럼, 끄나풀을 침투시킨 건 지하도시 사람들과 외국인 노동자들을 이간질해서 협동하지 못하게 하려는 건가?”

신지가 고개를 갸웃거렸다.

178

"소병은 선생님도 비슷한 말씀을 하더라. 정부에 불만이 있는 두 집단을 서로 싸움 붙여 제압하려는 거래. 그리고 나치 얘기도 하셨어. 나치가 모든 문제를 유대인의 탓으로 돌려 독일 국민들의 사회적 불만을 유대인 증오로 바꾸었잖아. 외국인 노동자에 대한 선동도 정도는 훨씬 약하지만 비슷한 거래."

세나의 말에 모두들 고개를 끄덕였다.

"너는 뭐 '돈다' 님한테 얻어 들은 거 없어?"

신지가 지만을 돌아보았다.

"응. 이거."

지만은 반듯하게 접은 암호문을 꺼냈다. 아이들이 돌려 가면서 암호문을 읽었다.

행운의 편지 31-42-40-2-13-17-25-6-7 호
동 트는 시간 목마를 타고 하늘로 한가로이 날아오르는 그대의 꿈 새로이 시작되는 그때 빛나는 운명의 전조임을 나는 아노니 이 행운의 편지는 오직 그대를 위한 것

"작전명 트로이의 목마?"

인수가 고개를 갸웃거리며 지만을 건너다보았다.

"저쪽에서 작전명까지 붙인 걸 보면 한번 찔러보는 일회성은 아닌 모양이야. 뭔가 심각한 일이 진행되고 있는 것 같아."

지만이 진지한 표정으로 말했다.

"심각한 일은 무슨? 그리스 신화에 나오는 '트로이의 목마' 얘기라면 지하도시에 침투시킨 끄나풀들 말하는 거 아냐? 그건 우리도 이미 아는 사실이잖아?"

인수가 대꾸했다.

"아냐. 내 생각엔 이건 끄나풀들 얘기가 아닐 거 같아. 정확히 말하면, '트로이의 목마'는 평화의 선물로 위장한 목마 속에 병력을 숨겨 적진에 들여보내는 얘기였어. 그렇게 해서 적의 중심부를 기습했지. 끄나풀들이 지하도시 지휘부를 공격한다면 몰라도, 지하도시 밖에 있는 외국인 노동자를 공격하는데 그게 무슨 '트로이의 목마'야?"

"그럼 지하도시 사람들과 외국인 노동자를 싸움 붙이는 일은 이 작전과 전혀 상관이 없다는 거야?"

세나가 물었다.

"상관이 없다는 게 아니라 그 작전의 작은 부분에 부–불과할 거라는 거야."

지만이 흥분한 나머지 말을 좀 더듬었다.

"그럼 '트로이의 목마' 작전의 큰 부분은 뭔데?"

인수가 시비조로 나왔다. 지만은 한동안 대답을 못하고 손가락만 톡톡거리고 있었다.

"그건 나도 몰라."

"거봐. 너도 모르잖아. 지만이 네가 생각해 낼 수 없는 거면 저쪽에서도 생각해 낼 수 없어. 세상에 너보다 더 꼬치꼬치 따지고 드는 사람이 있을 리가 없거든. 그러니까 복잡하게 생각할 거 없어. 우리가 알아낸 게 '트로이의 목마' 작전의 전부야."

인수가 좀 앞뒤가 안 맞는 말을 했다. 지만이 뭔가 토를 달려고 입을 뻐끔거리는데 신지가 말을 잘랐다.

"우리 역할은 정보를 수집해 전달하는 거니까, 우리가 다 판단할 필요는 없어. 그러니까 그 얘기는 그만하자."

"참, 깜빡할 뻔했다. 소병은 선생님한테 재미있는 얘기를 들었는데⋯⋯."

세나였다.

"무슨 얘긴데?"

모두들 세나를 보았다.

"기우가 시계행동과학연구원 옥상에서 보았다는 제논의 화살 말이야. 그게 유리관 속 허공에 떠 있다고 했잖아. 그런데 원래는 그 밑의 마이크에 대고 어떤 말을 하면 화살이 유리관에서 발사되어 앞쪽의 과녁에 꽂히게 되어 있었대."

"어떤 말을 하면 되는데?"

지만이 물었다.

"그야 제논의 역설을 반박하는 말이지. '흐르는 시간은 멈출 수 없다.'"

세나가 소병은 선생한테 들은 얘기를 자세히 했다.

"쓸모가 있을지 없을지 모르지만 그것도 기우한테 이야기해 줘야 되겠다."

신지가 인수를 보며 말했다.

"아 참, 내가 지금 회의 내용을 기우한테 전해 줘야 하는 거지? 아이 씨, 큰일이네. 사람 머리는 메모리를 넣어 용량을 늘릴 수 없나? 아무래도 안 되겠어. 신지 네가 내 머리에 메모리를 넣어 주든지, 아니면 정리해서 좀 적어 주든지 해야겠다."

인수가 우거지상을 지었다.

"알았어."

신지가 피식 웃으며 인수의 넓적한 등을 탁 쳤다.

"근데 참, 그러고 보니까 얼마 전에 우리 아빠가 제논의 화살 얘기를 했던 게 기억나. 그 조형물 때문에 어디 간다고 했던 것 같은데……."

세나가 기억해 내려는 듯 고개를 갸웃거리며 말했다.

"아악! 이제 그만해. 머리가 터질 것 같아!"

인수가 머리를 감싸 쥐고 비명을 지르며 엄살을 피웠다. 그 모습이 너무 웃겨서 아이들이 깔깔거렸다.

진이는 그네를 힘껏 굴렀다. 예닐곱 살짜리 남자애 하나가 미끄럼을 타고 있을 뿐, 아파트 단지의 어린이 놀이터는 한가했다.

그 아이마저도 '아빠!' 하고 외치며 회사원으로 보이는 아저씨에게 달려가자 놀이터는 텅 비었다. 꼬마는 퇴근하는 아빠를 기다리고 있었던 모양이었다.

진이는 그네를 더 세게 굴렀다. 오래 전 아빠가 그네를 밀어 주던 기억이 어렴풋이 떠올랐다. 진이가 아주 어렸을 때 세상을 떠난 아빠에 대한 기억은 거의 남아 있지 않았다. 진이는 그네를 멈추고 꼬마의 웃음소리가 들리는 쪽을 돌아보았다. 제 아빠 어깨에 목마를 탄 꼬마의 모습이 아파트 출입구 안으로 사라졌다. 진이는 괜히 가슴이 허전했다.

"뭘 그렇게 넋 놓고 보냐?"

어느새 준이가 앞에 와 서 있었다.

"으응, 예전에 커다란 느티나무 있던 데가 저기 어디쯤 같아서……."

진이가 새삼 뒤쪽을 돌아보며 둘러댔다.

"맞아, 저기 어디쯤이었을 거야."

준이가 고개를 끄덕였다. 이 지역은 원래 달동네였다. 그런데 판잣집들을 허물고 아파트 단지가 들어서기 시작하더니 이제는 진이와 준이가 사는 작은 블록만 빼고는 아파트로 꽉 들어찼다. 학교 선생님들은 아파트 단지가 들어오면서 학교가 좋아졌다고 했다. 하지만 진이나 준이 입장에서는 굴러온 돌에 박힌 돌이 뽑힌 꼴이었고, 괜히 자기들이 겉도는 느낌이었다.

"근데 웬일이야, 네가 날 다 보자고 하고?"

진이와 준이는 어릴 때부터 같은 동네 친구였다. 초등학교 4학년 정도까지는 가까웠는데, 그 뒤로 점점 멀어졌다. 진이는 우등생 축에 드는데 준이는 주먹을 쓰는 아이가 되었기 때문이었다.

"으응, 뭐 좀 의논할 게 있어서."

"의논? 나랑? 뭔데 그래?"

"응, 너 혹시 '지하도시 통신' 본 적 있니?"

준이는 픽 웃었다.

"인순가 하는 놈이 안 꼬질렀냐?"

"무슨 말이야?"

"우리 학교에서 '지하도시 통신' 돌리는 게 나라고 말야."

진이는 놀라서 새삼 준이를 똑바로 쳐다보았다. 시계모자를 곧이곧대로 받아들일 아이는 아니라고 생각했지만, 그런 일까지 할 줄 몰랐다. 잰 체하려고 허풍 떠는 건 아닐까 하는 생각이 잠시 들었지만, 눈빛을 보니 그런 것 같진 않았다.

"나 초등학교 3학년 때 어린이 야구단 들어갔던 거 알지?"

"응. 들어갔다가 금세 그만두지 않았어? 왜 그만둔 거야?"

"야구를 좋아하거나 소질이 있다고 야구단 들어가는 게 아니더라. 엄마가 별 짓을 다해서 1년은 돈을 대 줬는데, 갈수록 돈이 많이 드니까 결국엔 포기했지. 야구단 선생들이나 부모들이나, 애들 야구시키는 걸 투자라고 그래. 프로 선수로 키워 투자한 거 몇 배로 뽑겠다는 거지. 근데 그런 선수가 되는 애들은 잘해야 한두 명이야. 나머지는 중고등학교로 올라가면서 그냥 포기하는데, 그런 애들은 정말 바보가 되어 버려. 몇 년 손 놨던 공부를 따라갈 수가 없잖아. 그나마 난 일찍 그만두어서 천만다행인 거야. 뭐 그렇다고 공부를 열심히 한 건 아니지만, 어쨌든 한두 놈 스타 만들기 위한 들러리 노릇은 일찌감치 면한 거잖아.

학교라고 뭐 다르냐? 한두 놈 스타 만들기 위해 여러 놈 들러리 서고 바보 되는 거지. 그래도 전에는 학교가 야구단보다는 덜하다고 생각했는데, 시계모자가 나오고부터는 그렇지도 않아. 씨바 나는 그런 들러리 노릇은 절대 안 한다."

준이가 침을 찍 뱉고는 담배를 물었다.

"그렇다고 만날 싸워서 학생부에 불려 다니는 게 너한테 도움 되는 것도 아니잖아?"

진이가 한숨을 폭 내쉬며 준이를 쳐다보았다.

"잔소리는……. 네가 우리 엄마라도 되냐? 내가 싸우고 싶어 싸우냐? 일진이니 뭐니 하는 애들이 얼마나 재수 없는지 너도 알잖아? 집안도 괜찮고 공부도 웬만큼 하지 않으면 포섭 대상도 못돼. 나 같은 놈은 어림도 없지. 우리 반에도 그 자식들이 눈독 들이는 애들이 있는데, 내가 짱인 한 접근이 어려우니까 조무래기 보내서 자꾸 시비 거는 거잖아. 선생들은 뭣도 모르면서 조무래기나 나만 잡아다 족쳐요. 일진 윗대가리는 공부도 잘하고 집안도 좋고 게다가 싸움 걸었단 증거가 없으니 선생은 손도 못 대지. 하여튼 그 새끼들 어쩌면 그렇게 꼰대들하고 똑같이 치사한지, 열라 재수 없어. 근데 나한테 하려는 얘기가 뭐야?"

준이가 반도 안 피운 담배를 집어 던지며 말했다.

"시계모자 말이야. 그걸 작동 못하게 만드는 방법이 있거든."

"시계모자를 고장 내는 방법? 그냥 때려 부수면 되지 뭐 특별한 방법이 필요해?"

"내 얘기 들어 봐. 시계모자는 전파로 조작되는 거야. 중앙 시계탑에서 발사한 전파를 학교 시계탑에서 증폭시켜 각자의 시계모자로 보내는 거야. 그러니까 전파를 차단하면 시계모자의 작동이 마비돼. 은박 봉지를 씌우면 전파가 차단된대. 시계모자는 물론이고, 학교 시계탑도 마찬가지야."

진이가 눈을 반짝이며 준이를 올려다보았다.

"글쎄. 학교 시계탑에 은박 봉지를 씌우는 건 재미있겠다. 애들이 옛날처럼 시끌시끌해지면 선생들이 무지 당황하겠지? 근데 그렇게 한다고 뭐가 달라지냐? 어차피 대부분은 얌전히 들러리 서는 놈들이고, 나 같은 놈은 아예 그런 노릇 집어치운 지 오랜데? 아예 그 중앙 시계탑인가 뭔가를 때려 부순다면 몰라도……"

준이가 흘끗 진이의 눈치를 살폈다.

"만약 중앙 시계탑을 부순다면 도와줄 거야?"

진이가 준이의 눈을 정면으로 마주 보았다. 좀 당황했는지 준이의 눈빛이 흔들렸다.

"무슨 소리야, 설마 네가 나서서 중앙 시계탑을 부수려는 것도 아닐 텐데."

준이가 웃으며 진이의 눈길을 슬쩍 피했다.

"그런 건 걱정 말고, 도와줄 거냐고?"

진이의 강렬한 눈빛이 망설이는 준이의 눈을 계속 붙들었다.

"알았어, 한다 해. 부수러 갈 놈들만 데리고 와 봐."

"다른 학교 애들도 모을 수 있어?"

"다른 학교 애들?"

준이가 잠시 눈썹을 모으며 생각에 잠겼다.

"할 수 있지, 꼭 필요하다면. 이래 뵈도 내가 발이 꽤 넓거든. 야구단 하던 애들도 가끔 모여 동네야구 하고, 나처럼 조직에 들진 않았지만 노는 애들도 많이 알아. 근데 너 진심으로 하는 애기냐?"

"그럼 내가 너 불러 놓고 쓸데없는 농담이나 할 것 같니? 하여튼 약속한 거야. 조만간 연락할 테니까 마음 단단히 먹고 있어."

진이가 잘라 말했다.

"그래. 내 걱정은 말고 그 중앙 시계탑인지 뭔지 부술 놈들만 데리고 와 봐."

준이는 여전히 진이의 말을 농담 반 진담 반으로 받아들이는 것 같았다.

"이거 농담 아니야. 심각해."

진이가 다시 한 번 못박았다.

"알았어."

준이가 정색을 하고 대답했다.

15
부르는 소리

    누군가 부르는 소리에 기우는 잠을 깼다. 컴컴한 동굴 안이다. 천장과 바닥에 종유석들이 거대한 괴물의 이빨처럼 자라 있어 좀 으스스하다. 똑- 똑- 물방울 떨어지는 소리가 들린다. 그 소리가 기우의 머릿속에 파문을 일으킨다. 똑- 똑- 시간이 지날수록 머릿속의 파문은 점점 커진다. 퉁- 퉁- 차가운 물방울이 머릿속으로 떨어지는 느낌에 기우는 소스라쳐 눈을 떴다. 퉁- 이마 가운데로 차가운 물방울 하나가 떨어져 내렸다. 기우는 부르르 몸을 떨며 일어나 앉았다. 이것도 꿈인가? 도대체 나는 몇 겹의 잠에 빠져 있는 거야? 기우는 중얼거렸다.

    "기-우-."

문득 부르는 소리가 들리며, 종유석 사이로 서릿발에 휩싸인 사람의 형체가 얼핏 보였다. 그자다! 기우는 흠칫 몸을 떨며 벌떡 일어섰다. 공포가 얼음덩이처럼 몸속 여기저기를 훑고 지나갔다. 그런데 이상하게도 도망가야 한다는 생각보다는 이대로 쫓겨 다닐 수만은 없다는, 그자와 어떤 방식으로든 결판을 내야 한다는 생각이 들었다. 그런 생각이 들자 가슴이 후끈 달아올랐다.

그자가 종유석 사이로 점점 멀어져 가는 게 보였다. 지겹게 쫓아다니더니 왜 이제는 슬금슬금 도망치는 것일까? 내 생각을 아는 것일까? 그렇지, 그자는 나와 똑같이 생긴 나의 분신이지. 나의 분신이라고? 그 절대 영도의 공허한 블랙홀이 또 하나의 나라고? 생각들이 꼬리에 꼬리를 물며 머리를 스쳐 지나갔다.

기우는 걸음을 빨리했다 늦췄다 하며 그자를 쫓아갔다. 그자도 기우와 똑같이 속도를 빨리했다 늦췄다 하며 일정한 거리를 유지하고 있었다. 그자가 지나간 곳에는 바닥에 하얀 서릿발이 일어났고, 공기가 차가워져서인지 입김이 하얗게 뿜어져 나왔다. 훅 끼쳐 오는 냉기가 저절로 몸을 오그라들게 했다. 기우는 달리기 시작했다. 기우가 달리는 만큼 그자도 빨리 움직이는지 거리는 좀처럼 줄어들지 않았다.

그자의 모습이 동굴 끝의 눈부시게 하얀 빛 속으로 녹아들듯 사라졌다. 기우는 동굴 끝에 멈추어 섰다. 너무 눈이 부셔 아무것도 보이지 않았다. 좀 지나서야 풍경이 눈에 들어왔다. 어떻게 된 거지? 기우는 얼음과 서릿발에 뒤덮인 옥상에 서 있다. 기우가 빠져나온 동굴 입구는 어디에도 보이지 않는다. 옥상 가운데쯤 얼음과 서리로 뒤덮인 유리관이 있다. 유리관 속에 떠 있는 화살 끝부분이 얼핏 보인다. 그 앞쪽 끝에 커다란 시계가 있다. 온통 얼음과 서리에 뒤덮인 시계는, 얼음과 서리를 꾸역꾸역 토해 내는 입처럼 보인다. 그자는 시계 앞 공중에 살짝 떠 있다.

"어서 와라 기-우-."

그자의 머리에서는 하얀 서릿발이 머리칼처럼 자라 사방으로 흩날리며 끊임없이 부서져 내리고 있다. 기우는 그자를 향해 천천히 다가간다. 동자 없이 온통 검은 그자의 눈이 보인다. 어쩌면 이 얼음과 서릿발은 그 공허한 블랙홀로부터 나오는 건지도 몰랐다. 그자의 눈동자가 기우를 삼킬 듯이 크게 다가왔다. 온몸이 얼음덩어리로 변하기라도 하는 듯, 냉기가 뼛속을 훑고 지나간다. 몸이 오그라들어 그 동자 없는 검은 눈, 절대 영도의 공허한 블랙홀로 빨려 들어갈 것 같다. 공포가 엄습해 온다. 도망치고 싶은 충동이 일어난다.

'안 돼! 더 이상 물러설 수 없어!'

기우는 속으로 부르짖었다. 가슴속에서 꺼질 듯 말 듯하던 작은 불 하나가 점점 커지며 용광로의 불길처럼 타오르기 시작한다. 온몸이 불덩어리가 되어 타오르는 것 같은 느낌이다. 기우는 한 걸음 한 걸음 앞으로 나간다. 어디선가 희미하게 전자기타의 굉음과 함께 노랫소리가 들린다.

누군가는 말하지 너의 미래를 두려워하라고
거리를 배회하는 두려움은 너의 심장을 열려고
네 심장에 박힌 두려움은 너의 미래를 빙하 속에 처박고
너의 삶을 얼음에 파묻혀
아, 세상은 거대한 얼음의 성
네 마음에 박힌 발톱을 털어 버려!
네 마음의 두려움을 털어 버려!
저 거대한 얼음의 성을 부숴 버려—!

"두렵지 않아. 두렵지 않아. 두렵지 않아!"

기우는 중얼거리다 눈을 떴다. 때로 얼룩진 천장이 눈에 들어
왔다. 스티로폼 깔개와 낡은 담요. 하나하나 스위치가 올려지고
불이 켜지듯 현실감각이 돌아왔다. '지하도시 통신'의 휴게실 겸
침실이었다. 인수를 두 번째로 만나고 나서 잠시 눈을 붙였던 것
이 기억났다.

"꿈이었구나."

기우는 안도의 한숨을 쉬며 일어나 앉았다.

"깼구나? 가서 세수라도 하고 와라. 좀 있으면 꺽정이 아저씨

192

도 오실 거다."

박정현이 휴게실 문을 열고 들어와 낡은 소파에 앉으며 말했다.

"정현이 형."

기우가 잠시 멍하니 앉아 있다가 박정현을 불렀다.

"응?"

박정현이 신문에서 눈을 떼고 기우를 보았다.

"형도 누구한테 쫓기는 꿈 꿔요?"

기우가 박정현을 정면으로 보며 물었다.

"우리나라 학생치고 그런 꿈 한 번도 안 꿔 본 애는 거의 없을걸. 다들 마음이 쫓기고 있잖아. '지하도시 통신'에서도 몇 번이나 '관찰망상'이니 '심리적 식인'이니 하면서 다루었지. 강화학교까지 갔다 왔는데 나라고 그런 꿈 안 꾸겠니? 다른 애들에겐 나도 그런 꿈 꾼다는 거 얘기하지 마라. 다들 나한테 기대고 있는데, 그런 얘기 하면 괜히 힘 빠질지도 몰라."

기우는 새삼 박정현을 쳐다보았다.

"그런데 내 꿈에선 나를 쫓아다니는 게 괴물처럼 변해 있긴 하지만 분명히 나 자신이에요. 형도 그래요?"

"난 너랑 달라. 모르는 누군가가 쫓아다니지. 여기 있는 다른 애들도 다 그래. 넌 아무래도 골룸 시리즈인 것 같다?"

박정현이 기우를 보며 웃었다.

"골룸 시리즈요?"

"응, 요새 중고생들에게 유행하는 시리즈인데 글도 있고 만화나 UCC로도 나와 있어. 팬더곰이 많이 찾아서 보여 줬지. 골룸은 두 개의 인격을 가지고 있잖아. 본래의 골룸은 비교적 선량한 편이고, 스미골은 욕심 많은 악질이지. 골룸이 절대공부를 손에 넣기 위해 스카이(SKY) 화산을 오르고 있었어. 마지막엔 거의 수직으로 까마득하게 솟은 절벽을 기어 올라야 했지. 손발이 다 갈라지고 목도 타고 너무너무 지쳤어. '아, 쉬고 싶어.' 골룸이 난간같이 튀어나온 바위에 주저앉으며 중얼거렸어. 다른 인격인 스미골이 나타나 벌컥 화를 냈지. '안 돼! 우리는 절대공부를 반드시 손에 넣어야 해. 일어서!!' 골룸은 스미골과 그렇게 티격태격하면서 스카이 화산 정상을 향해 올라갔대나 어쨌다나. 그렇게 인격이 분열된 애들이 어디 한둘이겠냐?"

박정현이 좀 걱정스러운 표정으로 기우를 보았다.

"형은 재미있는 농담도 무지 재미없게 하는 재주가 있네요. 그게 끝이에요?"

기우가 박정현을 보며 씩 웃었다.

"이카루스, 너 마음의 여유가 좀 생긴 모양이다. 형을 놀려 먹기도 하고."

박정현이 웃으며 말을 이었다.

"그 이야기는 꽤 길어. 골룸은 스미골과 그렇게 티격태격하면서 스카이 화산 정상에 이르렀어. 스카이 화산 정상에는 염소수

염을 기른 프로도가 큰 사전 같은 걸 한 장 한 장 뜯어서 씹어 먹고 있었지. 절대공부 같은 게 도무지 거기 있을 것 같지 않았어. 골룸은 눈을 희번덕거리며 프로도에게 소리쳤어.

'절대공부는 도대체 어디 있는 거야?'

그러자 프로도가 도사처럼 씩 웃으며 말했지.

'산을 오르는 사람은 단지 산이 거기 있기 때문에 오르는 것뿐이란다.'

그 말에 화가 난 골룸은 프로도의 멱살을 잡고 비명처럼 소리를 질러 댔지.

'귀신 씨나락 까먹는 소린 하지도 마. 절대공부는 어디 있어? 절대공부 내놔!'

골룸이 닦달하자, 프로도가 경멸스러운 표정을 지으며 말했어.

'정 그렇다면 하는 수 없지. 손바닥 내밀어 봐.'

골룸은 드디어 절대공부를 손에 넣는구나 싶어 눈을 반짝이며 손바닥을 내밀었지. 프로도는 주머니에서 고무도장을 꺼내더니 골룸의 손바닥에 팡 찍어 주었어. 손바닥엔 스카이 마크와 함께 '합격! 참 잘했어요.'라는 문구가 찍혔어.

'이 따위 게 무슨 절대공부야?'

골룸이 벌컥 화를 내며 프로도를 노려보았어. 프로도는 찔끔하며 얼른 고무도장을 뒤로 감추었어. 순간 골룸의 눈이 반짝했어. '참 잘했어요' 고무도장이 절대공부일 거라고 생각한 거야.

골룸은 프로도에게 달려들었어. 몸싸움이 벌어졌지. 골룸이 고무도장을 움켜쥔 프로도의 손을 깨물었지. 드디어 골룸은 '참 잘했어요' 고무도장을 손에 넣었어. 하지만 그 순간 몸이 휘청하며 골룸은 용암이 들끓는 분화구를 향해 떨어지기 시작했어. 골룸은 '참 잘했어요' 고무도장을 가슴에 꼭 끌어안은 채 행복한 미소를 지으며 들끓는 용암 위로 떨어졌지. 골룸과 고무도장은 픽─ 하며 한순간의 불꽃으로 사라져 버렸어.

하지만 〈반지의 제왕〉에서처럼 화산이 폭발하거나 하는 일은 일어나지 않았고 세상은 조용하기만 했어. '참 잘했어요' 고무도장은 절대공부가 아니니까 당연한 일이었지. 애초에 절대공부 같은 건 있지도 않았거든. 골룸과 고무도장이 사라져 간 분화구를 내려다보며 프로도가 쯧쯧 혀를 찼어.

'아, 불쌍한 골룸. 허무하게 갔구나!'"

박정현의 말이 끝나자 기우가 웃음을 터뜨렸다.

"웃기기도 하지만 좀 씁쓸하네요. 그런데 형, 정말로 그 중앙 시계탑을 부숴 버리는 건 어떨까요? 거기서 그자가 나를 부르는 것만 같아요. 이제는 꿈속에서 그자가 나를 쫓아오는 게 아니라 내가 그자를 쫓아가요. 그자와 만나 어떤 식으로든 결판을 내지 않으면 안 된다는 생각이 자꾸 들어요."

"글쎄, 그럴 수 있다면 좋겠지만 그게 가능하겠냐? 나가자, 껵정이 아저씨 와 계실 것 같은데."

196

기우는 박정현을 따라 '지하도시 통신' 사무실로 갔다.

탁자에는 꺽정이 아저씨와 팬더곰, 아드레날린 그리고 깨비가
앉아 있었다. 깨비는 고등학교 1학년인데 조용하고 눈에 안 띄어
서 허깨비처럼 있는 듯 없는 듯했다. 하지만 조용히 지내다가도
어느 순간 강하게 자기 주장을 하며 사람들을 놀라게 해서, 그럴
때면 허깨비가 아니라 도깨비 같기도 했다.

"그래, 인수하고는 얘기 많이 했냐?"

꺽정이 아저씨가 자리에 앉는 기우에게 말을 건넸다.

"예."

기우는 인수에게서 들은 이야기를 자세히 했다.

"두 불만세력을 서로 싸우게 만들면 저쪽이 편해질 거라는 말
도 그럴듯하고, 사회적 불만을 엉뚱하게 외국인 노동자에게 돌리
려 한다는 것도 일리가 있다. 꼭 외국인 노동자는 아니라도 엉뚱
한 데로 불만을 돌리는 수법을 쓴 게 어제 오늘의 일은 아니니까.
그러다 싸움이 격렬해져서 사상자라도 나오면 지하도시를 치고
들어올 명분도 되니까 일석이조겠지. 그런데 작전명이 '트로이
의 목마'란 건 좀 이상한데······?"

꺽정이 아저씨가 석연치 않은 표정을 지으며 말을 길게 끌었다.

"뭐가 안 맞아요? 지하도시에 들어온 끄나풀들이 일을 벌이니
까 '트로이의 목마'란 이름이 딱인데."

아드레날린이 끼어들었다.

"특수반 애들끼리 얘기할 때도 그런 말이 나왔다던데요. 그 정도의 일에 거창하게 작전명까지 붙이는 것도 이상하고, '트로이의 목마'란 말과도 딱 들어맞지를 않고."

박정현이었다.

"'트로이의 목마' 의미대로라면 끄나풀들이 지하도시의 지휘부를 공격해야 하는데, 밖에 있는 외국인 노동자를 공격하는 건 들어맞지 않는다는 거죠."

기우가 말을 덧붙였다.

"그래, 뭔가 아귀가 안 맞는데……."

껙정이 아저씨가 심각한 표정을 지었다. 잠시 침묵이 흘렀다.

"저기……."

깨비가 침묵을 깼다.

"지금부터는 강화학교에서 탈출하는 아이들을 돕거나 지하도시에 받아들이지 말아요."

"강화학교에서 탈출하는 애들을 돕거나 받아들이지 말자니 그게 대체 무슨 말이야?"

아드레날린이 인상을 쓰며 깨비를 째려보았다.

"저쪽에서도 지하도시 사람들과 외국인 노동자들이 강화학교에서 탈출한 아이들을 돕는다는 걸 안대잖아. 그 아이들이 지하도시로 스며든다는 것도 알고. 그렇다면 그 점을 역이용할 수도 있어. 강화학교 아이를 위장 탈출시켜 지하도시 지휘부에 끄나풀로 침투시킬 수도 있겠지."

"그건 너무 지나친 상상 아닐까?"

박정현이 깨비의 말에 토를 달았다.

"그거라면 '트로이의 목마'란 말에 딱 들어맞긴 하지. 하지만 환각에 시달리는 강화학교 학생이 뚜렷한 목적을 가지고 의도적으로 지하도시 지휘부에 들어와 끄나풀 노릇을 한다는 건 불가능할 것 같은데? 하여튼 조심해서 나쁠 건 없으니까, 당분간 강화학교에서 탈출한 아이들을 받지 않기로 하지. 그리고 인권단체에서 연락이 왔는데, 지하도시 사람들과 외국인 노동자의 충돌이 일어날 만한 자리에서는 '비폭력'을 외치며 모두를 앉히는 전술을 쓰려 한다더군. 이번 일요일 외국인 노동자 장터에서 시험해 보겠다는데?"

껙정이 아저씨가 어떻게 생각하냐는 듯 박정현을 쳐다보았다.

"네, 괜찮을 것 같네요. 지하도시에서도 믿을 만한 분들을 많이 모셔다 놓으면 더 좋겠어요."

박정현이 대답했다.

"저기…… 껙정이 아저씨."

기우가 부르는 소리에 껙정이 아저씨가 돌아보았다.

"인수가 해 준 얘기 중에 그 유리관 속 화살에 대한 게 있었는데요. 본래 그 아래 마이크에 대고 뭐라고 말하면 화살이 유리관에서 발사되어 앞쪽의 과녁에 꽂히게 되어 있었대요."

"그래서?"

"어쩌면 그걸로 시계탑을 부술 수도 있지 않을까요? 화살이 시계탑을 과녁 삼아 발사된다면 말이에요."

"와, 그거 괜찮은데?"

아드레날린이 자리에서 벌떡 일어섰다.

"하지만 화살이 너무 작을 수도 있고, 화살이 향하고 있는 방향이 다를 수도 있고, 또 마이크 같은 건 아예 없애 버렸을 가능성도 크지. 게다가 그 건물엔 어떻게 들어가려고?"

박정현이 신중한 어조로 말했다.

"정현이 말대로다. 그건 너무 위험할 것 같은데? 정말 위급한 상황이 온다면 모를까. 만약에 그런 방법을 쓰게 된다 하더라도 절대 너희들 같은 어린 친구들에게 시키진 않을 거다. 그래도 고려는 해 보마."

꺽정이 아저씨가 '지하도시 통신' 문을 열고 나갔다.

16

지하도시가 봉쇄되다

"너희들도 이 배지 달아."

은우가 크고 둥그런 인권단체 배지를 특수반 아이들에게 나누어 주었다. 신지는 주위를 둘러보았다. 같은 배지를 단 사람들이 여기저기 눈에 띄었다. 인권단체에서 꽤 동원을 한 모양이었다. 비폭력 전술을 쓰려면 사람들이 많이 필요했다. 은우는 특수반 아이들이 위험한 상황에 휘말리지 않을까 걱정하며 안 와도 된다고 했지만, 신지는 혹시나 기우를 만날지도 모른다는 생각에 오겠다고 고집했다. 전철이 ㅎ역에 멈추어 서자 사람들이 우르르 내렸다. 외국인 노동자로 보이는 사람들이 많이 눈에 띄었다.

외국인 노동자 장터는 ㅎ로터리를 중심으로 역 출구를 따라 길게 펼쳐져 있었다. 길을 따라 서 있는 봉고트럭 화물칸에 잡다한 좌판들이 벌어졌다. 아시아 여러 나라들의 토속 음식과 생필품들이 많았고, CD나 간단한 전자제품을 파는 좌판도 있었다. 인도 안쪽, 오토바이에 실린 작은 좌판에서는 수제 장신구를 팔고 있었다. 신지와 세나가 그 앞에 멈추어 목걸이, 귀걸이, 팔찌 등을 만지작거렸다.

"그건 이따 사고, 얼른 가자."

은우가 재촉을 했다. 신지와 세나는 아쉬운지 뒤를 힐끗힐끗 돌아보았다.

"신지 너도 목걸이나 귀걸이 같은 거 좋아하는구나?"

지만이 새삼스럽다는 듯 신지를 보았다.

"내가 너 같은 줄 아니? 너는 예쁜 장신구를 봐도 금속의 화학식밖에 안 보이지?"

신지가 지만에게 퉁을 주었다.

"신지도 여잔데, 지만이 너 그렇게 말하면 실례하는 거야."

인수도 한마디 했다.

"에이 씨!"

신지가 넓적한 인수의 등판을 주먹으로 한 대 쳤다.

"아야! 왜 그래, 너도 여자라는데? 그럼 네가 남자야?"

신지가 다시 주먹을 쥐고 때리려 하자 인수가 도망갔다. 모두 들 웃었다.

은우와 아이들은 로터리 바로 옆의 ㅎ고등학교 운동장으로 갔다. 장터날마다 거기서 집회나 운동회가 열리곤 했다. 교문 위에는 '외국인 노동자 인권 실태 보고대회'라는 플래카드가 걸려 있었다. 운동장 한편엔 하얀 광목 차양이 여러 개 쳐져 있었다. 본부석인 모양이었다. 차양들 중 하나에 '인권지킴이'라는 표지판이 붙어 있었다. 은우와 특수반 아이들이 다가가자 차양 밑 의자에 앉은 아주머니가 반색을 했다.

"그렇지 않아도 일손이 부족했는데 잘 왔다. 저기 가서 김밥 좀 나눠 줘라. 누구든 주면 되는데, 부족할 것 같으면 노숙자 분들 우선으로 드려."

은우와 아이들은 김밥이 실려 있는 봉고트럭으로 갔다. 김밥을 타러 오는 사람들은 거의 다 노숙자들이었다.

"어! 저기 껵정이 아저씨하고 정현이 형 있다."

김밥을 나누어 주고 한숨 돌리는데, 인수가 본부석 뒤쪽 스탠드 쪽의 나무그늘을 가리켰다.

"껵정이 아저씨하고 정현이 형?"

은우가 의아한 표정으로 인수를 돌아보았다. 인수는 아차 싶었다. 껵정이 아저씨하고 자기 얘기는 특수반 애들에게도 하지 말라던 정현이 형 말이 떠올랐다. 하지만 때는 이미 늦었다.

"지하도시에서 기우를 돌봐 주는 사람들이에요."

"그래?"

은우는 기다리고나 있었던 듯 '인권지킴이' 차양으로 가서 가방을 챙기더니, 나무그늘을 향해 빠른 걸음으로 걸어갔다. 인수도 얼른 따라붙었다.

"인수 왔구나."

껑정이 아저씨가 아는 척을 했다.

"기우 누나예요."

은우가 고개를 꾸벅하자, 껑정이 아저씨와 박정현도 어정쩡하게 인사를 했다.

"집회 시작하려나 보다. 앞에 가리지 말고 앉거라."

껑정이 아저씨가 운동장에 눈을 준 채 말했다.

"기우는 잘 있나요? 이거 좀 전해 주세요."

은우가 박정현 옆에 가방을 내려놓았다.

"예. 걱정 마세요."

박정현은 운동장에 정신이 팔려 좀 건성으로 대답했다. 은우는 갑자기 이 세상에 기우를 걱정하는 건 자기 혼자뿐인가 하는 생각이 들어 괜히 서글퍼졌다.

"저 양반이 외국인 노동자 인권단체 대표야. 이름이 둘마지. '어머니 대지의 평화'란 뜻이라더군. 이름 참 좋지? 세상이 그거랑은 반대로 돌아가긴 하지만 말이야."

껑정이 아저씨가 마이크를 잡은 퉁퉁한 몸집의 아주머니를 가리키며 인수에게 말했다. 그때 박정현이 '어!' 소리를 지르며 벌떡 일어났다. 노숙자 차림의 두 사람이 연단 위로 뛰어 올라가고 있었다. 박정현이 디지털 카메라를 꺼내 들고 연단 쪽으로 달려갔다. 한 사람은 둘마 씨를 밀치고 마이크를 빼앗았고, 다른 한 사람은 각 나라별 대표들이 앉아 있는 의자를 발로 차 넘어뜨렸다.

"비폭력! 비폭력!"

"앉자! 앉자!"

여기저기서 박수를 치며 외치는 소리가 들리더니, 운동장 전체로 퍼져 나갔다. 의자에 앉아 있다 떨어진 대표들과 넘어졌던 둘마 씨가 연단 바닥에 주저앉았다. 운동장에 서 있던 사람들도 모두 흙바닥에 주저앉았다. 서 있는 사람은 연단 위로 올라간 두 명과 운동장 드문드문 서너 명뿐이었다. 모두 노숙자 모양새였지만, 끄나풀이 분명했다. 어정쩡하게 서 있는 끄나풀들은 무척 당황한 눈치였다.

"우리는……."

마이크를 잡고 있던 끄나풀이 무슨 이야긴가 하려고 했다. 그러자 앞쪽에서 박수를 치며 '노래해! 노래해!'하는 소리가 시작되더니 운동장 전체로 퍼져 나갔다. 여기저기서 웃음이 터져 나왔다. 마이크를 잡은 끄나풀은 갑작스런 사태에 어쩔 줄을 몰라 했다. 그사이 노숙자 몇 명이 올라가 끄나풀 둘을 붙들었다. 껵정이 아저씨는 그제야 천천히 연단에 올라가더니 둘의 주머니를 꼼

꼼히 뒤졌다. 걱정이 아저씨가 작은 수첩 같은 걸 찾아내서는 펼쳐 들고 마이크 앞으로 다가오자, 박정현이 그 수첩을 가까이서 찍었다.

"여러분, 이게 무슨 증명서인지는 다 짐작하시겠죠. 이 두 분이 가짜 노숙자라는 걸 말해 주는 증명서입니다. 나라의 공무를 수행하는 분들인데, 심신이 피로해서 잠시 놀러 오신 것 같습니다. 이제 충분히 노신 것 같으니까 보내 드려야 되겠죠?"

사람들이 '예!' 대답하고는 큰 소리로 웃었다.

"이 두 분 외에도 놀러 오셨던 분이 서넛 더 있는 모양이군요."

운동장 곳곳에서 끄나풀들이 사람들에게 붙들려 있었다.

"자, 그럼 지금부터 이분들을 조용히 보내 드리겠습니다. 같이 재미있게 놀았던 친구들이고, 이 분들이 다치면 저쪽에 우리를 공격할 빌미를 주는 것이기도 하니까 안전하게 배웅해 드려야겠죠?"

인권단체 배지를 단 사람들이 끄나풀들을 빙 둘러싸고 교문을 향해 걸어갔다. 간혹 흥분한 사람들이 끄나풀들을 향해 욕하며 벌떡벌떡 일어섰지만, 그때마다 '비폭력! 비폭력!' '앉자! 앉자!' 하는 구호가 외쳐져 진정이 되었다. 그런데 그때 예상 밖의 일이 일어났다. 운동장 여기저기에서 약속이라도 한 듯 이삼십 명 가까운 노숙자 차림들이 일어나 교문을 향해 갔다. 사람들이 영문을 몰라 잠시 웅성거렸다.

"놀러 오셨던 분이 여러 명인 모양입니다. 인권단체 분들은 안전하게 배웅해 주시기 바랍니다."

꺽정이 아저씨는 농담처럼 가볍게 말하고 있었지만, 표정은 굳어질 대로 굳어 있었다. 운동장 여기저기 앉아 있던 인권단체 회원들이 임기응변으로 '비폭력! 비폭력!' '앉자! 앉자!'를 외치며 서넛씩 모이더니, 교문 쪽으로 가는 *끄나풀*들을 하나씩 맡아 둘러쌌다. 운동장에 있는 사람들의 시선이 온통 *끄나풀*들에게 집중되었다. 웅성거리던 소리가 잦아들더니, 마침내 물을 끼얹은 듯 조용해졌다. 운동장을 가득 메운 팽팽한 긴장감이 점점 더 농밀해졌다. *끄나풀*들을 둘러싼 인권단체 회원들의 '비폭력! 비폭력!' '앉자! 앉자!' 외침 소리가 거리를 질주해 가는 구급차의 날카로운 사이렌 소리처럼 위태롭게 느껴졌다. 꺽정이 아저씨의 이마에 식은땀이 흘러 내렸다. *끄나풀*들이 교문을 빠져나갈 때까지의 시간이 참으로 길게 느껴졌다. *끄나풀*들이 모두 교문을 빠져나가자 왜인지도, 누구를 위한 것인지도 모를 박수소리가 여기저기서 터져 나오더니 운동장 전체로 퍼져 나갔다. 꺽정이 아저씨는 안도의 한숨을 쉬며 연단에서 내려왔다.

"여러분, 저는 여러분이 정말 자랑스럽습니다."

둘마 씨가 다시 마이크를 잡고 집회를 재개했다.

연단에서 내려온 꺽정이 아저씨의 표정은 여전히 굳어 있었다.

"큰일이다. '지하도시 통신'에 빨리 좀 알아봐라."

껵정이 아저씨가 재촉하듯 박정현을 보았다.

"뭘요?"

"내가 파악하고 있는 한 지하도시에 침투했던 ㄲ나풀들이 방금 모두 철수한 것 같다. 그건 이제 지하도시를 치고 들어오겠다는 신호나 마찬가지야."

껵정이 아저씨의 말에 모두들 심각한 표정이 되었다.

"'인권지킴이' 본부석에 인터넷 연결되어 있죠?"

박정현이 은우를 돌아보았다.

"그럼요."

"그걸 좀 써야 되겠네요."

박정현과 은우는 잰걸음으로 본부석을 향했다.

껵정이 아저씨와 특수반 아이들은 스탠드의 나무그늘 아래로 돌아가 앉았다. 껵정이 아저씨의 눈길이 초조하게 이리저리 헤매 다가, 한곳을 향해 고정되었다. 노숙자 한 사람이 빠른 걸음으로 다가오고 있었다.

"껵정이 형님 큰일났수."

"왜?"

"지하도시 출입구가 봉쇄됐수."

"뭐?"

꺽정이 아저씨가 벌떡 일어섰다.

"출입구가 모두 봉쇄됐어?"

"그건 모르겠고, 하여튼 여기 출입구는 전경들이 아예 산성을 쌓았수."

"이거 뒤통수 맞았군."

꺽정이 아저씨가 중얼거리며 초조하게 본부석 쪽을 바라보았다. 박정현과 은우가 돌아왔다. 잔뜩 긴장한 얼굴이었다.

"어떻게 됐어? 모든 출입구가 봉쇄된 거지?"

꺽정이 아저씨가 물었다.

"예."

"빨리 돌아가자."

꺽정이 아저씨가 스탠드에서 내려가기 시작했다.

"출입구가 다 봉쇄됐는데 어떻게 돌아가시려고요?"

신지가 물었다.

"다 방법이 있어."

꺽정이 아저씨와 박정현은 교문을 향했다.

"참, 이제 인터넷 검열 같은 거 신경 쓰지 마라. 어차피 시작된 싸움이야. 사람들에게 알릴 만한 건 카페를 통해 최대한 퍼뜨려. '지하도시 통신'이 저쪽에게 점령당하더라도, 우리가 발신한 내용들은 계속 살아남아 움직여야 돼. 그리고 가능만 하다면 저쪽의 인터넷 서버를 모두 다운시켜."

박정현이 걸어가다 말고 아이들을 돌아보며 말했다. 박정현의 표정이 비장해 보였다.

은우는 박정현이 두고 간 가방 옆에 주저앉았다. '지하도시 통신'이 점령당할 거라니……

"이대로 앉아 있을 수는 없지. 지하도시 입구가 봉쇄된 모습이라도 찍어서 인터넷에 올려야겠다. 준비해 가지고 올 테니까, 너희들은 잠깐 기다려."

은우가 '인권지킴이' 본부석 쪽으로 뛰어갔다.

"긴급 상황을 알려 드립니다. 지금 지하도시의 출입구가 모두 봉쇄됐다고 합니다. 지하도시 분들이 돌아갈 수 없는 것도 문제지만, 우리가 밖에서 싸워 주지 않으면 저쪽에서 당장이라도 지하도시 진압에 나설 가능성이 크다고 합니다. 지금부터 인원을 나누어 지하도시의 각 출입구로 이동하도록 하겠습니다. 이동하는 동안 가능한 한 최대의 인원을 모을 수 있도록 모든 수단을 동원하여 아는 분들에게 상황을 알리고 동참을 호소해 주시기 바랍니다."

운동장에 있던 사람들이 교문을 빠져 나가기 시작했다.

"잠깐 이야기 좀 하자."

신지가 아이들을 불러 모았다.

"우리도 최대한 할 수 있는 일을 하자. 모두 지하도시 출입구로 몰려 갈 게 아니라, 각자 할 일을 찾아보자. 우선 기우 쪽 상황을 알았으면 좋겠는데 무슨 방법이 없을까?"

신지가 인수를 바라보았다.

"가능해. 지금 바로 집에 가서 연락해 볼게."

인수가 고개를 끄덕이며 말했다.

"나는 진이를 만나서 시계모자 쓰는 애들에게 상황 전달을 부탁할게. 우리 카페하고 어른들 카페에 알리는 건 누가 할래?"

"내가 할게. '돈다'님에게 '트로이의 목마' 작전에 대한 정보가 더 없는지도 알아보고."

지만이 나섰다.

"그럼 세나 너는 은우 언니랑 같이 가서 지하도시 출입구 상황을 실시간으로 올려 줘. 카페가 봉쇄되면 지만이 메일로 보내."

"알았어."

은우가 노트북 컴퓨터와 디지털 카메라를 들고 왔다. 세나가 얼른 디지털 카메라를 받아 들었다.

"그럼 이따가 학교에서 보자."

신지가 세나에게 손을 흔들었다.

"비상상황인데 학교에 꼭 가야 돼?"

인수가 툴툴거렸다.

"일이 어떻게 되어 갈지 아직 모르니까. 우리 특수반이 의심을 받아선 안 돼."

신지가 못을 박았다. 신지와 인수, 지만은 텅 빈 운동장을 지나 교문을 빠져나왔다. 멀리서 마이크에 대고 외치는 소리, 날카로운 사이렌 소리, 함성 소리가 희미하게 들려 왔다.

신지는 전에 진이를 만났던 공원 앞 편의점으로 갔다. 진이는 먼저 와 있었다. 초조한 표정으로 캔 커피를 홀짝거리던 진이는 신지가 나타나자 반색을 했다.

"지하도시가 진압당할 것 같다니, 무슨 말이야?"

진이가 큰 눈을 더 크게 뜨고 신지를 바라보았다. 신지는 이제까지의 상황을 대충 이야기했다.

"그러니까 지하도시 출입구에서 사람들을 많이 모아 놓고 시위를 하면 함부로 치고 들어가지 못할 거란 말이지?"

"그렇지."

"그런데 언제까지나 사람들을 지하도시 출입구로 불러낼 수 있는 건 아니잖아?"

"시간 벌기지 뭐. 지하도시 사람들도 대책을 세우든 준비를 하든 해야 할 거 아냐."

신지는 자기도 모르게 열을 내 말하다가 한숨을 폭 쉬었다. 기우는 어떻게 되는 거지? 하는 생각이 문득 떠올라서였다. 신지는 말을 이었다.

"아세안들은 오프라인 네트워크도 비교적 튼튼해서 동원이 잘

될 거래. 그런데 나머지는 얼마나 나올지 예측을 할 수가 없어."

"왜?"

"이런 경우 전에는 아고라 같은 포털 게시판에 이러이러하니 어디서 모이자고 올렸지. 그러면 곧바로 댓글도 달리고 토론도 벌어졌어. 그런데 지금은 포털 게시판이나 대규모 카페에 대한 감시가 심해서 금방금방 삭제되니까 주로 메일이나 개인 사이트를 통해서 알리는 수밖에 없어. 그러니까 소식을 알려도 얼마나 퍼져 나갔는지, 반응이 어떤지 알 수가 없어."

"참, 해도 너무하는 거 아니야? 강화학교를 탈출한 애들이 무슨 잘못이 있다고 이렇게까지 하는 거야?"

진이가 짜증스러운 표정을 지었다.

"저쪽에선 시계모자에 목숨 걸었잖아. 댐에 난 작은 구멍도 순식간에 커져 댐을 무너뜨리는 법이니까. 구멍이 더 커지기 전에 막으려고 악을 쓰는 거지."

"그럼 빨리빨리 구멍을 크게 만들어서 댐을 무너뜨리는 수밖에 없겠네? 가자. 이러고 있을 때가 아니야."

진이가 벌떡 일어섰다.

"그래, 돌아가는 상황은 우리 카페에 들어오면 알 수 있을 거야. 카페가 봉쇄되면 메일로 보낼게."

"왜 이렇게 늦었니? 얼마 안 있으면 학교 갈 시간인데."

인수가 현관문을 열고 들어가자 걱정하느라 잠을 놓친 엄마가 타박을 주었다.

"죄송해요. 잠깐 눈 좀 붙일 테니까 이제 엄마도 주무세요."

인수는 자기 방으로 들어와 땀에 젖은 옷을 벗고 컴퓨터를 켰다. 박정현이 준 메일 주소로 기우에게 번개 요청을 할 작정이었다. 걱정이 아저씨와 박정현이 지하도시로 돌아가겠다고 한 걸로 봐서 공원의 비밀통로는 봉쇄가 되지 않은 모양이었다. 기우를 만나면 뭐라고 해야 하나? 지하도시가 진압될 게 확실하다면 늦기 전에 빠져 나오라고 해야 되나? 그런다고 사람들을 놓아 두고 혼자 빠져 나올 기우는 아니었다. 그런 얘기가 아니라면 기껏해야 그쪽 사정이 어떤지 물어 보는 건데, 그 정도 가지고 번개를 요청해도 될까? 에라 모르겠다. 기우 쪽에서도 뭔가 할 말이 있겠지. 인수는 자판을 두드렸다.

거기 상황은 어떤가?
1004 번개 가능한지?

잠시 기다리자 답 메일이 왔다.

G+7 번개 1004

인수는 컴퓨터 화면 밑에 떠 있는 시간을 보았다. 6시 2분.

"잠자기는 틀렸군. 샤워나 하고 나가야지."

인수는 중얼거리며 화장실로 갔다.

17
이 카 루 스 통 신

'지하도시 통신' 아이들의 시선은 온통 컴퓨터 화면에 쏠려 있었다. TV 뉴스가 전체 화면으로 나오고, 지하도시 출입구의 실시간 동영상이 한구석에 작은 화면으로 떠 있었다. 작은 화면은 지하도시 각 출입구들의 상황을 교대로 비추고 있었다.

"다음 뉴스입니다. 오늘 새벽 4시, 지하도시에 장기 억류되어 있던 경찰관 27명이 극적으로 석방되었습니다. 현장에 나가 있는 김형섭 기자 연결하겠습니다. 김형섭 기자."

뉴스 화면에 ㅎ고등학교 정문을 배경으로 마이크를 든 기자의 모습이 나타났다.

"네, 김형섭입니다. 오늘 새벽 4시, 지하도시에 한 달 가까이 억류되어 있던 경찰관 27명이 극적으로 석방되었습니다. 당국은 그간 인내심을 가지고 인권단체를 통해 석방을 종용해 왔으나, 지하도시 측은 완강하게 거부해 온 것으로 알려졌습니다. 사태가 장기화될 것을 염려한 당국은 오늘 진입 작전을 벌여 억류된 경찰관들을 구출할 예정이었고, 이러한 당국의 움직임에 당황한 지하도시 측이 억류했던 경찰들을 인권단체를 통해 전원 석방한 것으로 알려졌습니다. 이에 따라 당국은 오늘로 예정되었던 지하도시 진입 작전을 전격 취소했다고 합니다."

기자가 말하는 동안, 인권지킴이 회원들이 꼬나풀들을 둘러싸고 '비폭력! 비폭력!' '앉자! 앉자!'를 외치며 ㅎ고등학교 정문을 빠져 나오는 모습이 배경 화면에 비쳤다.

"참내, 뉴스만 보면 깜빡 속겠네."

박정현이 중얼거렸다.

"어이구 저런 것들도 언론이라고, 엿이나 먹어라!"

아드레날린이 소리치며 벌떡 일어나는 바람에 의자가 뒤로 넘어져 요란한 소리를 냈다.

"아드레날린, 조용히 좀 해라. 무슨 소리 하는지 들어 보기나 하자."

껀정이 아저씨가 지청구를 주었다.

"지하도시 관련 뉴스입니다. 어제 오후 2시 서울 수도회사와 전력회사는 검찰에 지하도시 측을 상대로 고소장을 내고 수사를 의뢰했습니다. 고소장의 내용에 따르면, 지하도시 측이 절취해서 사용하는 물과 전기로 인한 연간 손실액이 각각 118억 원과 97억 원에 이른다고 합니다. 이에 대해 대통령은 수도와 전기 민영화의 성패에 시금석이 되는 사안인 만큼 경찰력을 동원해서라도 엄중히 책임을 물으라고 지시했습니다."

"누전과 누수의 책임을 몽땅 우리한테 뒤집어씌우려 드네. 도둑놈들."

여기저기서 투덜거리는 소리가 들렸다.

"다음 뉴스입니다. 오늘 아침 일부 주요 기관의 홈페이지가 누리꾼의 공격을 받아 다운되었습니다. 사이버 테러 대책반은 이번 공격의 배후에 '지하도시 통신'이 있다고 보고 수사에 박차를 가하고 있습니다. '지하도시 통신'은 강화학교에서 도망친 학생들이 지하도시 지휘부의 사주를 받아 운영하는 일종의 인터넷 방송으로 그간 악질적인 허위사실과 유언비어를 유포시켜 왔으나, 사무실이 지하도시에 있어 접근이 어렵고 개인 메일을 통해 전파되는 까닭으로 수사에 어려움을 겪어 왔다고 합니다. 당국은 앞으로 '지하도시 통신'을 받아서 전달하는 개인도 입건하여 법적 책임을 묻기로 방침을 정하고, 이를 뒷받침하기 위해 관련 법률 개정을 추진하기로 했습니다.

자, 그럼 여기서 정부종합청사에 나가 있는 이기범 기자 연결해서 당국과 지하도시의 대치 상황이 어떻게 전개되어 갈지 알아보도록 하겠습니다. 이기범 기자."

"네, 이기범입니다."

"당국과 지하도시의 대치가 갈수록 날카로워지고 있는데요. 앞으로의 정부 방침은 어떠한지, 또 상황이 어떻게 전개되어 갈 것인지 알려진 사항이 있으면 말씀해 주시기 바랍니다."

"네. 당국이 그간 지하도시의 문제점과 지하도시에 대한 시민들의 불만을 모르고 있었던 건 아닙니다만, 이제까지는 인도적 차원에서 문제 삼지 않고 묵인해 왔던 셈입니다. 그러나 이번 경찰 27명 억류 사건과 사이버 테러 사건을 보고서 온정주의가 오히려 문제를 키웠다고 판단한 것 같습니다. 지금 진행 중인 일련의 강경조치들은 그러한 판단에 근거한 것으로 보입니다. 수도회사와 전력회사의 지하도시에 대한 고소도 그렇고, '지하도시 통신' 유포에 대한 형사처벌 방침, 그리고 지하도시 진입 작전이 그렇습니다. 진입 작전이 일단 취소되긴 했습니다만, 지하도시 출입구들은 전투경찰에 의해 완전히 봉쇄된 상태입니다. 당국은 현재 지하도시 안에 남아 있는 노숙자가 약 3천 명, 지하도시 밖에 나와 있는 노숙자가 8천 명 정도일 것으로 추산하고 있습니다. 이름을 밝히기를 꺼리는 한 당국자에 따르면, 지하도시 봉쇄로 음식물 반입이 불가능해졌기 때문에 오래 끄는 것은 인도적으로 문제가 있고 사실상 3~4일 안에 결판을 낼 수밖에 없다고 합니다. 지하도시 진입 작전을 기정사실화하는 분위기여서, 청사 주

위에는 긴장감이 감돌고 있습니다."

"이제 들을 만한 건 다 들은 것 같은데 TV는 끄죠."

박정현이 걱정이 아저씨를 바라보았다.

"그래, 저쪽에서 곧 전기세와 수도세 고지서를 들고 나타날 모양인데 대책을 세워야지."

걱정이 아저씨가 무거운 분위기를 의식한 듯 농담조로 말했다.

"그-그런 건 거-걱정 안 해도 되-될 것 같은데요. 드-들어와 봤자 드-들고 갈 게 이-있어야죠?"

팬더곰이 좀 엉뚱한 소리를 했다.

"들고 갈 게 왜 없어 인마. 이 속에 장기가 얼마나 많은데? 의료도 산업이라는데, 그거 떼다 수출하면 되지."

팬더곰과 천적인 아드레날린이 팬더곰의 배를 콕콕 찌르며 한마디 했다. 아드레날린의 말에 분위기가 좀 썰렁해졌다.

"아드레날린, 그만해라."

박정현이 아드레날린을 나무랐다.

"모두들 방금 뉴스를 보았으니 알겠지만, 우리가 이곳에서 만날 수 있는 시간도 이제 얼마 안 남은 것 같다. 곳곳에 사람들을 배치해 두긴 했지만 시간 벌기일 뿐이지, 우리가 무력으로 저쪽을 이길 수 있는 건 아니다. 우리가 이길 수 있는 방법은 사람들의 마음을 얻는 것뿐이야. 그래서 '지하도시 통신'이 중요하지. '지하도시 통신'이 온라인에, 사람들의 마음속에 살아남으면 우리가 지금 물리적으로 깨진다고 해도 결국엔 이기는 거야. 그래서 하는 이야기다만, 너희들은 지금부터 저쪽에서 치고 들어오는 순간까지 '지하도시 통신'으로 최대한 진실을 알리도록 해라. 그리고 전경들이 지휘부까지 오기 전에 비밀통로로 빠져나가."

꺽정이 아저씨가 중간에서 말을 끊고 아이들을 휘 둘러보았다. 잠시 침묵이 흘렀다.

"저희들도 끝까지 여기 남습니다."

박정현이 침묵을 깨고 못을 박듯이 말했다.

"맞아요. 여기서 나가 봤자 갈 데도 없어요."

"절대 물러날 수 없어요."

아이들이 중구난방으로 떠들었다.

"저쪽에서 이 사무실 문을 열고 들어오는 마지막 순간까지 찍어 올리는 게 우리들 일입니다. 그러지 않으면 사람들의 마음을 움직일 수 없을 겁니다."

조용히 앉아 있던 깨비가 끼어들었다.

"음, 그 얘기는 지금 결론을 내리지 말고 좀 이따 다시 하자. 그리고 이카루스, 너는 중앙 시계탑을 부수러 갈 생각이 아직도 있는 거냐?"

꺽정이 아저씨가 기우와 팬더곰 쪽을 보았다.

"네. 중앙 시계탑을 부수는 거야말로 시계모자를 반대하는 세력들이 다시 뭉칠 계기가 될 거예요. 그들이 흩어지게 된 건 제

책임이기도 하니까요. 그리고 무엇보다도, 왠지 거기 꼭 가야만 한다는 느낌이 들어요."

기우가 꺽정이 아저씨를 뚫어져라 바라보았다.

"알겠다. 그러면 이카루스하고 팬더곰은 지금이라도 비밀통로로 빠져나가거라."

꺽정이 아저씨가 전과는 다르게 선선히 허락을 했다. 기우는 좀 뜻밖이어서 어리둥절했다.

"안 됩니다. 제일 어린 동생들을 그렇게 위험한 곳으로 보낼 순 없어요. 성공할 가능성도 거의 없잖아요. 중앙 시계탑은 저쪽의 심장 같은 건데, 애들이 부술 수 있을 만큼 허술하게 해 놨겠어요? 그냥 내보내는 건 몰라도, 중앙 시계탑을 부수러 보내는 건 반댑니다."

박정현이 정색을 하며 반대했다. 잠시 침묵이 흘렀다. 모두들 꺽정이 아저씨와 박정현을 번갈아 쳐다보았다. 꺽정이 아저씨는 잠시 뭔가를 생각하는 눈치더니, 박정현에게 따라오라고 눈짓을 했다.

"그건 아무리 생각해도 아닙니다."

박정현이 사무실 문밖으로 따라 나오며 꺽정이 아저씨에게 볼이 부은 소리를 했다.

"이카루스하고 팬더곰이 그런 일을 할 수 없다는 건 나도 알아.

하지만 '너희들은 너무 어리니까 저쪽에서 치고 들어오기 전에 빨리 나가라.'고 하면 그 애들이 순순히 나갈 것 같아?"

꺽정이 아저씨가 빙그레 웃으며 박정현을 바라보았다.

"그럼, 이카루스하고 팬더곰을 내보내기 위해 중앙 시계탑을 부수는 일을 맡기는 척하자고요?"

박정현은 잠시 생각하는 눈치더니 고개를 끄덕이면서 말을 이었다.

"여기 남게 놔두는 거보다는 그렇게 해서라도 내보내는 게 낫겠네요."

꺽정이 아저씨는 박정현의 등을 툭툭 쳐 주고는 안으로 들어갔다. 박정현도 따라 들어갔다.

꺽정이 아저씨와 박정현이 다시 나타나자 모두들 이야기가 어떻게 되었냐고 묻는 듯한 눈초리로 쳐다보았다.

"이카루스하고 팬더곰은 오늘 안에 이곳을 빠져나가라. 나가서 중앙 시계탑을 부술 방법을 찾아봐."

박정현이 기우와 팬더곰 쪽을 건너다보았다. 두 아이의 얼굴이 환해졌다.

"거-걱정 마세요. 우-우리가 꼭 해-해 낼 거예요."

팬더곰이 상기된 얼굴로 눈을 반짝이며 박정현과 꺽정이 아저씨를 보았다.

"야, 팬더곰……."

아드레날린이 또 천적 노릇을 하려는 듯 팬더곰을 불렀다. 박정현이 얼른 아드레날린의 어깨를 툭툭 치며, 살살 하라는 듯 눈을 찡긋해 보였다.

"왜, 형?"

팬더곰이 의아한 표정으로 돌아보았다.

"응, 잘하라고. 너는 해 낼 수 있을 거야."

아드레날린이 좀 어색하게 말했다.

"야, 아드레날린이 저러는 건 영 어색해서 못 봐주겠다. 쟤하고 팬더곰은 아무래도 천적 관계가 맞는 것 같아."

누군가의 말에 모두들 웃음을 터뜨렸다.

"너희들이 시계탑을 부수면 저쪽도 지하도시로 치고 들어오기 어려워질 거야. 너희들만 믿는다."

걱정이 아저씨가 일어서며 기우와 팬더곰의 어깨를 툭툭 쳤다.

"그렇다면 한시가 급한데, 우리가 지금이라도 빠져나가는 게 좋지 않을까요?"

기우가 걱정이 아저씨를 올려다보며 말했다.

"이카루스, 네가 여길 나가기 전에 꼭 해야 할 일이 있어."

박정현이 얼른 끼어들었다.

"그게 뭔데요?"

"'이카루스 통신'을 만드는 거야."

"'이카루스 통신'이요?"

"그래. 그간 '지하도시 통신'을 만들어 퍼뜨려 왔는데, 3구역에선 제법 호응을 얻었지만 2구역부터는 잘 안 먹혔어. 만약 '지하도시 통신'이 더 많은 대중적 호응을 받았더라면, 저쪽에서 함부로 치고 들어올 생각은 못 했을 거야. 이카루스, 네가 좋든 싫든 간에 너는 대중적 영향력을 가지고 있어. 그러니까 '이카루스 통신'을 만들어 올리면 우리 방송이 더 널리 퍼져 나갈 거야. 사실은 이게 우리가 너를 기다렸던 가장 큰 이유야. 천천히 시간을 두고 제대로 만들려고 했는데, 지금은 너무 다급하긴 하지만 같이 한번 만들어 보자. 밖의 일은 인수에게 미리 준비해 놓으라고 하면 되지 않겠나?"

박정현의 말에 기우는 고개를 끄덕였다.

"어이, 아드레날린, 인수한테 번개 요청 메일 보내."

박정현이 아드레날린이 앉아 있던 곳을 돌아보았다. 아드레날린은 어느새 컴퓨터 앞에 가 앉아 있었다.

"다른 게 번개가 아니라 네가 번개로구나. 상황이 다급하니까 한 시간쯤 뒤에 보는 걸로 해."

"벌써 인수 녀석이 번개 요청 메일을 보내 왔는데요?"

아드레날린이 중얼거리며 자판을 두드렸다.

18
신은 천 개의 겹눈을 가지고 있다

　인수는 가방을 메고 공원 입구로 들어섰다. 공원을 가로지르는 산책로에는 가로등 불빛이 눈이 부시도록 환했고, 걷기 운동을 하는 노인들과 조깅을 하는 젊은이들이 꽤 많이 눈에 띄었다. 지하도시가 봉쇄되어 갈 곳을 잃은 노숙자들이 여기저기 구석진 벤치에 누워 자고 있는 게 보였다. 전처럼 한 사람이 슬그머니 따라붙어 안내를 하겠거니 하는 생각에 인수는 천천히 산책로를 따라 걸었다. 그런데 공중 화장실을 지나고 꼭대기에 천막이 있는 동산 가까이 왔는데도 따라붙는 사람이 없었다.

　'혼자 알아서 비밀통로로 들어오라는 거야, 뭐야?'

　인수가 중얼거리는데 뒤에서 빠른 발자국 소리와 함께 거친 숨

소리가 들렸다. 조깅을 하는 사람이 지나쳐 가려나보다 하는데, 뒷사람이 걸음을 천천히 하며 말을 걸어 왔다.

"돌아보지 말고, 걷던 대로 계속 걸어."

기우의 목소리였다.

"기우구나?"

인수는 반가운 나머지 자기도 모르게 큰 소리를 냈다.

"목소리 낮추고 내 얘기 잘 들어. 오늘 나하고 팬더곰하고 둘이서 지하도시를 빠져나올 거야."

"지하도시를 빠져나올 거라고? 그런데 팬더곰은 누구야?"

"응, '지하도시 통신'에 나보다 먼저 온 친구야."

"난 또 웬 동물원 탈출인가 했네."

인수의 농담에 기우가 피식 웃었다.

"안전하게 있을 곳이 필요한데, 구할 수 있을까?"

"알아볼게. 또 뭐 필요한 거 없어?"

"갈아입을 옷. 해 뜨는 여섯 시쯤 나올 거니까 후드가 달린 운동복 같은 게 좋겠다. 그 시간쯤이면 사람들 조깅하러 많이 나오잖아."

"알았어. 그런데 너하고 팬더곰은 뭐 하러 나오는 거야? ······ 물론, 그냥 나오는 거여도 괜찮지. 사실 저쪽에서 지하도시로 치고 들어가기 전에 빠져나오라고 하고 싶었거든."

인수가 묻고는 얼른 토를 달았다. 기우가 대답했다.

"사실은, 중앙 시계탑을 부수러 가려고. 시계행동과학연구원에 대한 정보를 가능한 한 많이 모아 주면 좋겠는데……."

"앗싸! 알았어. 물론 우리도 같이 가는 거지?"

인수가 물었지만, 대답이 없었다. 인수가 뒤를 돌아보았을 땐 기우의 모습은 이미 사라진 후였다.

인수가 특수반 교실에 들어서자 아이들이 모두 놀란 눈으로 쳐다보다가 박수를 쳤다.

"왜들 그래?"

인수가 어리둥절한 표정을 지었다.

"오늘은 역사적으로 아주 뜻깊은 날이야. 무슨 날인지 몰라?"

신지였다.

"무슨 날인데?"

"정말 몰라?"

세나가 한심하다는 듯 인수를 쳐다보았다.

"그래, 몰라서 참 미안하다. 도대체 무슨 날인데 그래?"

인수가 볼이 부은 소리를 했다.

"무슨 날이긴? 인수 역사상 처음으로 지각 안하고 담임보다 먼저 교실에 도착한 날이지."

지만이 말하자 아이들이 모두 웃음을 터뜨렸다.

"아이 씨, 너희들 자꾸 그렇게 놀리면 나도 기우 만난 얘기 안

해 준다."

인수가 엄포를 놓았다.

"기우 만났어?"

신지가 눈을 반짝이며 인수를 쳐다보았다.

"응, 팬더곰이라는 애하고 같이 오늘 해 뜨는 여섯 시에 지하도시를 빠져나올 거니까 준비를 좀 해 달랬어."

"진압되기 전에 안전한 곳으로 이동하는 거구나?"

세나가 물었다.

"아니, 중앙 시계탑을 부수러 간대."

"좋았어!"

인수의 말에 모두들 흥분된 목소리로 외쳤다.

"그럼 둘이 숨어 지낼 곳이 필요하겠네? 우리들 집은 위험하니까 안 되고, 은우 언니네 인권단체도 감시가 심할 테고……."

신지가 이마를 찌푸리며 말끝을 흐렸다.

"소병은 선생님 출판사는 어떨까? 단독주택을 개조해서 사무실로 쓰고 있던데, 방이 여러 개더라."

세나가 끼어들었다.

"거기가 딱이다. 저쪽에서도 우리하고 소병은 선생님 출판사를 연결 짓긴 어려울 거야. 출판사니까 사람이 드나든다고 의심받을 리도 없고. 그런데 선생님이 허락해 주실까?"

신지가 세나를 돌아보았다.

"그런 건 염려 마. 소병은 선생님만큼 확실한 우리 편도 없어."

세나가 자신 있다는 듯 말했다.

"그럼 선생님께 부탁드리는 건 세나 너한테 맡길게. 가만, 그러고 보니 시간이 별로 없네? 세나 너 조퇴라도 해야겠다."

신지가 묻듯이 세나를 보았다.

"그러지 뭐."

"담탱이 올 때 다 되었으니까, 빨리 아픈 척해."

인수가 끼어들었다.

"그런데 말야, '돈다' 님한테서 행운의 편지가 두 개나 왔어."

지만이 말하며 프린트한 종이 두 장을 내놓았다.

"어디 봐."

인수가 낚아채듯이 종이를 가져갔다.

행운의 편지 98-101-49-92-5-28-7-6-9-69-19-20 호

여기 썩어 바스러진 침엽수 그루터기가 그냥 완료된 한 생의 끝일뿐이라고 생각하지 마세요 썩은 그루터기는 비와 함께 단단한 땅에 스미어 무수히 흙에 묻힌 씨앗의 움을 투명한 아침 대기 속으로 밀어 올려나니 생명의 새로운 단계는 그렇게 시작되고 전개되는 것입니다 그대의 행운도 이와 같이 무성해지리니 그 행운은 오직 그대를 위한 것

행운의 편지 6-8-11-10-4-64-35-61 호

겨울 여명의 바람이 바스러진 낙엽들을 잊고 있던 편지 조
각처럼 날려면 잊었던 사랑의 추억처럼 첫눈의 성긴 눈송이
들이 시나브로 흩날릴니다 그 첫눈처럼 신선한 행운이 그대
에게 이르기를 바라니 이 편지는 그대만을 위한 것

"작전 단계 바이러스 침투 완료? 바이러스명 신의 눈?"

인수가 종이를 들여다보며 중얼거렸다.

"'트로이의 목마' 작전이 바이러스 침투 완료 단계에 이르렀고
그 바이러스의 이름이 '신의 눈'이라는 거야."

지만이 토를 달았다.

"이 말들만 가지고는 도무지 뭘 뜻하는지 알 수가 없잖아?"

세나가 인수에게서 종이를 받아 들고 고개를 갸웃거렸다.

"뭐, 저쪽에서 지하도시로 치고 들어오는 건 이미 정해져 있는
건데 작전명이니 작전 단계니 하는 거 알아서 뭐해? 신경 쓰지
마. 괜히 머리만 복잡해져."

인수가 지만에게 지청구라도 주듯이 말했다.

"아니야, 뭔가 중요한 뜻이 있어. 내가 꼭 알아내고 말 거야."

지만은 좀 볼이 부은 소리를 했다.

"어쨌든 '지하도시 통신'에 전해 주긴 해야지."

신지가 종이를 인수에게 건넸다.

기우는 세면대에 머리를 박고 머리칼에 남은 비눗물을 씻어 냈다. 수도관이 낡아서 그런지 물이 감질나게 나왔다. 젖은 머리를 수건으로 문질렀다. 뿌연 거울 안에 화장실 내부가 비쳐 보였다. 지하철 공중 화장실로 쓰이던 곳이라 넓은 데다, 깨진 변기들이 여기저기 널려 있어 횅뎅그렁했다. 그 위에 성에처럼 희뿌연 거울의 얼룩이 덧씌워져 있다. 갑자기 빙하기가 닥쳐 얼음에 덮인 채 폐허가 된 건물처럼 그로테스크해 보였다.

"기-우-."

부르는 소리에 기우는 깜짝 놀라 뒤돌아보았다. 그러나 그 소리는 뒤에서 들리는 게 아니었다.

"기-우-."

거울 속을 들여다보다 기우는 그 자리에 얼어붙었다. 거울 속에 비친 기우의 모습이 어느새 그자의 모습으로 변해 있었다. 성에와 얼음에 휩싸여 있는 또 하나의 기우. 동자가 없이 검은 눈, 깊이를 알 수 없는 공허한 블랙홀. 그 블랙홀을 태워 버리고 싶은 충동이 기우의 가슴에 타올랐다. 그자는 그런 기미를 알아채기라도 한 듯 천천히 거울 속으로 멀어져 갔다.

"이카루스, 뭐 하고 있어? 빨리 녹화하고 나가야지."

팬더곰이 팔을 툭 쳤다.

"응, 이제 다 됐어."

기우는 꿈에서 깨어나듯 몽롱한 목소리로 중얼거리며 팬더곰

을 따라 화장실을 나섰다. 며칠 동안은 나타나지 않던 환각이 왜
또 시작되는 걸까?

'지하도시 통신'의 스튜디오는 스튜디오라고 할 것도 없었다.
받침대에 고정된 디지털 카메라를 마주 보는 기다란 책상 하나와
의자 몇 개가 전부였다. 골판지 계란판을 대충 붙여 놓은 방음장
치도 엉성해서 밖의 소리가 거의 다 들려왔다. 기다란 책상 뒤 벽
면에 '이카루스 통신'이라고 씌어진 도화지가 붙어 있었다. 기우
는 기다란 책상 앞에 놓인 의자로 가 앉았다. 책상 위에는 박정현
과 함께 몇 시간 동안 공들여 만든 원고가 놓여 있었다. 인터넷에
서 필요한 자료들을 검색해서 참고하기도 했다. 언뜻 생각이 나
서 소병은 선생 블로그에도 들어가 보았는데, 기대 이상으로 도
움이 되었다.
"바―방송 출연이라고 너―너무 어―얼지 마."
팬더곰이 카메라 뒤쪽에서 손가락으로 V자를 그려 보였다.
"생방송이 아니고 녹화니까 편하게 이야기해. 자, 노래 끝나면
바로 들어간다."
깨비가 카메라의 초점을 기우에게 맞추며 외쳤다. 〈태양이 빛
나는 밤에〉가 흘러나왔다.

눈을 떠 봐

저 푸른 하늘과 태양,

너는 알 거야

네 심장이 앞에 던져진 먹이만을 위해 뛰고 있지 않다는걸

아, 너는 알 거야

네 심장은 차라리 이카루스처럼 태양을 향해 날고 싶다는걸

아, 날개를 잃고 추락할지라도 날고 싶다는걸 —

눈을 떠 봐!

맨 심장을 치는 듯한 외침이 전자기타의 굉음과 함께 긴 여운을 남기며 사라졌다. 기우는 괜히 눈물이 날 것만 같았다. 깨비가 검지로 기우를 가리켰다. 이야기를 시작하라는 신호였다. 기우는 마음을 가다듬고 이야기를 시작했다.

여러분, 저는 이카루스라는 닉네임으로 여러분에게 알려져 있는 이기우입니다. 한때 '시계모자를 거부하는 아이들의 모임' 카페지기였고, 2만에 가까운 친구들과 함께 시계모자 강제 착용 조치에 대해 인권위 제소와 헌법 소원을 진행하기도 했습니다.

그 뒤에 불가피한 사정이 있긴 했습니다만 부끄럽게도 시계모자를 착용했고, 시계모자의 부작용으로 강화학교에 갔습니다. 지금은 강화학교를 탈출하고 지하도시에 와서 이렇게 여러분에게 인사를 드리고 있습니다.

여러분, 시계모자의 가장 큰 부작용이 정신분열이란 건 이미 들으셨을 겁니다. 제가 강화학교에서 겪었던 정신분열의 공포는 정말 끔찍했습니다. 어두운 밤 침대에서 눈을 뜰 때마다, 천장 가까이 떠서 나를 내려다보는 또 하나의 나를 보았습니다. 동자가 없는 검은 눈, 하얀 서릿발이 머리칼처럼 길게 자라며 툭툭 떨어져 내리는 머리. 저는 지금도 여전히 꿈속에서 그 모습을 보고, 눈을 뜨고 있을 때도 간혹 환각에 부딪칩니다.

하지만 여러분, 이런 분열의 공포가 과연 강화학교 학생들만의 것일까요? 그렇지 않습니다. 정도의 차이가 있을 뿐이지 우리들 모두가 그러한 고통을 겪고 있습니다. 이른바 열반 아이들은 학교 다니는 동안 시험 점수가 나빴다는 이유 하나로 자칫하면 평생 '너는 돌대가리야, 그러니까 고생해도 싸. 푸대접을 받아도 당연해.'라고 끊임없이 외쳐 대는 상전을 자기 안에 모시고 살아야만 합니다. 이만큼 심각한 정신분열이 어디 있습니까?

그뿐만이 아닙니다. 요즈음 정신과 상담이 유행처럼 번지고 있다는 이야기를 들었습니다. 관찰망상, 누군가 늘 자기를 감시하고 있다는 망상에 쫓기는 겁니다. 더 열심히 해야 돼! 이번엔 더 좋은 점수 받아야 돼! 늘 자기가 만든 감시자의 눈치를 보며 사는 거죠. 심리적 식인, 아예 망상 속의 감시자에게 인격이 먹혀 버리는 겁니다. 그러면 로봇처럼 누가 시키지 않는 한 아무것도 못하게 됩니다. 후천적 자폐, 감시자에게 먹히는 게 두려워서 자기 속으로 숨어 바깥으로 통하는 문을 닫아 버린 겁니다. 마음의 자살이나 마찬가지죠. 이런 것들이 정신분열보다 덜한 증상인가요?

여러분, 저는 교육에서 가장 중요한 건 배우는 우리들이 삶에 의욕을 갖게 하는 거라고 생각합니다. 아인슈타인의 머리와 지식을 가진 사람이 있다 하더라도, 자기 삶에 아무런 의욕을 가지고 있지 않다면 그 사람은 무기력해져서 아무것도 할 수 없을 겁니다.

그런데 우리가 받는 교육은 삶에 대한 의욕을 불어 넣기는커녕 우리를 정신분열과 심리적 자살로까지 내몰고 있습니다. 어떻게 이런 일이 가능한 것일까요?

옛날에는 왕을 최고신의 아들이라고 생각했습니다. 그런 시대에는 왕의 눈으로 바라보는 원근법이 모든 사람에게 받아들여져야만 했습니다. 왕에게 가까이 있는 귀족은 크고 의미 있는 존재이고, 왕으로부터 멀리 있는 평민들은 작고 무가치한 존재들이었습니다. 그리고 소실점 밖에 있는 이민족들은 존재가치조차 따지기 어려운 야만인들이었습니다. 왕의 눈으로 바라보는 하나의 공간, 하나의 시간, 하나의 가치기준을 모든 사람이 받아들여야만 했습니다. 그것은 왕과 귀족들에게는 좋았을지 몰라도 평민이나 변방의 이민족에게는 끔찍한 고통이었습니다.

만약 누군가가 스스로 신이라고 주장하며 자기의 눈으로 보는 하나의 공간, 하나의 시간, 하나의 가치기준을 모두에게 강요한다면 여러분은 미친놈이라고 비웃을 것입니다. 그런데 지금 그처럼 우스꽝스럽고 미친 짓거리가 우리의 눈앞에서 벌어지고 있지 않습니까? 여러분들이 쓰고 있는 모자 꼭대기의 시계는 여러분 모두에게 하나의 시간, 하나의 공간, 하나의 가치기준을 강요하고 있지 않은가요? 그것이 우리를 정신분열로 내몰고 있는 게 아닐까요?

만약에 신이 있다면, 무한한 숫자의 겹눈을 가진 신일 거라고 저는 생각합니다. 인간은 물론 이 세상의 모든 생명체들이 바라보는 각각의 시간과 공간, 가치가 그 겹눈 하나하나를 이루고 있겠지요. 그 천 개의 겹눈이 겹쳐져 맺는 상 안에 우리들의 아름다운 나라가 있을 것입니다. 그간 여러분과 제가 이루었던 네트워크 속에서 우리는 천 개의 겹눈을 얼핏 보았는지도 모르겠습니다.

식인종에 대해 연구한 인류학자가 있습니다. 그 학자의 말에 따르면, 식인종은 흔히 우리가 생각하듯 아무 사람이나 무턱대고 잡아먹는 게 아니라고 합니다. 사람의 고기를 먹는 건 우리로 치면 일종의 장례의식이랍니다. 식인종에겐 죽음이라는 개념이 없다고 합니다. 그래서 부모가 활동하기를 그치면 부모가 자기 몸속에 들어와 계속 살아 움직이도록 하기 위해 부모의 몸을 먹는다는 겁니다. 식인종에겐 식인이 다음 세대가 이전 세대를 잇는 방식인 셈입니다. 그렇게 보면 식인종은 우리가 생각하는 만큼 야만적이진 않은 것 같습니다.

정말로 야만적인 식인이 있다면 그건 이전 세대가 다음 세대를 먹어 치우는 식인일 것입니다. 그런데 지금 그런 야만적 식인이 벌어지고 있는 건 아닌가요? 획일적으로 강요된 기준이 우리의 마음을 전부 삼켜 버리고, 그래서 점점 더 많은 아이들이 시키는 대로 공부는 잘하지만 스스로 아무것도 할 수 없는 심리적 식인의 찌꺼기로 변해 가고 있지 않은가요?

여러분, 우리는 미래의 모든 가능성을 먹어 치우는 이 외눈박이 신의 탐욕에 너무도 지쳤습니다. 이제 천 개의 겹눈을 가진 아름다운 신을 보고 싶습니다. 천 개의 겹눈이 겹쳐져 맺는 상 안에 있는 우리들의 아름다운 나라로 가고 싶습니다. 우리 하나하나가 천 개의 겹눈을 이루는 겹눈 하나하나가 되고 싶습니다.

여러분, 이 첫 번째 '이카루스 통신'이 아마도 마지막 '이카루스 통신'이 될 것 같습니다. 지금 지하도시의 입구는 모두 봉쇄되어 있고, 지하도시 진입 작전이 초읽기에 들어갔습니다. 저들은 왜 이 하찮은 인터넷 방송 하나를 없애기 위해 그런 엄청난 힘을 동원하는 것일까요? 그것은 '지하도시 통신'이 저들의 눈과는 다른 또 하나의 눈이기 때문입니다. '지하도시 통신'이 있는 한 저들의 눈은 유일한 눈일 수가 없습니다. 두 개의 눈은 천 개의 겹눈을 향한 시작입니다. 이 천 개의 겹눈을 향한 작은 시작을 여러분들의 힘으로 지켜 주십시오.

시계모자를 벗고 눈을 뜨십시오. 그것이 천 개의 겹눈을 향한 시작입니다. 여러분이 뜨는 작은 겹눈 하나 속에 우리들의 아름다운 나라가 있습니다. 그 속에 이카루스는 죽지 않고 끊임없이 날개를 펼칠 것입니다.

기우의 말이 끝나자 다시 〈태양이 빛나는 밤에〉가 흘러나왔다.

눈을 떠 봐,
저 푸른 하늘과 태양,
너는 알 거야
네 심장이 앞에 던져진 먹이만을 위해 뛰고 있지 않다는 걸
아, 너는 알 거야
네 심장은 차라리 이카루스처럼 태양을 향해 날고 싶다는 걸
아, 날개를 잃고 추락할지라도 날고 싶다는 걸—
눈을 떠 봐!

"좋았어. 네 말 끝나면 그간의 상황을 알리는 동영상이 들어가도록 편집할 거다. 이렇게 보내려니 섭섭하다만, 중요한 일을 하러 가는 거니까……. 여기 일은 걱정 말고 가거라."
깨비가 기우의 어깨를 툭툭 치며 웃어 보였다. 그러고는 팬더곰하고도 악수를 했다.

"시간이 거의 다 되어 간다. 가자."

박정현이 재촉을 했다. 기우와 팬더곰은 박정현을 따라 스튜디오를 나섰다.

19
제논의 화살

 기우는 공중 화장실 근처 벤치에 앉아 공원 입구 쪽을 살폈다. 여섯 시 조금 안 되어 은색 지프가 멈춰서고 인수가 내리는 게 보였다. 인수가 공중 화장실 근처로 왔을 때 기우는 산책로로 나가 앞서 걷기 시작했다.

 "따라와."

 인수는 기우를 따라 공중 화장실로 들어갔다. 키가 작은 편이고 얼굴도 눈도 둥근 남자애가 기다리고 있었다. 팬더곰인 모양이었다.

 "인사는 나중에 하고, 옷부터 갈아입자."

 기우가 말하며 손을 내밀었다. 인수가 등에 지고 있던 배낭에서 옷을 꺼내 기우와 팬더곰에게 건넸다.

　기우와 인수, 팬더곰은 비밀통로가 있는 동산을 한 바퀴 천천히 돈 다음 공원 입구로 갔다. 차창을 내린 채 담배를 피우고 있던 소병은 선생이 차에 시동을 걸었다.

　"기우야, 그동안 고생 많았지? 자네가 팬더곰인가? 자네도 고생 많았네."

　소병은 선생이 백미러로 뒤쪽을 살피며 아는 체를 했다.

　"패-팬더곰은 지-지하도시에서 부르는 이-이름이고요, 보-본래 이름은 기-김민흡니다."

　팬더곰이 더듬거리며 토를 달았다. 소병은 선생이 팬더곰을 새삼 흘끗 보았다.

　"그렇군. 고향은 어딘가?"

　"겨-경북 아-안동요."

　팬더곰이 얼굴을 살짝 일그러뜨리며 말했다.

　"양반 동네로군. 그 동네 참 보수적이지."

　소병은 선생이 혼잣말처럼 중얼거렸다.

　팬더곰은 말없이 차창 밖을 보았다. 고향 얘기가 나올 때마다 팬더곰은 가슴 한구석이 썩어 들어가는 것만 같았다. 그 썩어 들어가는 가슴 한구석엔 늘 풀에 뒤덮인 엄마의 초라한 무덤이 있었다. 엄마는 베트남 여자였다. 팬더곰의 기억 속엔 언제나 주눅

242

든 얼굴로 바삐 일하고 있는 엄마의 모습밖에 남아 있지 않았다. 엄마는 죽을 때까지 우리말을 잘 못했다. 할머니가 남부끄럽다고 마을사람들과 어울리지 못하게 했기 때문이었다. 엄마가 그래서였는지 팬더곰도 초등학교에 입학할 때까지 우리말을 제대로 하질 못했고, 때문에 아이들의 놀림과 따돌림을 받았다. 할머니는 그 모든 것을 엄마의 탓으로 돌렸다. 팬더곰은 할머니와 마찬가지로 엄마를 원망하면서도 마음 한구석에 그만큼 엄마에 대한 죄의식이 쌓여갔다. 말더듬이 시작된 것은 그 언저리 어디쯤부터였다. 팬더곰이 중학교 진학을 위해 도시의 작은아버지 집으로 간 해 엄마는 죽었다. 집안 어른들은 한결같이 마치 처음부터 없었던 존재처럼 엄마를 잊을 것을 요구했다. 팬더곰도 그때는 엄마의 존재를 부정하고 지우려 애썼다. 엄마는 가족묘지가 있는 선산에 묻히지 못하고 공동묘지에 있는 듯 없는 듯 작은 봉분을 이루었다. 명절이 되어도 아버지는 팬더곰을 엄마의 무덤에 데려가질 않았다. 한 두어 번 공동묘지 앞을 지날 때 넌지시 잡초에 덮인 작은 봉분을 가리켰을 뿐이었다. 그런데 이상하게도 팬더곰이 강화학교에 가게 되었을 때 가장 먼저 떠오른 것은 그렇게 지워버리려 애썼던 엄마였다.

"그런데 다른 친구들은 다 어디 갔어?"

기우가 인수를 돌아보며 물었다.

"응, 네가 그 옥상에 있는 제논의 화살에 대해 알아보라고 했잖

아. 그거 알아보러들 갔지. 시간이 급하다며?"

"제논의 화살은 왜?"

소병은 선생이 끼어들었다.

"아뇨. 그냥 궁금한 게 있어서요."

기우가 얼버무렸다.

"시간이 급하다면서, 그냥은 무슨 그냥이야. 너희들 무슨 일인가 꾸미는 거냐?"

소병은 선생이 백미러로 뒷좌석을 보며 웃었다.

"무슨 일이라뇨? 저희들이 뭘 할 수 있다고 그러세요?"

인수가 오리발을 내밀었다.

차는 주택가 입구에 멈추어 섰다. 햇볕 출판사는 차도를 끼고 있는 이층짜리 단독주택에 있었다. 일층은 사무실로 쓰고 이층은 소병은 선생이 살림집으로 쓰고 있었다. 살림이래 봐야 총각 살림이라서 썰렁했다. 소병은 선생은 일부러 준비를 한 건지, 1인용 침대 두 개가 놓인 구석방을 기우와 팬더곰에게 내주었다.

"어이구, 이렇게 편안한 잠자리가 도대체 얼마 만이냐?"

샤워를 하고 나온 기우가 침대에 털썩 몸을 던졌다. 깨끗한 냄새, 푹신푹신하고 부드러운 감촉. 몸이 침대 속으로 녹아 들어가는 것만 같았다.

진이는 아파트 단지 놀이터로 갔다. 준이가 먼저 와 그네 위에 앉아 있었다. 진이는 웃으려 했지만, 좀처럼 굳어진 표정이 풀리지를 않았다. 학교에서 신지를 만난 뒤부터 그랬다.

"학교 끝나고 소병은 선생님 출판사로 와. 내일쯤 행동에 옮길 것 같아."

신지가 등 뒤에서 속삭이듯 하던 말이 여전히 머릿속에 울리고 있었다. 준이가 진이의 얼굴을 힐끗 올려다보았다.

"정말 중앙 시계탑을 부수러 가는 거야?"

준이의 표정도 굳어 있었다.

"응, 내일. 저쪽에서 곧 지하도시로 치고 들어올 거 같아서 더 미룰 수가 없어. 전에 얘기한 건 잘 준비되었지?"

"당근이지. 꼭 그 일이 아니라도 저쪽에서 '지하도시 통신'을 건드리는 거 보면서 불끈하고 있던 애들이 많아."

"준이 넌 내일 학교 가는 대로 방송반장 만나."

"방송반장은 왜?"

"뭔가 보여 줘야 애들이 더 많이 움직일 거 아냐? 내일 종례 끝날 쯤에 '지하도시 통신' 틀어서 각반 TV 모니터로 내보내기로 했어."

"방송반장이? 걔는 집안도 빵빵하고 공부도 잘하는데 뭐 하러 그런 짓을 해?"

준이가 뜻밖이라는 듯 눈을 크게 뜨고 진이를 바라보았다.

"부잣집 애라고 고민 없고 마냥 행복하기만 할 것 같니? 걔도 강화학교 가기 일보 직전이야. 걔네 아버지가 어디 법원장인가 하잖아. 걔는 방송 전공해서 MC가 되고 싶다는데, 집에선 공부 잘하니까 무조건 법대 가라고 닦달해서 미치려고 하지. 성적이 조금만 떨어져도 아주 난리가 난대. 심리치료 같은 것도 받으러 다니고 그래."

"그래? 그런데 너도 가는 건 아니지? 그 중앙 시계탑인가 뭔가 부수러 말이야."

준이가 걱정스러운 표정으로 진이를 보았다.

"왜? 나는 가면 안 돼?"

"안 될 거야 없지만, 너네 엄마 몸도 약하시잖아. 너한테 의지하며 사는 분이고. 네가 잘못되기라도 하면 충격이 클 텐데……."

준이가 말끝을 흐렸다. 진이는 생각에 잠겨 잠시 말이 없었다.

"글쎄, 너만이 아니라 나도 들러리야. 나름대로는 그럴수록 더 열심히 해야 한다고 악을 쓰곤 했지. 하지만 요새는 자꾸 들러리인 이상 아무리 노력해도 거기서 거기라는 생각밖에 안 들어. 그래서 나중에야 어찌 되든 한번쯤은 내가 믿고 생각하는 대로 날개를 펴 보고 싶어. 안 그러면 앞으로 살아 나갈 힘이 안 생길 것 같아. 그냥 억지로 사는 것보다는, 나중에 대가를 치르더라도 그쪽이 더 낫지 않을까?"

진이가 말하며 먼 데를 보았다. 이번에는 준이가 입을 꾹 다문 채 한동안 말이 없었다.

"다른 새끼들은 내 알 바 아니고, 하여튼 내가 뭘 한다면 다 널 위해서 하는 거야."

준이가 말하고는 칵 하고 가래를 뱉었다.

"고마워."

진이는 웃어 보였지만, 왠지 눈물이 날 것 같아 황급히 돌아서서 걸음을 옮겼다.

"그런데 정말 너까지 그런 일에 끼어야 해? 너나 나 같은 애들은 이런 염병할 세상에 그냥 살아 있는 것만도 대견한 거 아니냐? 아 씨바 정말 너 같은 애가 꼭 그런 일에 끼어야 해?"

준이가 혼잣말로 투덜거리다가 마침내 빽 소리를 질렀다.

"나 자신을 위해서 하는 거야!"

진이는 돌아보지 않은 채 소리쳤다. 나 자신을 위해서? 진이는 천천히 걸으며 자문해 보았다. 늘 '애비 없는 집의 큰기집애'라는 운명처럼 주어진 이름 속에 갇혀 살아 왔다. 그런데 나이가 들면서, 한번쯤 그 틀을 깨뜨려 보지 않으면 평생을 그 이름에 끌려다니며 살아가게 되지 않을까 하는 불길한 생각이 스치곤 했다. 엄마가 많이 걱정되긴 했지만, 그 걱정보다는 지금에야말로 운명의 틀을 벗어나 보아야 한다는 의지가 더 강했다. 물론 그것만은 아니었다. 가슴 밑바닥엔 기우를 혼자 그런 곳에 보낼 수 없다는 생각이 있었다. 그런 생각을 할 때마다 가슴이 뜨거워졌다.

'엄마, 미안해. 하지만 나는 나야. 내가 그만큼 큰 거야.'

진이는 속으로 외치며 발걸음을 빨리했다.

잠이 들었던 걸까? 얼마나 오래 잤던 걸까? 기우는 까마득한 땅속 깊이에서 들려오는 소리에 눈을 떴다. 눈을 뜨는 순간 온몸이 딱딱하게 굳어 버리는 것만 같았다. 그자가 천장 가까이 떠서 동자가 없이 온통 검은 눈으로 기우를 물끄러미 내려다보고 있었다. 얼음과 서리에 휩싸여 있는 그자는 분명 또 하나의 기우였다.

'이대로 언제까지나 쫓기며 살 수는 없어!'

기우는 마음속으로 부르짖으며 몸을 억지로 일으켰다. 그자의 모습이 점점 멀어져 가기 시작했다.

'결판을 내야 해! 언제까지 이렇게 쫓고 쫓기며 살 수는 없단 말야!'

기우는 소리쳤다. 하지만 그자의 모습은 까마득히 멀어지며 사라지고, 서릿발같이 하얗게 끌리던 자취도 눈이 녹듯 지워져 버렸다. 까마득한 땅속 깊이에서 들려오는 듯한 그자의 부르는 소리만 남았다. 그런데 이상하게도 부르는 소리는 점점 커지고 있었다. 기-우- 기-우- 기-우-

"기우야, 기우야."

누군가 어깨를 잡고 흔드는 바람에 기우는 퍼뜩 정신이 들었다. 인수였다.

"무슨 악몽이라도 꾼 거야? 그런데 너 참 재주도 좋다. 어떻게 눈을 뜬 채 꿈을 꾸냐?"

인수가 고개를 흔들었다.

"으응."

기우는 애매하게 대답하며 일어나 앉았다. 그자가 부르는 환청을 털어 내기라도 하듯 머리를 흔들었다. 옆 침대에 곯아떨어져 있는 팬더곰이 눈에 들어왔다.

"다들 와 있어. 팬더곰도 깨울까?"

"곤히 자는데 그냥 둬. 나중에 내가 이야기해 주면 되지 뭐."

기우는 기지개를 켜며 인수를 따라 거실로 나갔다.

"기우야……!"

신지와 진이가 다가와 기우의 손을 잡고 울먹울먹했다. 괜히 어색하고 쑥스러운 마음에 기우는 머뭇거렸다. 진이가 잡고 있는 손이 유독 따뜻하게 느껴졌다.

"이제 됐어."

세나가 기우의 등을 두드리며 환하게 웃었다. 지만은 여자애들 뒤편에서 기우를 보며 빙그레 웃고 있었다. 기우가 다가가서는 갑자기 지만의 머리를 옆구리에 끼고 헤드록을 가했다. 지만이 비명을 질렀다.

"뭐야? 지금 한번 해보자는 거야?"

인수가 소리치며 기우와 지만을 덮쳤다. 그 바람에 셋이 모두

바닥에 넘어졌다. 셋은 넘어진 채로 엎치락뒤치락하다가 힘이 빠져 천장을 보고 누웠다. 누가 먼저랄 것도 없이 하하 웃기 시작했다. 너무 웃어 기침이 나올 때까지 웃었다. 여자애들도 따라서 깔깔댔다.

"이렇게 전부 모이는 게 도대체 얼마 만이야? 유리 빼고 다 모였네?"

기우가 일어나 앉으며 아이들을 빙 둘러보았다. 모두들 서로의 얼굴을 보며 빙글빙글 웃었다.

"이제 진이가 있으니까, 다 모인 거야."

신지가 진이의 어깨에 팔을 두르며 아이들을 둘러보았다.

"그럼 진이도 이제 특수반 하는 거지?"

인수가 나섰다.

"좋아."

진이의 시원한 대답에 모두들 웃었다.

"그건 그거고, 시간이 급한데 계획을 짜야지."

세나가 정색을 하고 말했다.

"그래, 저쪽에서 언제 지하도시로 치고 들어올지 모르는데 이러고 있으면 안 되지. 시계행동과학연구원에 대해서 뭐 좀 알아냈어?"

기우가 신지 쪽을 보았다.

"응, 은우 언니한테 부탁해서 둘마 씨한테 연락하고 지만이랑

같이 갔다 왔어. 둘마 씨한테 부탁드린 대로 손가락 아저씨도 와 계시더라. 관광객들이 시계행동과학연구원에 들어가면 우선 시청각 자료실에서 30분 동안 시계모자 시스템을 설명하는 동영상을 본대. 그리고 30분 동안 시계모자를 직접 체험하는 시간을 갖고 시계탑이 있는 옥상을 둘러본대. 관광코스는 그게 전부야."

신지가 말했다.

"관광객들 신분증 확인 같은 건 안 한대?"

기우가 무언가를 생각하는 듯 눈썹을 모으며 물었다.

"응. 애초에 학생이나 직장인같이 신원이 확실한 단체 관광객들이니까, 여행사에서 사전에 통보한 인원과 맞는지 정도만 확인하나 봐. 몇 명 정도 끼워서 들여보내는 건 어렵지 않다고 하시던데. 마침 내일 견학하는 학생 단체가 있는데, 오늘 인원을 통보해야 한다고 해서 우리는 여섯 명 갈 거라고 했어. 내일 해 뜨는 8시에 '아세안 투어' 사무실 앞으로 오래."

"와! 그래?"

신지의 말에 인수가 반색을 했다.

"하지만 들어갈 때 검색대를 통과해야 하고 소지품 검사를 까다롭게 한대. 그래서 관광객들이 아예 모든 소지품을 맡기고 들어갔다가 나올 때 찾는대. 게다가 관광하는 동안 안내원 겸 감시원이 여럿 따라붙는대. 그러니까 시계를 부술 도구를 갖고 들어갈 수는 없어. 그럼 안에서 도구를 구할 수밖에 없는데, 현재로서는 쓸 만한 도구가 옥상에 설치된 제논의 화살밖에 없어."

지만이 끼어들었다.

"에이 씨. 하여튼 지만이 넌 김새게 하는 데는 천부적 소질을 가지고 있다, 응."

인수가 투덜거리자 아이들이 웃었다.

"그 시계모자는? 시청각자료실에서 나누어 주는 시계모자는 옥상에도 가지고 올라간대?"

기우가 신지를 쳐다보았다.

"그건 모르겠는데⋯⋯. 한번 물어볼게."

신지가 작은 수첩에 기록을 하며 말했다.

"근데 그 제논의 화살도 쓸모가 있을지는 미지수야. 손가락 아저씨 말씀은, 관광객들이 대부분 시계모자 시스템엔 별 관심이 없고 엉뚱하게 제논의 화살 조형물을 만든 기술에 관심을 갖는다는 거야. 그래서 그 조형물에 대한 안내를 꽤 친절하게 하는 모양이야. 정부에서는 그렇게라도 관심을 끌어 시계모자 시스템을 팔아 보려는 생각이겠지. 그 조형물에 달린 마이크를 보여 주며 여기에 대고 무슨 말을 하면 화살이 발사된다는 것까지 설명을 한대. 하지만 그게 실제로 발사될 수 있는지는 모르신대. 또 화살이 시계 쪽을 향하고는 있다는데 정확하게 어디로 날아갈지는 아무도 알 수 없지. 시계를 향해 날아간다 하더라도, 철판을 뚫고 박힐 정도의 힘이 있을지도 알 수가 없고."

지만이 손에 든 수첩을 톡톡 두드리며 말했다.

"지만이가 걱정하는 것 중 두 가지는 문제가 안 돼. 내가 얘기 안 했던 게 있어. 시계행동과학연구원이 본래 ㅎ대학 건물이잖아. 예전엔 꼭대기 층에 통합과학연구원이 있었는데, 제논의 화살 조형물은 연구원 출범 기념으로 만든 거고 우리 아빠도 그걸 만드는 데 참여했대. 그렇지만 통합과학연구원이 해체되고 그 건물을 교육시계부에서 쓰면서 없애 버렸거니 했는데, 얼마 전에 갑자기 연락이 왔대. 그 조형물을 시험 가동해 보려고 하니까 도와 달라고. 지금 들어보니 아시아권 관광객들이 관심을 가지니까 그런 모양이네? 하여튼 옥상의 시계 앞쪽에 철판으로 된 과녁을 세우고 시험 가동을 했다니까, 그 화살이 얇은 철판 정도는 뚫을 힘이 있는 게 확실해. 시계를 향하고 있는 것도 확실하고. 그보다는 평소에도 화살이 발사될 수 있는 상태일지가 문제야. 발사될 수 없도록 부속을 빼 놓았거나 아니면 안전장치를 이중 삼중으로 해 놓았을 것 같은데?"

세나였다.

"안전장치를 이중 삼중으로 해 놓았으면 좋겠다."

기우가 중얼거렸다.

"그게 무슨 소리야?"

인수가 따지듯이 기우를 돌아보았다.

"발사될 수 없도록 부속을 빼 놓았으면 안전장치를 할 필요가 없잖아. 안전장치를 이중 삼중으로 해 놓았다는 건 발사될 수 있다는 거니까 그편이 낫지."

기우의 말에 인수가 납득했다는 듯 고개를 끄덕였다.

"얘기만 할 게 아니라 지금 확인을 해 보지 뭐, 손가락 아저씨 명함도 받아 왔는데."

신지가 손전화를 꺼내며 계단 쪽으로 갔다.

"참, 내일 가는 인원을 일곱 명으로 바꿀 순 없어? 나도 갔으면 좋겠는데……."

진이가 신지의 등에 대고 말했다.

"너도 간다고? 학교 쪽은 너 없어도 상관없어?"

신지가 뒤돌아보았다. 기우가 진이를 가만히 바라보고 있었다.

"응, 괜찮아."

신지는 진이를 잠시 쳐다보았다. 기우와 함께하고 싶은 진이의 마음을 알고, 질투와 동시에 묘한 부러움을 느꼈다.

"그래, 가능한지 한번 여쭤 볼게."

신지가 뒤돌아서 가며 다시 손전화의 번호판을 눌렀다.

"그런데 참, 손가락 아저씨 말씀이 좀 이상하더라?"

지만이 고개를 갸웃거리며 기우를 건너다보았다.

"뭐가?"

"너희한테 임무를 맡겼으면 걱정이 아저씨가 당연히 귀띔해 두

셨을 줄 알았는데, 너희가 중앙 시계탑 부수기로 한 거 전혀 모르시는 눈치던데? 그냥 구경이나, 기껏해야 염탐하러 오는 줄 아시더라."

"그래? 정말 이상하네?"

기우가 고개를 갸웃거렸다.

"이-이상할 거 없-어. 애-애초에 아-아저씨는 우릴 내-내보내려고 하-하셨던 거야. 시-시계탑 부-부수려던 게 아-아니라."

언제 나왔는지, 팬더곰이 뒤에 서 있었다.

"그럼, 우리더러 피하라고 하면 안 나갈 것 같으니까 임무를 맡기는 척하셨단 말이야?"

"그-그래. 내-내가 아-아저씨를 잘 알-알아. 충-충분히 그-그러실 분-분이야."

기우는 콧마루가 찡했다. 저쪽에서 치고 들어올 때를 초조하게 기다리고 있을 꺽정이 아저씨와 정현이 형의 모습이 떠올랐다. 다른 형들의 얼굴도 주마등처럼 머리를 스치고 지나갔다.

"그런데 왜 나한테 안 말해 줬어?"

"우-우리는 그-그냥 시-시계탑 부-부수면 돼."

팬더곰이 눈을 빛내며 기우를 바라보았다.

"그래, 이건 우리 일이야. 우리끼리 해 내면 돼."

인수가 끼어들었다.

"진이야, 일곱 명으로 통보하겠대."

신지의 말에 진이의 얼굴이 환해졌다.

"그런데……. 이 친구가 팬더곰이야?"

신지가 팬더곰을 쳐다보았다.

"아 참, 인사해. 나보다 조금 먼저 '지하도시 통신'에 온 선배 팬더곰이야."

"패–팬더곰은 닉네임이고 이–이름은 기–김민호야."

모두들 팬더곰과 인사를 나누었다.

"그래, 어떤 안전장치들이 있나 알아냈어?"

기우가 신지를 쳐다보았다.

"응, 우선 마이크와 조작 버튼은 덮개가 있고 평소엔 자물쇠로 잠가 놓는대. 연구원 사람이 관광객들에게 설명할 때만 잠깐 덮개를 여는 거지. 그리고 시계 앞쪽에 철판으로 된 이동식 과녁이 놓여 있대. 과녁 받침대가 쇠파이프로 만든 바리케이드 같아서 꽤 무거워 보인다던데. 그리고 참, 시계모자는 옥상에선 쓰진 않는데 가지고 다니다가 나갈 때 반납한대."

"이동식 과녁에 혹시 작은 바퀴 같은 게 달려 있진 않을까?"

기우가 물었다.

"그런 것까지는 못 물어봤어."

신지가 고개를 흔들었다.

"자, 이게 옥상이야……."

기우가 종이에 시계행동과학연구원 옥상의 약도를 그렸다.

"안내원이 설명을 하려고 덮개를 열 때 과녁 받침대를 밀어서 치워야 돼. 그와 동시에 우리 중 한 명이 마이크에 대고 화살이 발사되게 하는 말을 외쳐야 돼. 그러면 화살이 시계 뒷면 철판에 날아가 박힐 텐데, 아마 철판을 뚫고 살짝 박히는 정돌 거야. 그때쯤이면 감시원들이 달려들겠지. 그 사람들을 막아 내면서 우리 중 하나가 화살을 시계모자로 두드려 박아야 돼. 그런데 화살을 박아 넣으면 시계가 작동을 멈추기는 할까?"

기우가 대답을 구하듯 지만을 돌아보았다.

"그 시계는 아주 정밀한 고도의 전자장치니까 전자칩이 많이 들어 있을 거야. 화살이 전자칩 몇 개만 깨뜨리면 충분해. 작동을 멈출 거야."

"그런데 그 화살을 발사되게 하는 말이 뭐였지?"

인수가 누구에게랄 것도 없이 물었다.

"'흐르는 시간은 나눌 수 없다.' 제논의 역설을 반박하는 핵심 논거지. 누가 마이크에 대고 외치게 될지 모르니까, 모두 잘 외워 둬."

세나가 아이들을 휘 둘러보며 말했다.

"흐르는 시간은 나눌 수 없다?"

인수가 중얼거렸다.

"이 녀석들, 무슨 작당을 하고 있는 거야?"

어느새 나타났는지 소병은 선생이 신지 뒤에 서서 옥상 약도가 그려진 종이를 내려다보고 있었다.

"작당은요, 무슨. 게임하고 있는 거예요."

인수가 빙글거리며 소병은 선생을 올려다보았다.

"게임? 그건 그렇고, 너희들 빨리 인터넷 들어가 봐라."

"인터넷은 왜요?"

세나가 의아한 눈으로 소병은 선생을 보았다.

"인터넷이 온통 기우로 도배가 됐어. '이카루스 통신'이 엄청난 속도로 퍼져 나가고 있는데?"

"이카루스 통신?"

신지가 눈을 크게 뜨고 기우를 보았다.

"응, 지하도시에서 나오기 직전 녹화했는데 벌써 많이 퍼졌나 봐. 지만아, 컴퓨터 한번 켜 봐."

아이들이 거실 구석의 컴퓨터 책상으로 우 몰려갔다.

"그런데 기우 너 내 블로그에 많이 놀러 온 것 같더라?"

소병은 선생이 웃으며 기우의 등을 툭 쳤다.

"죄송해요. 선생님 블로그에 있는 글들이 무척 많은 도움이 되었어요."

기우가 뒷머리를 긁으며 소병은 선생을 돌아보았다.

"농담이야. 그런 데 쓰라고 올려놓은 건데 뭐. 근데 너희들 뭐 좀 먹어야지? 자장면 우동 짬뽕 적당히 시킨다?"

소병은 선생이 계단 쪽으로 가며 물었다.

"뭐 탕수육 하나쯤 더 시키시면 안 잡아먹을 것 같은데요."

인수가 한마디 했다.

"허 녀석, 알았다."

소병은 선생이 웃으며 계단을 내려갔다.

아이들은 컴퓨터 화면을 뚫어져라 보고 있었다. '이카루스 통신'이란 자막과 함께 〈태양이 빛나는 밤에〉가 흘러나왔다. 그리고 이어 기우의 이야기가 시작되었다. 아이들은 숨소리 하나 없이 귀를 기울였다.

정말로 야만적인 식인이 있다면 그건 이전 세대가 다음 세대를 먹어 치우는 식인일 것입니다. 그런데 지금 그런 야만적 식인이 벌어지고 있는 건 아닌가요? 획일적으로 강요된 기준이 우리의 마음을 전부 삼켜 버리고, 그래서 점점 더 많은 아이들이 시키는 대로 공부는 잘하지만 스스로 아무것도 할 수 없는 심리적 식인의 찌꺼기로 변해 가고 있지 않은가요?

여러분, 우리는 미래의 모든 가능성을 먹어 치우는 이 외눈박이 신의 탐욕에 너무도 지쳤습니다. 이제 천 개의 겹눈을 가진 아름다운 신을 보고 싶습니다. 천 개의 겹눈이 겹쳐져 맺는 상 안에 있는 우리들의 아름다운 나라로 가고 싶습니다. 우리 하나하나가 천 개의 겹눈을 이루는 겹눈 하나하나가 되고 싶습니다.

"외눈박이 신은 지겨워!"

신지가 외쳤다.

"식인종은 지겨워!"

인수가 외쳤다.

"천 개의 겹눈을 가진 신을 만나고 싶어!"

세나가 외쳤다.

"천 개의 겹눈 속 아름다운 나라로 갈 거야!"

진이가 외쳤다.

"우리들의 나라로 갈 거야!"

지만이 외쳤다.

"도-동감!"

팬더곰이 외치는 소리에 아이들이 와아 웃음을 터뜨렸다. 아이들은 웃으며 서로를 끌어안고 펄쩍펄쩍 뛰었다.

20
우리들의 아름다운 나라

"와! 이거 장난이 아닌데? 조회 수도 엄청나고, 무진장 빠른 속도로 퍼져 나가고 있어요."

아드레날린이 꺽정이 아저씨와 박정현을 돌아보며 소리쳤다.

"뭐가 그렇게 퍼져 나가는데……."

꺽정이 아저씨가, 알면서도 놀리느라 일부러 어깃장을 놓았다.

"아이, 뭐긴 뭐예요? '이카루스 통신'이죠. 이럴 줄 알았으면 좀더 일찍 만들어 띄우는 건데 그랬네."

아드레날린이 투덜거리듯이 말했다.

"'이카루스 통신'이 그렇게 퍼져 나가면, 저쪽에서도 금방 치고 들어올 거야. 깨비, 출입구 상황은 어때? 별 변화 없어?"

"지금 막 시위대 뒤쪽으로 닭장차들이 들어오고 있어요. 시위대가 불어나니까 병력을 증강시키는 것 같은데요?"

깨비가 컴퓨터 화면에 눈을 준 채 말했다. 컴퓨터에는 네 개의 출입구 영상이 한꺼번에 떠 있었다.

"그래?"

꺽정이 아저씨와 박정현, 아드레날린이 컴퓨터 앞으로 몰려들었다. 네 개의 출입구 상황은 비슷했다. 출입구를 닭장차들이 막았고, 그 앞에 전경들이 방패와 곤봉을 들고 여러 겹으로 서 있었다. 시위대들이 전경 대열을 둘러싸고 도로를 메워 전경들이 시위대에 포위당한 꼴이었다. 시위대 뒤쪽으로 더 많은 닭장차들이 줄줄이 들어오는 게 보였다. 닭장차들이 멈추어 서자, 시계모자가 달린 은빛 헬멧을 쓰고 둥근 방패를 든 경찰들이 내렸다.

"어? 에일리언이야!"

아드레날린이 비명처럼 소리를 질렀다. 에일리언은 진압과 체포를 전담하는 경찰 특수부대를 말했다. 은빛으로 번쩍거리는 헬멧을 쓰고 있어서 붙여진 별명이었다.

"자식들, 이 좁고 컴컴한 지하에 에일리언을 투입해서 어쩌자는 거야? 사상자가 나든 말든 신경을 쓰지 않겠다는 거 같은데? 우리도 준비를 해야겠다."

무전기를 집어 드는 꺽정이 아저씨의 얼굴이 굳어 있었다.

"3번 출입구, 4번 출입구 대답하라 이상."

지하도시 지휘부에서 좌측으로 가까이 있는 출입구가 1번 출입구고, 멀리 있는 출입구가 3번 출입구였다. 우측으로 가까이 있는 출입구는 2번 출입구, 멀리 있는 출입구가 4번 출입구였다.

"3번 출입구다 이상."

"4번 출입구다 이상."

"에일리언들이 곧 지하도시로 진입할 것 같다. 3번, 4번 출입구 아우들은 각각 1번, 2번 출입구에 있는 제1방어선 바리케이드로 이동하라 이상."

"3번 출입구 알았다 이상."

"4번 출입구 알았다 이상."

진압이 시작되면 3번, 4번 출입구는 포기하고 1번, 2번 출입구에 인원을 집중하도록 계획이 세워진 터였다. 거기 제1방어선의 바리케이드가 구축되어 있었다. 제2방어선의 바리케이드는 1번, 2번 출입구와 지하도시 지휘부 사이 중간쯤이었다. 비밀통로는 1번 출입구 쪽 제2방어선 바로 바깥에 있었다.

껵정이 아저씨는 무전기를 내려놓고 컴퓨터 화면을 들여다보았다. 에일리언들이 시위대 뒤쪽에서 대열을 정비하고 있었다.

"지금이 마지막 기회다. 너희들은 비밀통로를 통해 밖으로 빠져나가라. 너희들이 할 일은 이미 다 한 거다."

껵정이 아저씨가 정색하며 박정현을 돌아보았다.

"우리가 할 일은 '지하도시 통신' 사무실에 에일리언이 진입하는 마지막 순간까지를 찍어서 인터넷에 올리는 거예요. 우리도 끝까지 여기 남습니다."

박정현이 단호하게 말했다.

"네 생각만 할 게 아니라 애들 생각도 해야지."

꺽정이 아저씨가 타이르듯이 말했다.

"아드레날린, 깨비, 애들 모두 이리 모이라고 해!"

박정현이 소리쳤다. 꺽정이 아저씨가 의아한 표정으로 박정현을 쳐다보았다. 얼마 지나지 않아 열 명 남짓의 아이들이 모여들었다.

"지금이 여기를 빠져나갈 마지막 기회다. 조금 있으면 에일리언들이 지하도시로 치고 들어올 거야. 나갈 사람은 지금 말해. 나가는 게 부끄러운 것도 아니고, 아무도 뭐라고 하지 않아."

아무도 나서지 않았다. 다들 올 것이 왔다는 듯 덤덤한 표정이었다.

"알았다. 그러면 이제 우리가 할 일을 하자. 아드레날린하고 피터팬, 너희들은 발이 빠르니까 각각 1번 출구와 2번 출구를 맡아서 동영상을 찍어 보내. '지하도시 통신' 사무실은 나하고 깨비가 맡지. 나머지는 반씩 나누어 부상당한 분들을 모셔 오고 응급처치를 하도록. 자, 지금부터 각자 맡은 곳으로 이동한다. 서둘러!"

박정현의 말에 아이들이 바짝 긴장한 표정으로 바쁘게 흩어져

갔다.

"고맙다, 애들아. 몸조심해라."

꺽정이 아저씨가 아이들의 등 뒤에다 대고 큰 소리로 외쳤다.
그러고는 돌아서더니 아무 말 없이 박정현의 어깨를 두드렸다.

기우와 팬더곰을 태운 소병은 선생의 차는 '아세안 투어' 사무
실 못미처 사거리에서 멈췄다. 동남아 관광객들이 흔히 입는 캐
주얼 복장의 팬더곰은 오히려 한국 사람이라는 게 안 믿어질 만
큼 그럴듯했다. 기우는 같은 차림에 야구 모자를 눌러쓰고 있었
다. 기우와 팬더곰이 '아세안 투어' 사무실 가까이로 걸어가자 길
가에 서 있는 관광버스가 보였다. 관광버스 옆 인도에서 초조하
게 이쪽저쪽을 보고 있던 신지가 기우와 팬더곰을 보고 활짝 웃
었다.

"어서 와. 두 사람이 한 조로 관광객들 사이에 섞여 앉으래. 근
데 기우 너 얼굴이 안 좋아 보인다? 어디 아파?"

신지가 작은 소리로 물었다.

"조금."

기우는 웃어 보이려 했지만 웃을 수가 없었다. 좀 전에 침대에
서 눈을 뜰 때부터, 두 가지 영상이 겹쳐서 녹화된 비디오테이프

처럼 현실과 환각이 계속 교차하고 있었다.

기우와 팬더곰은 중간쯤의 빈 좌석에 가서 앉았다. 군데군데 끼어 앉은 특수반 아이들이 보였다. 오른손 검지가 없는 안내원이 올라타고 버스가 출발했다. 안내원이 마이크를 잡고 이야기를 했지만, 알아들을 수가 없었다. 하지만 '베트남' '사이공' '하노이' 같은 말이 나오는 걸로 봐서 관광객들은 베트남 학생들인 모양이었다. 팬더곰은 베트남 말을 거의 몰랐지만 괜히 눈물이 찔끔 나왔다. 팬더곰의 엄마는 베트남의 '탐낭'이라는 농촌 마을 출신이었다. 팬더곰이 어렸을 때, 엄마는 할머니 때문이었는지 자주 뒷마당 구석에 쪼그리고 앉아 울었다. 팬더곰이 다가가면 꼭 끌어안으면서 흐느껴 말했다.

"탐낭 비엣남 라 꾸에 흐엉 꿔 또이! 탐낭 비엣남 라 꾸에 흐엉 꿔 또이!"

내 고향은 베트남 탐낭이란 뜻이었다. 엄마는 고향의 친정집에 가 보고 싶어 했지만, 끝내 그러지 못하고 죽었다.

20분쯤 지나자 차창 너머로 숲 속에 솟아 있는 시계행동과학연구원 건물이 눈에 들어왔다. 버스는 연구원의 닫힌 정문 앞에 멈추어 섰다. 청원경찰이 서류를 들고 버스에 올라 뒤로 가면서 사람의 숫자를 세어 맞나 확인했다. 버스는 건물 뒤편 후문 앞에서 사람들을 내려놓고 주차장으로 갔다. 문을 들어서자 소지품 보관소가 나왔다. 소지품을 건네면 직원이 번호표를 주었다. 팬더곰은 기우와 함께 줄을 섰다. 그런데 기우가 이상했다. 줄을 서지 않고 자꾸 검색대가 있는 건물 안쪽을 바라보며 그리로 가려고 했다. 팬더곰은 기우의 손을 꼭 잡고, 기우의 주머니를 뒤져 소지품도 대신 꺼내 주었다.

소지품을 다 맡긴 터라 검색대 통과 절차는 간단했다. 기계에서 경고음이 나는 경우만 더 조사를 했다. 검색대는 한 사람씩 지나가야 해서 팬더곰은 기우의 손을 놓았다. 기우는 검색대를 통과하자마자 엘리베이터 쪽으로 가고 있었다. 팬더곰은 얼른 검색대를 지나 기우를 쫓아갔다. 손을 잡기만 하면 기우는 억지로 뿌리치려 하진 않았다. 팬더곰은 검색대를 통과한 관광객들이 모여 있는 쪽으로 기우를 데리고 갔다.

"기우야, 큰일 났어. 신지, 세나, 지만, 인수 모두 잡혀 가고 있어. 손가락 아저씨도."

얼굴이 하얘진 진이가 기우에게 다가와 속삭이듯 말했다. 팬더곰은 진이가 돌아보는 쪽을 보았다. 청원경찰 두 명이 아이들 앞뒤로 서고, 그 뒤로 청원경찰 한 명이 안내원을 데려가고 있었다. 윗도리를 말아서 가리고 있었지만, 두 손을 앞으로 모은 걸 보니 수갑까지 채운 듯했다.

"저-정말 크-큰일이네. 기-기우도 이-이상해. 다-다시 화-환각 상태에 빠-빠진 것 같아. 아-아무것도 못 아-알아들어."

팬더곰이 소곤거렸다.

"뭐? 그럼 어떡해?"

"어-어떡하긴? 우-우리끼리라도 해-해야지."

팬더곰이 단호하게 말했다.

안내원을 잃고 웅성거리던 관광객들이 갑자기 조용해졌다. 연구원 측에서 임시로 안내원을 배치했는지, 단정하게 차려입은 여자가 앞에서 뭐라고 외치고 있었다. 베트남 말이라 알아들을 수가 없었다.

관광객들이 임시 안내원을 따라 시청각 자료실로 이동을 했다. 팬더곰과 진이도 양쪽에서 기우의 손을 잡고 따라갔다. 시청각 자료실은 작은 극장처럼 되어 있었다. 잠시 안내의 말이 있고 나서 불이 꺼졌다. 시계모자 시스템에 대한 동영상이 스크린에 비춰졌다.

어둠 속에서 팬더곰은 엄마의 얼굴을 떠올려보았다. 기우의 말 중에서 가장 강하게 팬더곰의 가슴을 친 것은 원근법이란 단어였다. 외눈박이 신의 원근법에서 엄마는 소실점 밖에 있어 보이지 않는, 존재조차 주장할 수 없는 야만의 이민족이었다. 할머니도 할아버지도, 심지어는 아버지도 그러한 원근법으로 엄마를 보았고 팬더곰에게도 그렇게 보도록 요구했다. 학교에서도 알게 모르게 똑같은 요구를 했다. 양반 가문인 어디 김씨 아무개 파 12대손 민호란 이름에서, 엄마는 소실점 밖으로 지워져야만 하는 존재였다. 그래서 팬더곰도 그러한 원근법으로 엄마를 보았다. 성적이 우수하다는 소리를 들으면 들을수록 자기 속에서 엄마를 지우려 무진 애를 썼었다. 그런데 강화학교로 추락하면서부터 엄마가 점점 크게 다가오기 시작했고, 지금은 자기가 엄마를 지워 버리려 했다는 생각을 할 때마다 가슴 한구석이 썩어 들어가듯 아파 왔다.

진이는 어둠 속에서 기우의 손을 꼭 잡은 채 기우의 옆얼굴을 뚫어져라 보고 있었다. 문득 이렇게 어려운 순간에 다가오는 행복감이 간지럽게 느껴졌다. 진이는 '이카루스 통신'에서 기우가 한 말들을 떠올려보았다. 원근법이란 말이 툭 걸려 왔다. 진이는 초등학교 들어가면서부터 공부를 잘했다. 하지만 성적표나 상장을 가지고 갈 때마다 엄마는 '애비도 없는 가난한 집 기집애가······.'란 토를 달며 한숨을 폭 내쉬곤 했다. 커 가면서 진이는 엄마의 말이 무슨 의미였는지를 조금씩 깨달아야만 했다. 어쩌면 외눈박이 신의 원근법에서 진이에게 정해진 자리가 '애비도 없는 가난한 집 기집애'인지도 몰랐다. 그 자리와 진이는 아주 질기고 강한 고무줄로 묶여 있는 것만 같았다. 앞으로 나아가려 노력하면 할수록, 뒤에서 더 강하게 당기는 힘이 느껴졌다. 그런 생각들은 진이를 다른 아이들보다 훨씬 어른스럽게 만들었다. 진이는 어른스러운 게 싫었다. 그래도 그럴수록 더 노력하겠다고 마음을 먹었다. 그런데 시계모자가 등장하고부터는, 아무리 노력해도 결국엔 원래

자리로 끌려 돌아갈 수밖에 없다는 절망감이 가슴을 채웠다.

진이는 다시 기우의 옆얼굴을 보았다. 기우의 말대로, 자기만이 아픈 건 아니란 생각을 했다. 조금씩 다를 뿐이지. 외눈박이 신의 원근법 속에선 모두 영혼이 찢길 수밖에 없는지도 몰랐다. 어쩌면 기우는 그 모든 찢김을 끌어안아서 이렇게 심하게 고통받는 건지도 모른다는 생각이 들었다. 진이는 기우의 뺨에 살짝 입을 맞추었다. 가슴이 두근거리며 마음속이 따뜻해져 왔다.

'기우야. 걱정 마. 우리가 함께 해 낼 거야. 저 시계탑을 반드시 부숴 버리고 말 거야!'

진이는 마음속으로 외쳤다.

신지와 세나, 인수, 지만은 한쪽 벽면에 커다란 거울이 달린 방에 몰아넣어졌다.

"도대체 어떻게 된 거야?"

인수가 신지를 보며 물었다.

"난들 알겠니?"

신지가 짜증 섞인 목소리로 말했다.

"그 바이러스명 '신의 눈' 말이야……."

지만이 말꼬리를 길게 끌며 아이들의 눈치를 보았다.

"'신의 눈'이 뭐?"

세나가 물었다.

"그게 혹시 기우가 아닐까?"

지만은 말해 놓고는 힐끔힐끔 아이들의 눈치를 보았다.

"말도 안 되는 소리. 너 그 말 취소해."

인수가 펄쩍 뛰며 지만에게 눈을 부라렸다.

"그래. 기우가 '신의 눈'이라면 '이카루스 통신'에서 한 말은 다 거짓말이어야 하잖아. 너는 그 말들이 다 거짓말로 들리데? 그렇지 않아도 속상한데 그런 말은 꺼내지도 마."

신지는 말끝에 울먹거리기까지 했다. 인수가 다시 지만에게 뭐라고 하려는데, 문이 열리고 매처럼 눈이 매서운 남자 하나가 서류 뭉치를 갖고 들어왔다.

"너 참 똑똑하다, 그런 걸 다 추려해 낼 줄 알고. 그런데도 이곳 감시 카메라가 반시계모자 단체 인물들을 색출해 내는 건 몰랐나 보지? '지하도시 통신'은 이제 끝난 거나 마찬가지야. '지하도시 통신'을 도와주던 것들도 이번에 아주 거덜이 날 거다."

매눈이 지만을 흘깃 보며 말했다.

"자, 이건 앞으로 반드시 시계모자를 착용하겠다는 각서고, 이건 반성문 양식이다. 이걸 쓰면 내보내 준다. 너희들은 아직 학생이니까 이 정도에서 끝나는 거야."

매눈이 아이들을 차례차례 노려보았다.

"안 쓰면 어쩔 건데요?"

인수가 거칠게 받아쳤다.

"뭐 소년원으로 보내지거나 여기 강화학교에 강제 수용되겠지. 선택은 자유니까 알아서 해."

매눈이 필기도구를 탁자 위에 내려놓고는 방을 나갔다.

책상 위에 놓여 있던 무전기가 칙- 소리를 내더니, 다급한 목소리가 흘러나왔다.

"본부, 본부, 여기 비밀통로다. 에일리언이 들어오고 있다! 지원 바란다!"

걱정이 아저씨가 벌떡 일어나며 무전기를 집어 들었다.

"알았다. 조금만 버텨라 이상."

"급하다. 최루탄 때문에 버티기 힘들다. 콜록."

소리가 끊기며 무전기가 칙칙 소리를 냈다.

"정현아, 부상자 돌보는 애들 데리고 비밀통로로 가라. 최루탄 대비해!"

걱정이 아저씨의 말에 박정현이 후다닥 사무실을 뛰쳐나갔다.

"깨비, 비밀통로 쪽엔 카메라 없냐?"

"지금 켰어요. 보세요."

깨비가 떠 있는 여러 개의 화면 중 하나를 확대했다. 최루탄 연기로 가득해서 잘 보이지 않았지만, 공원과 연결된 수직통로를 통해 시커먼 형체들이 계속 내려오고 있었다. 비밀통로를 지키던 사람들은 비틀거리며 뒤로 물러나다가 화면에서 사라졌다.

"이거 안 되겠는데, 비밀통로가 뚫렸어."

걱정이 아저씨가 중얼거리며 무전기를 집어 들었다.

"여기는 본부. 1번 출구 나와라 이상."

"1번 출구다. 말하라 이상."

"비밀통로가 뚫렸다. 비밀통로 쪽 에일리언 제압하며 신속히 제2방어선으로 이동하라. 이상."

"알았다 이상."

"여기는 본부. 2번 출구 나와라 이상."

"2번 출구다. 말하라 이상."

"제1방어선 포기하고 제2방어선으로 이동하라 이상."

"알았다 이상."

걱정이 아저씨는 무전기를 내려놓고, 깨비의 컴퓨터에 떠 있는 작은 화면들을 들여다보았다.

"아저씨가 이 화면들 좀 지켜보세요. 저는 인터넷에 동영상 올려야 해요."

깨비가 서랍을 열어 접힌 종이를 꺼내 들고는, 박정현이 앉았던 자리로 옮겨 앉았다. 깨비는 자판을 몇 번 두드리더니 종이를 펴서 들여다보았다.

"그게 뭐냐?"

꺽정이 아저씨가 힐끗 깨비 쪽을 보며 물었다.

"행운의 편지 암호문요."

깨비가 종이를 꺽정이 아저씨에게 넘겼다.

행운의 편지 98-101-49-92-5-28-7-6-9-69-19-20 호

여기 썩어 바스러진 침엽수 그루터기가 그냥 완료된 한 생의 끝일뿐이라고 생각하지 마세요 썩은 그루터기는 비와 함께 단단한 땅에 스미어 무수히 흙에 묻힌 씨앗의 움을 투명한 아침 대기 속으로 밀어 올려나니 생명의 새로운 단계는 그렇게 시작되고 전개되는 것입니다 그대의 행운도 이와 같이 무성해지러니 그 행운은 오직 그대를 위한 것

행운의 편지 6-8-11-10-4-64-35-61 호

겨울 여명의 바람이 바스러진 낙엽들을 잊고 있던 편지 조각처럼 날리면 잊었던 사랑의 추억처럼 첫눈의 성긴 눈송이들이 시나브로 흩날립니다 그 첫눈처럼 신선한 행운이 그대에게 이르기를 바라니 이 편지는 그대만을 위한 것

"작전 단계 바이러스 침투완료. 바이러스명 신의 눈. 아무래도 이카루스가 '신의 눈'이었던 것 같아요. 그렇지 않고서는 저쪽에

서 비밀통로를 알아냈다는 게 도무지 이해가 안 돼요. 아저씨는 알고 있었죠?"

"의심은 했다만……. 이 이야기는 여기서 끝내고 더 이상 퍼뜨리지 마라. 기우 잘못은 아니니까. 기우도 자기가 끄나풀이 되었다는 사실을 몰랐을 거다."

"저 자식들이 기우의 몸에 위치추적 장치 같은 걸 달았을 거예요. 불쌍한 이카루스."

깨비가 한숨을 폭 내쉬며 컴퓨터로 눈을 돌리다가 '어!'하고 외마디 소리를 질렀다.

"왜 그래?"

꺽정이 아저씨가 놀란 눈을 뜨고 깨비를 돌아보았다.

"아드레날린의 카메라가 꺼졌어요. 아무래도 아드레날린이 당한 것 같은데요?"

깨비가 꺽정이 아저씨를 올려다보았다.

"아드레날린이 당한 것 같다고?"

꺽정이 아저씨가 심각한 표정을 지으며 무전기를 집어 들었다.

"여기는 본부다. 1번 출구 나와라 이상."

"1번 출구다. 말하라 이상."

"아드레날린의 카메라가 꺼졌다. 복구 가능한가 이상."

"상황이 너무 혼란스럽다. 현재로서는 불가능하다 이상."

"가능하면 찾아보기 바란다 이상."

"알았다 이상."

꺽정이 아저씨는 '이런!' 소리를 지르며 일어서 사무실 안을 왔다갔다했다.

✦

ㄷ중학교 본관 옥상 위를 남녀학생 서너 명이 달려가고 있었다. 보충수업이 끝나고 종례가 시작되기 직전의 시간이었다. 시계탑을 향해 달려가는 아이들의 뒤로 붉고 큰 해가 막 솟아오르고 있었다. 아이들은 커다란 은박 봉지를 펼쳐 시계탑에 씌웠다. 한 사람이 꼭대기에 올라가야 했기 때문에 시간이 약간 걸렸다. 아이들은 시계탑에 씌운 은박 봉지 아래를 끈으로 칭칭 동여매 단단히 봉했다. 햇빛을 받아 은박 봉지가 반짝거렸다. 아침노을 속으로 비둘기 떼가 날아오르고 있었다. 여자 아이 하나가 손을 눈 위에 올리고는 비둘기 떼를 올려다보았다.

같은 시간, 대여섯 명의 아이들이 빠른 걸음으로 복도를 걷고 있었다. 방송실 앞에 이르자 두 명이 열쇠로 문을 열고 들어갔다. 안에서 문을 잠그는 소리가 찰칵 들렸다. 나머지 아이들은 방송실 문 밖에 지켜 섰다. 선생 하나가 방송실 쪽으로 걸어왔다. 아이들이 바짝 긴장했다.

"너희들은 왜 여기 있나?"

"방송실 청소 당번이에요."

"그래? 그런데 왜 안 들어가고 있어?"

"지금 열쇠 가지러 갔어요."

"응, 청소 깨끗이 해라."

선생이 방송실 앞을 지나쳐 갔다. 아이들은 후유- 안도의 한숨을 쉬었다.

3학년 3반 담임은 종례를 마치고 교실 문을 나서며 고개를 갸웃했다. 평소에 비해 아이들이 많이 소란스러웠다. 시계모자가 생긴 이후로는 보기 드문 일이었다.

한 아이가 옆 아이에게 귓속말을 했다.

"이상하게 두통이 사라졌어."

"너도 그러냐? 나도 귀 울리는 게 좀 덜한 거 같다. 기분 나는데 학원 가기 전에 게임방에나 들를래?"

"어, 웬일이냐? 네가 그런 델 다 가자고 하게."

"그러게. 솔직히 학원이고 뭐고 다 째고 맘대로 놀고 싶네. 오늘따라 왜 이러냐?"

담임이 나가자 몇몇 아이들이 가방을 챙겨 일어섰다. 그때 아이 두 명이 나와서 각각 교실 앞뒷문을 쿵- 소리가 나게 닫고는 문 곁에 지켜 섰다.

"너희들에게 보여 줄 게 있다."

교탁에 3반 짱인 준이가 서 있었다. 일어서던 아이들이 구시렁대며 마지못해 도로 자리에 앉았다. 준이가 교실 앞에 붙은 TV 모니터를 켰다. '이카루스 통신'이 화면에 떠올랐다. 기우가 말을 하고 있었다. 시간이 조금 지나자 교실은 물을 끼얹은 듯 조용해졌다. 기우의 이야기가 끝나자 그간의 상황을 보여 주는 동영상이 나왔다. 여기저기서 아이들의 한숨소리가 들렸다.

이어서 지하도시의 실시간 상황을 보여 주는 동영상이 화면에 떠올랐다. 지하도시 지휘부로 가는 터널에 시멘트 덩어리와 책상, 의자 등으로 바리케이드가 쌓여 있었다. 최루탄 연기가 자욱했다. 마스크를 쓰고 한 손에 쇠파이프를 든 노숙자들이 앞쪽을 향해 잘게 쪼갠 시멘트 덩어리를 던졌다. 앞쪽에는 은빛 시계모자 헬멧에 방독면을 쓴 에일리언들이 개미 떼처럼 까맣게 몰려 있었다. 날아오는 돌을 방패로 막고 다른 손으로 곤봉을 휘두르며 바리케이드를 기어오르려 하고 있었다. 최루탄이 계속 노숙자들 사이로 날아와 터졌다. 갑자기 노숙자 한 무리가 앞으로 나오며 에일리언들을 향해 일제히 화염병을 던졌다. 에일리언들이 소화기로 불을 끄며 바리케이드로부터 멀찍이 물러났다. 노숙자들이 에일리언들과 바리케이드 사이의 바닥에 다시 화염병을 던졌다. 철로와 시멘트 바닥이 불꽃으로 뒤덮였다.

그러다가 웬일인지 노숙자들이 다급히 바리케이드 뒤쪽으로 후퇴하기 시작했다. 카메라를 든 사람도 같이 뛰어서 그런지 화면이 심하게 흔들렸다. 시간이 좀 지나자 에일리언들이 가까이 따라붙었다. 노숙자들이 다시 두세 차례 화염병을 던졌다. 에일리언들과 노숙자들 사이에 화염이 강물처럼 흘렀다. 노숙자들이 다시 빠른 속도로 후퇴하기 시작했다.

갑자기 카메라가 돌더니 노숙자들이 후퇴해 가는 쪽을 비추기 시작했다. 그쪽도 최루탄 가스로 뿌연데, 그 속에 시커멓게 서 있는 에일리언의 대오가 보였다. 비밀통로로 들어온 에일리언들이었다. 앞뒤가 차단된 노숙자들의 쇠파이프와 에일리언들의 곤봉이 날카로운 소리를 내며 부딪치기 시작했다.

그때 최루탄 안개 속에서 곤봉을 치켜들고 카메라를 향해 정면으로 달려오는 에일리언 하나가 보였다. 카메라를 든 사람이 뒷걸음질로 물러나는지 화면이 크게 흔들렸다. 누군가가 에일리언을 막아서다가 곤봉에 맞아 쓰러졌다. 그러자 갑자기 카메라가 반대쪽으로 돌려지더니, 머리가 길고 턱에 수염이 가무잡잡하지만 앳된 얼굴이 클로즈업되었다. 아드레날린이었다.

"우리들의 아름다운 나라는 지금 아름다운 곳에 있지 않아. 우리들의 아름다운 나라는 이렇게 더럽고 어둡고 피 흘리는 곳에 있어. 나는 ㄱ고등학교 2학년……."

아드레날린이 격앙된 소리로 외치다가 '억!'하고 비명을 지르며 화면에서 사라졌다. 이어서 화면이 까맣게 지워졌다.

숨소리도 들릴 만큼 조용한 교실 여기저기에서 간혹 흑, 흑 우는 소리가 들렸다.

"저기가 어디야? 가자!"

한 아이가 벌떡 일어서며 외쳤다.

"저기는 다른 학교 친구들이 가도록 되어 있어. 우리는 시계행동과학연구원으로 간다. 지금 기우하고 진이, 그리고 특수반 친구들이 시계모자에 전파를 보내는 중앙 시계탑을 부수러 거기 가있어. 우리가 도와줘야 해."

준이가 차분하게 말했다.

"가자!"

"가자!"

여기서 외치는 소리가 들렸다. 아이들이 우르르 교실을 빠져나가기 시작했다.

똑똑 문을 두드리는 소리에 이 국장은 눈을 들었다. 강병운이 문을 반쯤 연 채 노크를 하고 있었다.

"바쁘신데 방해나 하는 거 아닌가 모르겠네요?"

강병운이 소파로 다가오며 말했다.

"바쁘기는? 강 형이라면 언제나 환영이지."

이 국장도 인터폰을 눌러 차를 내오라 이르고는 소파에 앉았다. 강병운은 치안 본부 쪽에서 이 국장이 속한 부처로 파견 나온 담당관이었다. 고향도 같고 술을 몇 차례 하면서 의기투합한 터라 서로 형 아우하고 지내는 사이였다.

"보여 드릴 게 있어서요."

강병운이 가지고 온 노트북을 탁자 위에 올려놓더니 몇 번 클릭했다. '이카루스 통신'이라는 자막이 화면에 떠오르고 기우가 나타났다. 이 국장은 굳은 얼굴로 묵묵히 기우의 이야기를 듣고 있었다. 기우의 이야기가 끝나자 강병운이 노트북을 껐다.

"아드님이 정말 똑똑하던데요?"

강병운이 이 국장을 보며 웃었다. 이 국장은 그 말이 비아냥거리는 걸로 들려 기분이 좀 나빴다.

"그렇지 않아도 이런저런 미련 버린 지 오래됐네."

이 국장이 말하며 안주머니에서 하얀 봉투를 꺼내 탁자 위에 던졌다. '사직서'라고 쓰여 있었다.

"아니, 그런 뜻으로 이야기한 게 아닙니다. 제가 고향 선배님에게 그따위로 말을 하겠습니까? 제가 그 정도밖에 안 되어 보였다니 섭섭합니다."

강병운이 무척 당황하며 화를 냈다. 진심으로 하는 말 같았다.

"오해였다면 미안하네. 지금 내가 우리 애 일로 민감해져 있어서……"

"압니다. 제가 드리려고 한 말씀은 이런 일 걱정 안 해도 된다는 거였어요. 기우 군은 지금 강화학교로 돌아와 있고, 아무런 불이익도 받지 않을 겁니다."

"그게 무슨 얘긴가?"

이 국장이 의아한 표정으로 강병운을 건너다보았다.

"이런 얘기 해도 되는지 모르겠는데……."

강병운이 잠시 망설이다 목소리를 잔뜩 낮추어 말을 이었다.

"고향 형님이라 믿고 이야기하는 거니까 절대 다른 사람에겐 말하지 마십시오. 이번 지하도시 진입 작전명이 '트로이의 목마'인데, 그 핵심이 바이러스명 '신의 눈' 즉 기우 군입니다. 기우 군을 위장 탈출시켜 지하도시 깊숙이 들여보내고 지휘부의 위치, 비밀통로, 지하도시 밖에서 협조하는 자들을 파악한 거죠."

"뭐? 믿을 수 없네. 우리 기우가 절대 그런 짓을 했을 리 없어."

"물론입니다. 기우 군은 자신이 위장 탈출한 건지도, 자기가 '신의 눈'인지도 모르고 있죠."

"그게 어떻게 가능하다는 거지?"

"기우 군의 몸에 위치추적이 가능한 칩을 심은 거죠. 위치추적만이 아니라, 강화학교로 돌아오도록 특수한 환각을 일으키게도 한다더군요. 기우 군이 강화학교에 있는 동안 혹시 치과 수술 같은 거 받지 않았나요?"

"그랬지, 어금니를 새로 해야 된다고 해서……."

"아마 그때 넣었을 겁니다. 치아 신경은 뇌와 거의 직접 연결되어 있다고 하던데요. 시계행동과학연구원에서 새로 개발한 프로그램인데, 실험에 성공한 셈이지요."

"허허 참, 본인이나 부모의 동의도 없이……. 허허."

이 국장은 너무 기가 막혀 허탈하게 웃었다.

"그렇기는 합니다만……."

"뭐가 '그렇기는 합니다만' 이야! 기우가 환각에서 벗어나면, 자기도 모르는 새에 끄나풀이 되어 지하도시와 친구들 사이에 투입되었다는 사실을 알게 될 거 아닌가. 그걸 어떻게 감당하겠어? 난 지금 나가 봐야겠네."

"어디를 가시려고요?"

"우리 애한테 가 봐야지. 애가 그런 일을 당했는데 애비가 어떻게 가만히 앉아 있겠나."

"저도 애를 키우는 입장인데 왜 이해를 못하겠습니까? 하지만 조심하십시오. 이거는 제가 찢어 버리겠습니다."

강병운이 사직서 봉투를 들어 보였다.

시계행동과학연구원으로 가는 동안 기우는 점점 환각이 심해지고 있었다. 정문이 보이는 데서부터는 완전히 환각에 사로잡혔다. 시계행동과학연구원 건물이 온통 거대한 얼음의 성처럼 보였다. 기우는 성의 꼭대기를 올려다보았다. 꼭대기 한가운데 그자가 서 있었다. 얼음과 서리에 휩싸인 또 하나의 기우는 거대했다. 그자와 결판을 내야 한다는 결기가 가슴을 뜨겁게 했다.

기우는 얼음의 성 안으로 빨리 들어가려고 애썼다. 누군가 손을 잡았다. 전에도 도와준 적이 있었다는 손가락일까? 기우는 잡은 손이 이끄는 대로 따랐다. 잡았던 손이 어느새 사라졌다. 몹시 추웠다. 멀리 복도 끝에 엘리베이터인지 얼음상자인지의 문이 열려 있는 게 보였다. 그리로 가려고 했다. 그자의 동자 없는 눈 속, 검고 차가운 공허 속으로 빨려 들어가든지 아니면 그자를 녹여버리든지 얼른 결판을 내야 한다는 생각이 들었다. 몹시 추웠다. 아까 그 손이 나타나 기우의 손을 잡았다. 멈추어 섰다. 또 다른 누군가가 나머지 손을 잡았다. 힐끗 돌아보았다. 엄마가 걱정스러운 표정으로 기우를 쳐다보고 있었다. 엄마의 손과 얼굴에서 따뜻함이 전해져 왔다.

'괜찮아요, 엄마.'

기우는 마음속으로 중얼거렸다.

기우는 두 사람의 손을 잡고 천막 안으로 들어갔다. 얼음의 성에도 서커스단이 들어오나? 불이 꺼지고 서커스가 시작되었다. 엄마는 옆에 앉아 기우만 쳐다보고 있었다. 기우는 그러는 엄마가 신경이 쓰여 서커스를 제대로 볼 수 없었다. 현란한 불빛들만

획획 지나가고 있었다. 문득 엄마가 기우의 뺨에 입을 맞추었다. 행복감이 온몸으로 번져 가며 심장을 뜨겁게 만들었다.

기우는 얼음상자 같은 엘리베이터에서 내렸다. 전에 왔던 얼음과 성에로 뒤덮인 옥상이었다. 맞은편에 서 있는 그자가 보였다. 서리와 얼음에 휩싸인 그자의 머리에서는 서릿발들이 머리칼처럼 길게 자라나 흩날리고 있었다. 수만 년 투명한 빙하에 갇혀 있었던 것 같은 얼굴. 동자 없이 온통 검은 눈이 공허의 거대한 블랙홀처럼 기우를 삼켜 버리려 하고 있었다. 추워서 온몸이 오그라들어 사라질 것만 같았다. 기우의 마음속에 그자와 결판을 내야 한다는 결기가 일어났다. 결기가 뜨거운 불이 되어 점점 크게 타올랐다. 기우는 한 걸음 한 걸음 그자를 향해 나아갔다.

진이와 팬더곰은 기우의 손을 잡고 엘리베이터에서 내렸다. 임시 안내원은 관광객들을 제논의 화살이 있는 곳으로 데리고 갔다. 그런데 기우가 이제까지와는 달리 완강하게 두 사람의 손을 뿌리치고 시계탑 쪽으로 걸어가고 있었다. 진이가 기우를 쫓아가 붙잡았다. 기우는 그것도 느끼지 못하는지 한 걸음 한 걸음 시계탑을 향해 걸어갔다. 그러다가 제자리에 멈추어 섰다. 무슨 보이지 않는 싸움이라도 하듯 기우의 온몸에 힘이 들어가 있었다.
팬더곰은 관광객들을 따라 제논의 화살이 있는 곳으로 갔다.

안내원이 알아들을 수 없는 말로 한참 설명을 하고는 주머니에서 열쇠를 꺼냈다. 팬더곰은 가슴이 덜컹했다. 지금을 놓치면 기회는 영영 오지 않을 것이었다. 기우와 진이 쪽을 보았다. 과녁은 진이한테서 멀지 않은 곳에 있었다.

"지-진이!"

팬더곰은 진이를 불렀다. 진이가 돌아보았다. 팬더곰은 손가락으로 과녁을 가리켰다. 관광객들이 고개를 돌려 처다보았지만, 다행히 그냥 사람을 부르는 소리로 생각했는지 다시 제논의 화살로 눈을 돌렸다.

팬더곰이 부르는 소리에 진이는 정신이 번쩍 들어 과녁을 처다보았다. 다행히도 철제 받침대에 작은 바퀴가 달려 있었다. 진이는 쏜살같이 달려가 과녁을 밀기 시작했다. 좀체 밀리지 않던 과녁이 마침내 서서히 미끄러지기 시작했다. 맞은편에서 청원경찰 하나가 달려오는 게 보였다.

팬더곰은 자신이 더듬지 않고 말을 할 수 있을지 자신이 없었다. 덮개는 이중으로 잠겨 있었다. 안내원이 열쇠를 돌리고 번호판을 눌렀다. 덮개가 열리고 있었다. 팬더곰은 엄마를 떠올렸다. 저 외눈박이 신의 눈을 부숴 버릴 거야! 팬더곰은 속으로 부르짖었다. 팬더곰은 와락 달려들며 안내원을 밀어냈다. 그리고 마이크에 대고 소리쳤다.

"흐-르는 시-간은 나아눌 수 어없다!"

화살이 발사되는 소리에 이어 땅- 하는 소리가 들렸다. 화살은 시계탑의 시계 뒷면에 꽂혀 부르르 떨고 있었다. 하지만 철판만 뚫고 살짝 박힌 것 같았다. 넘어졌던 안내원이 일어나 팬더곰을 붙잡았다. 서너 명의 청원경찰이 달려오고 있었다.

문득, 햇볕 잘 드는 장독대 모서리에 쪼그리고 앉아 울던 엄마의 모습이 팬더곰의 머릿속을 가득 채웠다.

"탐낭 비엣남 라 꾸에 흐엉 꿔 또이! 탐낭 비엣남 라 꾸에 흐엉 꿔 또이!"

팬더곰은 자기도 모르게 소리치며 안내원의 팔에서 벗어나려 버둥거렸다. 베트남 학생들이 놀란 눈을 뜨고 팬더곰을 쳐다보았다. 그러고는 항의하는 듯 알 수 없는 말을 외쳐 대며, 호위라도 하는 것처럼 팬더곰을 둘러쌌다.

땅- 하는 소리에 기우는 깜짝 놀라 움찔했다. 가슴에 화살이 박힌 그자가 부르르 떨고 있었다. 화살을 맞아서 그런지 그자의 모습이 점점 변해 가고 있었다. 코를 제외하고는 얼굴이 종이를 오려 놓은 것처럼 밋밋했다. 입과 눈도 종이를 오려 구멍을 내 놓은 것 같았다. 이제까지 그자를 또 하나의 자기라고 생각했는데, 그게 아니었다. 그자를 두려워하면서도 끌렸던 것은 그가 또 하나의 자기라고 믿었기 때문이었는지도 몰랐다. 문득 속았다는 생각이 들었다. 갑자기 뜨거운 분노가 저 깊은 속으로부터 솟아올라 왔다.

기우는 그자를 향해 달려갔다. 손에 들고 있던 헬멧 같은 모자로 그자의 가슴에 박힌 화살의 뒤꽁무니를 있는 힘껏 내려치기 시작했다. 누군가 뒤에서 기우를 붙들었다.

이 국장은 차를 세웠다. 사람들이 차도를 메우고 있어 더는 갈 수 없을 것 같았다. 이 국장은 골목으로 들어가 적당히 주차를 했다. 그곳에서 시계행동과학연구원까지는 걸어서 20분 정도 거리였다.

이 국장은 큰길로 나와 걷기 시작했다. 119와 병원 구급차들이 요란하게 사이렌을 울리며 지하도시 출입구를 향해 달려가고 있었다. 지하도시 진압에서 부상자들이 많이 나온 모양이었다.

지하도시 출입구에서는 이상한 광경이 벌어지고 있었다. "비폭력! 비폭력!" 외치며 길을 터 주는 시민들 사이로 경찰 특수부대원들이 줄지어 나오고 있었다. 더 이상한 점은 특수부대원들이 대부분 시계모자 헬멧을 벗어 들고 있다는 거였다. 특수부대원은 시민들이 보는 앞에서 시계모자 헬멧을 벗지 않는 게 원칙이었다. 어쨌든 진압에 성공한 모습은 아닌 것 같았다.

사람들로 뒤덮여 있기는 시계행동과학연구원 일대도 마찬가지였다. 이 국장은 정문을 향해 나아갔다.

"아버지!"

문득 부르는 소리가 들려 돌아보았다. 은우였다.

"기우, 저 위에 있어요. 죄송해요, 미리 말씀 못 드려서."

뛰어 왔는지 두 볼이 상기되어 있었다.

"괜찮다."

이 국장은 말하며 옥상을 올려다보았다.

"그런데, 여기는 웬일로 오셨어요?"

은우가 이 국장을 쳐다보았다.

"웬일로 오기는? 기우 데리고 나오려고 왔지. 이번에는 아무도 함부로 기우에게 손 못 대게 할 거다. 가자."

은우의 얼굴에 미소가 떠올랐다. 은우는 이 국장과 팔짱을 끼고 정문을 향해 걷기 시작했다.

옆 사무실에서 요란하게 방문 여닫는 소리가 들리고, 다급한 발소리들이 복도에 울려 퍼졌다. 그러고도 시간이 한참 지난 것 같았다. 매눈이 다녀간 이후로 아무도 거울 달린 방에 들어오질 않았다. 막연히 기다리는 아이들로서는 벌써 한나절은 지난 느낌이었다. 사방이 고요했다.

"뭔가 급한 일이 생겨서 다 나가 버린 거 아니야?"

인수가 방문 손잡이를 돌려 보았다. 잠겨 있었다. 지만이 벽면의 커다란 거울을 탕탕 두드렸다. 아무 반응이 없었다.

"아무래도 사람이 없는 것 같아. 이 거울 깨고 옆방을 통해서 나가 보자. 사람이 있으면 시끄러워서라도 들여다볼 테니까, 밑져야 본전이야."

지만이 인수를 충동질했다.

"그래, 좋아. 이렇게 놔두는 건 무슨 고문이냐? 이런 고문 계속 받는 것보단 그게 낫겠다."

인수가 의자를 들어 거울을 세게 쳤다. 꽤 튼튼한 유리로 되어 있는지 끄떡도 안 했다. 다시 쳤다. 가볍게 찌직 하는 소리가 들렸지만, 거울엔 별 표가 안 났다.

"야, 너희도 배후 조종만 하지 말고 같이 해."

지만, 세나, 신지도 합세해 인수를 따라 의자를 들고 거울을 쳤다. 거울이 갈라지기 시작하더니 마침내 깨어졌다. 자동차 창문처럼 잘게 부서지는 안전유리로 되어 있었다. 예상대로 옆방에는 아무도 없었다. 네 아이는 옆방을 통해 복도로 나왔다. 엘리베이터로 가는 동안 직원들과 마주쳤지만, 모두 불이라도 난 것처럼 정신없이 움직이느라 아이들에게는 별 신경을 쓰지 않았다.

네 아이는 엘리베이터를 타고 옥상으로 올라갔다. 옥상에선 몸싸움이 한창이었다. 제논의 화살이 있던 곳 근처에선 청원경찰들과 베트남 관광객들 사이에 시비가 벌어져 있었다. 팬더곰과 진이를 끌고 가려는 청원경찰들에게 관광객들이 항의하는 것 같았다. 화살이 날아가 꽂힌 시계탑 아래서는 기우와 청원경찰 한 사람이 엎치락뒤치락하고 있었다.

"인수야, 지만아, 기우 좀 도와줘!"

신지가 외치며 세나와 함께 관광객들에게로 달려갔다. 인수와 지만은 기우에게 달려가 청원경찰을 붙들었다.

청원경찰에게서 풀려난 기우는 시계모자를 주워 들고 다시 시계탑으로 달려가 화살 뒤꽁무니를 두드렸다. 화살이 깊이 박히면서 번쩍 불꽃이 일었다. 시계 구석구석에 불꽃이 번져 가며 연기가 일어났다. 어디선가 함성이 들려왔다. 기우는 아래를 내려다보았다. 다른 아이들도 달려와 아래쪽을 보며 환호성과 함께 손을 흔들어 댔다.

건물 아래쪽은 길이 보이는 저 끝까지 사람들로 꽉 차 있었다. 멀리서 희미하게 노랫소리가 들리더니, 대형 마이크를 단 방송 트럭이 길 끝에 나타났다. 데모할 때 흔히 부르는 노래들이었다. 시계모자 대책회의에서 온 모양이었다. 방송 트럭은 인파를 헤치며 올라와 닫힌 정문을 밀어붙였다. 사람들이 달려들어 으이쌰 으이쌰 하며 트럭과 함께 밀자 철제 정문은 쿵- 소리를 내며 넘어졌다. 사람들이 넘어진 문을 밟고 안마당으로 몰려들어 왔다. 젊은 사람이 방송 트럭에 올라탔는지 노래가 바뀌었다. 〈얼음의 성〉이 흘러나오자 마당에 몰려든 아이들이 춤을 추기 시작했다. 기우와 친구들도 춤을 추었다. 이어서 〈태양이 빛나는 밤에〉가 흘러나왔다. 기우와 친구들은 노래를 따라 부르며 춤을 추었다.

아, 눈을 떠 봐

태양이 빛나는 밤에

눈부신 태양의 빛이 가시처럼 네 눈을 찔러도

눈을 떠 봐

저 푸른 하늘과 태양,

너는 알 거야

네 심장이 앞에 던져진 먹이만을 위해 뛰고 있지 않다는걸

아, 너는 알 거야

네 심장은 차라리 이카루스처럼 태양을 향해 날고 싶다는걸

아, 날개를 잃고 추락할지라도 날고 싶다는걸

눈을 떠 봐,

매일매일 너는 너의 세상을 창조하며 사는 거야

매 순간순간 너의 눈길이, 너의 말이, 네 심장의 고동이 이

세상을 살아 있게 하는 거야

눈을 떠 봐,

네게 버려도 좋을 시간은 단 한 순간도 없어

눈을 떠 봐

저 푸른 하늘과 태양,

너는 알 거야

네 심장이 앞에 던져진 먹이만을 위해 뛰고 있지 않다는걸

아, 너는 알 거야

네 심장은 차라리 이카루스처럼 태양을 향해 날고 싶다는걸

아, 날개를 잃고 추락할지라도 날고 싶다는걸ー

기우와 아이들은 '걸ー'을 길게 끌며 하늘 가운데 떠 있는 태양을 향해 두 팔을 쭉 뻗었다. 정말 새파란 하늘과 가시처럼 눈을 찔러 대는 눈부신 태양을 향해 날아오르는 것만 같았다.

눈을 떠 봐!

기우와 아이들은 딱 끊어 외치며 주먹 쥔 한쪽 팔을 앞으로 뻗었다. 세나가 두 팔을 번쩍 들어 올리며 외쳤다.

"천 개의 겹눈을 가진 신을 만나고 싶어!"

기우가 두 손을 입에 대고 외쳤다.

"우리들의 아름다운 나라로 가고 싶어!"

작가의 말

1990년대 초중반 이래 나는 일관된 문제의식 아래 작품을 써왔다. 그 문제의식이란 다름 아닌 '소통과 대화'였다. 1990년대 초중반의 몇 년은 아이들이 급격하게 질적 변화를 했던 시기였다. 교사들은 아이들과 소통이 안 되는 문제로 고통스러워했고, 변화된 아이들이 경직된 교육 시스템과 충돌하면서 '교실 붕괴'라는 말까지 나왔다.

나는 아이들의 변화가 어떤 것인가를 살피다가 그러한 의식구조의 변화가 아이들로 하여금 신화적 상상력을 친근하게 느끼도록 한다는 것, 판타지가 아이들에게 중요한 코드가 될 수밖에 없다는 것을 발견하였다. 판타지가 중요한 장르가 된다는 것은, 판타지 장르로 중요한 이야기를 할 수 있다는 의미가 될 것이다.

그런데 그때만 해도 한국 아동문학계는 판타지를 오락만을 추구하는 현실도피적인 것이라 하여 터부시하고 있었다. 장편 판타지 동화인『고양이 학교』는 이러한 편견을 깨뜨려 아동문학을 아이들의 의식 변화를 수용할 수 있는 방향으로 유연화하려는 의도로 씌어졌다. 아동문학이라는 제도가 질적으로 변화한 아이들과 어떻게 소통할 수 있을까 하는 문제의식이 있었던 셈이다.

1990년대 초중반 아이들의 변화를 살피면서, 이 아이들이 지금은 어리니까 학교라는 제도하고만 부딪치는데 머지않아 사회제도 전반과 부딪치지 않겠는가 하는 생각을 했었다. IMF 관리체제라는 무거운 현실로 한동안 지연되긴 했지만, 그러한 사회제도 전반과의 부딪침은 2008년의 촛불집회 국면으로 뚜렷이 나타났다. 그런데 이 부딪침에 대한 대응은 제도를 더욱 경직시켜 변화를 억압하는 방향으로 가고 있다. '소통과 대화'와는 반대 방향으로 가고 있는 셈이다.

촛불집회로 표출된 새로운 세대의 변화는, 1990년대 초중반 내가 읽어 보려 애썼던 아이들의 변화와 크게 다르지는 않았다. 의식구조에서 이성의 지위가 높고 몸의 지위가 낮은 우리 세대는 이념형일 수밖에 없다. 어떤 이념의 틀을 가지고 현실을 읽어나간다. 하지만 의식구조에서 상대적으로 이성의 지위가 낮아지고 몸의 지위가 높아진 새로운 세대는 다르다. 이념의 틀을 통해서

가 아니라 자기가 느끼는 대로 현실을 본다. 그리고 인터넷이 생활화된 세대에게 정보의 독점·집중·통제는 성립될 수 없다는 사실도 확인되었다.

촛불집회로 표출된 젊은 세대의 변화 중에서 나에게 가장 신선했던 것은, 그들이 역사적 사건의 무게나 억압의 기억으로부터 자유로워졌다는 느낌이었다. 문학적으로 이는 우리가 살아온 시대를 객관적으로 바라볼 수 있는 시간적·심리적 거리를 확보했다는 의미일 수도 있어서 중요해 보였다. 앞으로 문학에서 과거의 삶을 기술하는 태도와 방식이 많이 달라질 수밖에 없겠다는 생각이 들었다.

성장소설은 이전 세대가 이후 세대에게 자기 삶의 경험을 이야기하는 형식이다. 이제까지의 성장소설은 대체로 빚이 많은 세대가 역시 빚이 많은 다음 세대에게 이야기하는 것이었다. 빚이 많은 세대끼리는 공유하고 있는 경험이나 공감의 폭이 크기 때문에 이야기하는 형식을 크게 고민할 필요가 없다. 하지만 빚이 많은 세대가 빚이 없는 세대에게 자신의 성장 경험을 이야기하는 앞으로의 성장소설은 이야기하는 태도나 방식을 까다롭게 따져 보고 고민해야만 할 것이다. 과연 빚이 많은 세대는 빚이 없는 세대에게 어떤 태도와 방식으로 이야기해야 하는 걸까? 그에 대해 내 나름대로 모색해 본 작품이 『굿바이 미스터 하필』이었다.

불행히도 제도는 젊은 세대의 변화를 수용하기는커녕 더욱 경직되어 변화를 억압하고 있다. 나는 이 억압되는 목소리를 문학이라는 제도 속으로 밀어 올려야 한다는 강박관념에 시달렸다. 그 강박관념이 삼복더위에도 불구하고 집필에 매달릴 수밖에 없도록 했다. 사회적 제도 중에서도 문학은 소통과 대화 그 자체를 다루므로, 억압받는 목소리를 외면할 수는 없는 일이었다. 더구나 1990년대 초부터 변화하는 젊은 세대의 의식과 소통 문제에 관심을 가져온 나로서는 더욱 회피할 수 있는 일이 아니었다.

지금의 대립구도는 과거와 같은 이념적인 것이 아니다. 낡고 경직된 이전 세대의 제도로 젊은 세대의 변화를 억압하고 삼켜버리는 식인(食人)의 구도일 뿐이다. 물론 지금의 상황을 세대간의 갈등으로 단순화시켜 보는 건 무척 순진한 짓이다. 그 밑바탕에는 계급적 이해관계가 음험하고도 복잡하게 얽혀 있을 것이다. 어쨌든, 나는 촛불집회 국면에서 부딪치는 것들의 본질과 거기 담겨 있는 변화에 대한 열망을 포착해서 드러내 보고 싶었다.

독자들은 이 소설이 판타지 형식을 차용하고 있다는 점에 놀랄 수도 있을 것이다. 약간 단순화하게 된다는 흠이 있긴 하지만, 어떤 것의 본질을 전체적으로 드러내는 데 판타지 형식은 매우 유용하다. 그리고 심각한 이야기라고 해서 굳이 인상 쓰고 엄숙하게 이야기할 필요가 뭐가 있겠는가? 한판 잘 노는 걸 통해 이야기할 수도 있지 않겠는가?

촛불집회가 진행되는 내내 나는 중요 집회에 몇 번 나가 보는 것을 제외하고는 두문불출한 채『굿바이 미스터 하필』과 이 소설을 썼다. 무더위 속에서 원고지와 씨름하다 보니 어느새 여름이 다 지나가 버렸다. 안타깝게 촛불을 지켜보았던 이들에게 이 소설을 드린다.

2008년 겨울
김진경

우리들의 아름다운 나라
ⓒ 김진경 2009

1판 1쇄 2009년 1월 15일 | 1판 12쇄 2019년 10월 10일
지은이 김진경 | 펴낸이 염현숙
책임편집 최윤미 | 편집 신소희 이복희 | 디자인 김선미
마케팅 정민호 박보람 나해진 최원석 우상욱 | 홍보 김희숙 김상만 오혜림 지문희 우상희
제작 강신은 김동욱 임현식 | 제작처 상지사P&B
펴낸곳 (주)문학동네 | 출판등록 1993년 10월 22일제406-2003-000045호.
주소 10881 경기도 파주시 회동길 210
전자우편 kids@munhak.com | 홈페이지 www.munhak.com
카페 cafe.naver.com/mhdn | 북클럽 bookclubmunhak.com
페이스북 facebook.com/kidsmunhak | 트위터 @kidsmunhak
대표전화 (031)955-8888 | 팩스 (031)955-8855
문의전화 (031)955-8890(마케팅) (02)3144-3238(편집)
ISBN 978-89-546-0722-3 03810

이 도서의 국립중앙도서관 출판예정도서목록(CIP)은 서지정보유통지원시스템 홈페이지(http://seoji.nl.go.kr)와
국가자료공동목록시스템(http://www.nl.go.kr/kolisnet)에서 이용하실 수 있습니다.(CIP제어번호: CIP2008003726)